NA KLONDYKERS

'S ann à Nis ann an Leòdhas a tha Iain F. MacLeòid. Chaidh e a Sgoil MhicNeacail, agus an uair sin a dh'Oilthigh Ghlaschu, far an do rinn e MA ann an Ceiltis. Tha e a' fuireach ann an Glaschu agus ag obair na sgrìobhadair agus na stiùiriche telebhisean.

Bidh Iain F. cuideachd a' sgrìobhadh airson an àrd-ùrlair. Am measg nan dealbhan-cluiche a sgrìobh e tha *Homers*, *I Was a Beautiful Day*, *Alexander Salamander (Or the Story of a Teenage Pyromaniac)*, *Salvage*, *Road from the Isles*, *Cliff Dancing* agus *Mister Sequester* (eadar-theangachadh air an dealbh-chluich Fhrangais *Un Homme En Faillit*). Sgrìobh e cuideachd an còmhradh airson *Taigh Màiri Anndra*, musical mu bheatha Maireid Faye Shaw.

Sgrìobh e *The Watergaw* airson BBC Radio 4, agus nobhail Ghàidhlig ghoirid dha clann, *Chopper* (Acair, 2004). Sgrìobh e dha *Machair* air an telebhisean, agus dà fhilm goirid, *Dathan* agus *Flat*. A bharrachd air a sin, tha e air sgeulachdan goirid agus bàrdachd fhoillseachadh ann an diofar irisean.

Na Klondykers

Iain F. MacLeòid

CLÀR

CLÀR

Foillsichte le CLÀR, Station House, Deimhidh,
Inbhir Nis IV2 5XQ Alba

A' chiad chlò 2005

Air a chur ann an clò Minion
le Edderston Book Design, Baile nam Puball.
Air a chlò-bhualadh le Creative Print and Design, Ebbw Vale, A' Chuimrigh

Tha clàr-fhiosrachadh foillseachaidh dhan leabhar seo
ri fhaighinn bho Leabharlann Bhreatainn

LAGE/ISBN: 1-900901-19-6

ÙR-SGEUL

Tha amas sònraichte aig Ùr-Sgeul – rosg Gàidhlig ùr do dh'inbhich a bhrosnachadh agus a chur an clò. Bhathar a' faireachdainn gu robh beàrn mhòr an seo agus, an co-bhonn ri foillsichearan Gàidhlig, ghabh Comhairle nan Leabhraichean oirre feuchainn ris a' bheàrn a lìonadh. Fhuaireadh taic tron Chrannchur Nàiseanta (Comhairle nan Ealain – Writers Factory) agus bho Bhòrd na Gàidhlig (Alba) gus seo a chur air bhonn. A-nis tha sreath ùr ga chur fa chomhair leughadairean – nobhailean, sgeulachdan goirid, eachdraidh-beatha is eile.

Ùr-Sgeul: sgrìobhadh làidir ùidheil – tha sinn an dòchas gun còrd e ribh.

www.ur-sgeul.com

Dha m' athair 's mo mhàthair

Taing

Bu mhath leam taing a thoirt dha Comhairle nan Leabhraichean airson an cothrom a thoirt dhomh an nobhail seo a sgrìobhadh, agus dhan luchd-obrach – John Storey, Marie NicAmhlaigh agus Iain MacDhòmhnaill – airson an taic fhad 's a bha sin a' tachairt.

Taing dha Jean Urquhart anns a' Cheilidh Place ann an Ulapul, agus na sgeulachdan aice mu Ruiseanaich, ball-coise agus caviar. Agus dha muinntir a' Cheilidh Place, a th' air a bhith gu math coibhneil rium.

Dha Peter May, a thug an t-uabhas comhairle dhomh mu dheidhinn sgrìobhadh agus sgeulachdan. Dha bhean, Janice. Dha Phil Gibb agus Julie Baikie ann an Adelaide, an Astràilia, a choimhead às mo dhèidh fhad 's a bha mi air an draft bho dheireadh agus faisg air leigeil roimhe. Dha Susie Mathews anns an Fhraing. Dha m' athair, a dh'innis dhomh gu leòr mun North Sea airson na sgeòil. Agus dha dithis eile a chuidich mi gu mòr leis an sgrìobhadh agam: Philip Howard anns an Traverse Theatre ann an Dùn Èideann agus m' uncail, Fionnlagh MacLeòid.

Iain F. MacLeòid

1989

1

Sin an t-adhbhar gu robh Dòmhnall an sin, air a' mhuir. A' mhuir air gach taobh dheth. Aon mhionaid bha e air a bhith ag ith pìos bradain blasta à Nirribhidh. Sin an rud bu mhotha a bha a' còrdadh ris, am biadh. Dh'fhuilingeadh e na h-uiread air na rigichean nam biodh am biadh math.

An ath mhionaid bha an talamh a' critheadaich man cèidse pioghaid. An uair sin tuiteam bhon adhar, sleamhainn mar chloich. Agus pìosan a' tighinn bhon rig, a' tuiteam bucas meccano man crann Nollaig agus am bòrd a' lùbadh mar nèapraig, agus tha am bradan a' snàmh timcheall air. Tha e a' smaoineachadh air rudan neònach . . . seall air d' ìnean, a dhuine, tha thìde agad an gearradh. Tha e a' smaoineachadh mu dheidhinn a stocainnean. Am biodh iad tioram fhathast. Agus an uair sin tha e a' sealltainn mun cuairt air, a' dèanamh a shlighe mar speuradair timcheall an rùm, agus tha e smaoineachadh, A dhuine bhochd, tha mi air oilrig a tha dol na theine.

Tha rudan a' tachairt, chan eil tìd' aige smaoineachadh. Tha e a' faighinn a-mach air dòigh air choreigin. A-mach às a' chrann-ola car a' mhuiltein.

An ath mhionaid tha daoine ag èigheachd ris leum. Bha timcheall air ceud meatair bhon àrd-ùrlar sìos chun na mara. Bha e coltach ri concrait nach robh buileach air cruadhachadh fhathast, bhriseadh do chnàmhan agus bhiodh acòirdion bheag do chuirp na sgàrd, a' tuiteam nas fhaide 's nas fhaide fo na suailichean dubha.

'S e oidhche dhiabhalt a bh' ann. Carson nach robh an aimsir nas fheàrr? Bhiodh sin air cuideachadh, 's mathaid, smaoinich Dòmhnall.

Sheas e air oir an iarainn. Dh'fhairich e an teas brùideil air a chùlaibh. Bha rudan a' leaghadh. Bha e a' faireachdainn buinn a bhrògan air an leaghadh agus iad steigeach, mar gum biodh e air seasamh air ice-cream. Dh'fhairich e feagal na bhroinn mar nach do dh'fhairich e a-riamh, a' slugadh a h-uile càil às. Cha robh gluasad air fhàgail ann. Dè an seòrsa roghainn a tha seo? The Devil and the deep blue sea.

Albatross bhon chliathaich. Tha e an dòchas nach buail e pìos iarainn air an t-slighe sìos. Agus cho luath 's a thòisich e a' leum tha e seachad, tha e seachad. Tha e fon bhùrn, fada fon bhùrn. Tha e a' faireachdainn rudan a' tachairt timcheall air, doile bheag a th' ann, tha bhalbhaichean a' fosgladh agus a' lìonadh le èadhar agus an uair sin tha e dol suas mar àrc. A' slugadh èadhair, èadhar peatrail dorch – ach 's e èadhar a th' ann. Casan briste. Àdhamh às aonais asnaichean. Tha e air a chòmhdachadh le peatrail. Tha e a' sgreuchail.

Tha e a' smaoineachadh, Mo mhàthair bhochd. Na rudan a

th' aice ri fhulang. Chan eil cho fada bho bhàsaich Dad. Abair thusa icing on the cake.

Tha an t-uisge làn speuradairean orains, gach duine anns an t-survival suit bheag aca. Tha gu leòr dhiubh nach eil a' gluasad. Cà'il am bàta? tha e smaoineachadh. Tha fios gu bheil bàta ann airson ar togail. Chan fhàg iad an seo sinn. Chan urrainn dha càil a dhèanamh anns an èideadh aige. Tha an survival suit a' cumail a chinn os cionn a' bhùirn. Tha a dhruim chun nan suailichean. Chì e aon dha na casan biastail air a bheulaibh, tha e a' tòiseachadh a' breabadh a chasan. A' feuchainn ri snàmh air falbh bhon einnsean nimheil seo. Tha e air a shuathadh seachad air agus a-mach an taobh eile. Tha e cho dorch air falbh bho roman candle an rig.

Tha e a' tionndaidh mu dheireadh thall agus chan urrainn dha a shùilean a chreids. Coltach ri sparkler, tha an rig na theine. Tha na casan aige daddy-long-legs lùbte. Tha esan na laighe mar fhaoileag air an uisge fad' air falbh bho shaoghal dearg Piper Alpha. Dè thachair ris? Smaoinich e air a' phìos bradain nach d' fhuair e air ithe. Daingit. Tha e a' smaoineachadh.

Man bucas orainsearan a thuit air a chliathaich, thathas a' togail nan daoine. Tha mòran dhiubh marbh, tòrr dhiubh bhon fhuachd. Bhon teas. Chan eil e na dhùisg nuair a thogas iad e. Tha an rig fhathast na theine, gu leòr air fhàgail a chumadh a' dol treis mhath e. An *MSV Stadive*, brùideil, sia-chasach, le na canain mhòra làn uisge a' drùdhadh air na th' air fhàgail.

Tha Dòmhnall a' faireachdainn fuaim an Chinook fhad 's a tha e a' dèanamh a shlighe air ais gu Obar-Dheathain. Tha e air an t-astar seo a shiubhal gu leòr thursan roimhe seo, ach cha robh e càil coltach ri seo. Tha e a' faireachdainn an rèisg thiugh air aghaidh, pìoban a' pumpadh rudan a-mach 's a-steach à oilrig beag a chuirp. Tha e a' fanntaigeadh leis a' phian ged a tha e làn moirphin.

Agus an uair sin, aon latha ciùin, tha e air ais aig an taigh. Cluasagan fionnar. Remote controls. Bobhlaichean mòra brot. Beò anns a' chiùb bheag gheal seo. A' miannachadh gun tigeadh cuideigin a-staigh nach robh a' dèanamh fuaim cho truagh. Tha mi duilich.

Air muin na h-ìre cuimhne seo nach eil e ag iarraidh a chuimhneachadh, tha tèile aige a-nis. Na h-ìomhaighean bhon telebhisean, tha iad cho measgaichte leis an fheadhainn aige fhèin a-nis is nach eil fhios aige an ann dha-rìribh leis-san a tha iad. An uair a bha e làn dhrogaichean mar phiopaid a' coimhead tro uinneag chruinn an Chinook, an do rinn iad slighe leth-gealaich timcheall air an fhrèam loibht cheòthach, neo an ann air na *Naidheachdan* air a' BhBC a bha e?

Tha e a' smaoineachadh air Dan Fionnlastan, trì dorsan sìos, a bha còir aige a dhol a-mach a' bhòn-dè, ach nach d' fhuair air sin a dhèanamh. Cha do dh'fhàg am plèana airson a dhol a dh'Obar-Dheathain. Carson a tha rudan a' tachairt mar seo? Cò tha a' taghadh nan ròidean seo dhut? An ciont nach do bhàsaich e mar clach na stamaig.

An dèidh treis ann an Intensive Care chaidh e chun an ospadail a b' fhaisge air a' bhaile, agus an uair sin dhachaigh. A mhàthair agus a bhean a' coimhead às a dhèidh fhad 's a dh'fhàs prìnean lùbte a chnàmhan air ais ri chèile. Tha a mhàthair a' dèanamh a' bhìdh as fheàrr leis. Brot. Bread and butter pudding. Ròst. Rinn i bradan dha aon uair, ach cha b' urrainn dha srucadh ann.

A bhean a' feuchainn ris an teaghlach a chumail bho sgàineadh. A chlann a' faighneachd dè tha ceàrr air Dad. Chan e duine furasta a th' ann coimhead às a dhèidh. Tha e ag iarraidh an t-solais air tron oidhche agus uaireannan tha e duilich an telebhisean a chur air, gun fhios nach bi iad air an sadail air ais a-steach dhan t-saoghal ud.

An-còmhnaidh, clach throm a chionta còmhla ris. Barrachd air dà cheud dhiubh, na caraidean aige, daoine a bha ag obair còmhla ris, ag ith còmhla ris, beò leis. Uaireannan bidh e a' smaoineachadh nach bu chòir dha a bhith air leum. Bhiodh e air a bhith na b' fhasa. Chan urrainn dha smaoineachadh air compensation. Mu dheidhinn inquests agus investigations. Bha fios aige a-riamh nach robh sàbhailteachd cho math air feadhainn dha na rigichean. Bha feum aige air an airgead – cò aige nach eil.

Tha a bhràthair Iain a' tilleadh às an Oilthigh. Chan eil mòran airgid aca. Air a shocair, gu slaodach, tha Dòmhnall a' dèanamh a shlighe air ais bhon chliathaich ud air an robh e na sheasamh an oidhch' ud. Gu slaodach. Tha e a' feuchainn ri rudan a dhèanamh a chuidicheas e gus dìochuimhneachadh. Tha e a' feuchainn ri bhith beò. A' cluich leis an fheadhainn bheag. Tha e a' cuimhneachadh air a bhith toirt pòg dha bhean. Tha e airson a bhith beò a-rithist. Ach cionnas? Cionnas? One day at a time, sweet Jesus.

* * *

Agus sin an t-adhbhar gu robh e an seo. Plangaid ghorm na mara. Suailichean tana, dath a' bhàta mar sgàthan air an uisge. An *Dawn Rose*. Loidhne uaine ghorm. Latha ciùin.

Làmhan Dhòmhnaill air an còmhdachadh le ola.

— Thoir dhomh rud beag cuideachaidh, a phiatain.

— Dè mu dheidhinn bròg suas an tòin?

Bha a bhràthair Iain air a bhith a' dèiligeadh ri seo fad na maidne. Bha a mhàthair an-còmhnaidh ag ràdh ri Dòmhnall sùil a chumail air. Bha i an-còmhnaidh rudeigin iomagaineach mu dheidhinn Iain nuair a dheigheadh e a-mach air a' bhàta. Cha robh sin fèar, bha e a' smaoineachadh, gu h-àraidh nuair as e Dòmhnall a dh'fheumadh sùil a chumail air.

— Thoir dhomh hand leis a' mhotair. Tha e gu bhith done, tha mi smaoineachadh. Seo, steig sin na do bheul.

— An e seo aon dha na jokes agad?

— Scout's honour.

Thòisich Iain a' slugadh air a' phìob, blas diesel bhuaipe. Durghail neònach. Pressure tana.

— Bha dùil agam gu robh thu a' dol a chur seo ceart mun tàinig sinn a-mach? dh'fhaighnich Iain.

— Tha mi ga chur ceart a-nis, nach eil? Ahà!

Shad e smugaid agus brùchd agus siud an diesel a-rithist. Am motair air a-rithist.

— Seo a-nis. Dìreach air-block. Tha sin airidh air siogarait, tha mi smaoineachadh. An roilig thu tè dhomh? Tha mo làmhan manky.

— All right.

— Bha dùil agam airson mionaid an siud gum biodh againn ri snàmh. Mura biodh rocket scientist air a bhith agad air bòrd . . .

— Bhiodh tu a' glanadh heileacoptairean.

— Dè fios a th' agads! Chan eil biot! Func!

Chaidh Iain a-steach dhan chèabain airson an tiona tombaca fhaighinn.

Dòmhnall ag èigheachd.

— Bheil gu leòr air fhàgail airson dà rolly?

— Tha.

— Dèan a dhà dhomh, ma-thà.

Tha a cheann a' sealltainn a-mach bho chùl an dorais — Dìreach a' tarraing asad, Tonto. Gabh tè ma tha thu ag iarraidh.

— Aidh, very good.

Tha Dòmhnall ga choimhead.

— Dè? thuirt Iain.

— Cuir ann an gìor i, ma-thà. Tha rudan agam ri dhèanamh a-nochd, cuimhnich.

Fuaim tiugh an einnsein. Dòmhnall air deic a' glanadh a làmhan ann am bucaid le Fairy Liquid.

Bha naoi mìosan ann bho thill Dòmhnall air ais dhachaigh, agus bha Iain air mothachadh gu robh e air atharrachadh. Bhiodh daoine ag ràdh cho math 's a bha e a' dèanamh, cho duilich 's a bha iad. Agus bhiodh Dòmhnall a' dèanamh cinnteach nach biodh iad a' faireachdainn dona, a' dèanamh aodann beag, ga chrathadh dheth. An dèidh na thachair air an rig, cha b' urrainn dha Dòmhnall a dhol air ais dhan Chuan a Tuath a-rithist. Cha robh e a' còrdadh ris a bhith ann an rumannan beaga. Bha e ag iarraidh a bhith air falbh bho dhaoine. Chaidh e air ais a dh'iasgach.

Cha mhòr nach do reic am màthair am bàta, le aon mhac anns an Oilthigh agus am fear eile air na rigichean. Uiread a' tachairt ann am bliadhna. Bha Dòmhnall air tilleadh dhachaigh. Dh'fhàg Iain an t-Oilthigh. Cha robh a mhàthair cho toilichte mu dheidhinn sin.

Agus Dòmhnall a' toirt a chreids, an seann Dhòmhnall a sheall e dhan t-saoghal. Ach bha e eadar-dhealaichte; uaireannan cha robh fhios aige cuin a stadadh e. Cha do dh'aidich e faireachdainnean sam bith a bh' aige, uaireannan bheireadh e ùine mhòr mum freagradh e ceist. Freagairtean slow motion. Uaireannan eile bha e a' buiceil timcheall coltach ri gobhar. Bha e a' smocadh tòrr marijuana airson a chumail fhèin a' dol. Dh'òladh e cus. Ro luath. Dh'òl e tòrr.

Uaireannan cha b' urrainn dha gluasad, oir bha uiread cionta ga bhruthadh sìos. Carson nach do bhàsaich esan? Carson nach deach a charaidean a shàbhaladh na àite?

'S mathaid gu robh e airidh air a dhol iomrall beagan.

Ghabh Iain drag eile. Cha robh e a-riamh a' smocadh ach nuair a bhiodh e ag iasgach. Cha do shruc e ann an càil san Oilthigh. Siogaraits neo eile. Drogaichean. Nam beireadh cuideigin air a' dèanamh sin . . . an dèidh na rinn e a dh'obair, nam biodh e air a shadail bhon chùrsa . . . bhiodh sin cus. Airson rudeigin cho beag ri sin. Mearachd bheag. Rudeigin ironic, smaoinich Iain barrachd air aon thuras. Gu robh e dìreach air coiseachd a-mach aon latha.

Am bàta a' plubadaich a-mach gu far an robh an t-iasgach.

Bha ùine mhòr mun do dh'fhàg iad na Klondykers air an cùlaibh. Bha iad air an ceangal ann an loidhnichean mòra fada anns a' bhàgh. Na bàtaichean cannery mòra Ruiseanach. Àrd-chliathaichean, bàtaichean a dh'fhuiricheadh aig muir airson sheachdainean.

— Seall cho mòr 's a tha iad . . . chan fhaigh mi seachad air, a h-uile turas a tha mi gam faicinn, thuirt Iain.

— Dè cho fad' 's a tha sin a-nis – deich . . .

— Ceithir bliadhna deug.

— Ceithir bliadhna deug. Tha iad an seo gu Là a' Bhreitheanais, tha mi smaoineachadh. Smaoinich air an airgead a tha iad a' toirt a-steach. Mas e seo Socialism, tha e a' còrdadh rium.

Iad faisg air na cliathaichean àrd iarainn a-nis.

— Cò tha leigeil dhaibh a bhith an seo co-dhiù? Bha dùil agam nach fhaodadh na Ruiseanaich fàgail an dùthaich neo rudeigin mar sin.

— Airgead, thuirt Dòmhnall.

— Dè mu dheidhinn?

— Chan eil iad an seo gun adhbhar. Tha iad a' pàigheadh tòrr airson iasgach an seo. Big money. Na Ruiseanaich a tha cumail a' ghnìomhachais a' dol san dùthaich seo an-dràst. 'S e racket a th' ann.

Am bàta beag aca gu tur ann am faileas aon dhiubh airson mionaid.

— Chan eil fhios agam am falbh iad a-chaoidh, thuirt Iain.

— Tha fhios gu falbh. Cha sheas e.

— Chan eil an coltas orra gu falbh.

— Uill, cùm thus' ort ag iasgach 's ag iasgach 's ag iasgach, agus faodaidh tu bhith cinnteach aon latha nach bi càil air fhàgail. Dè 'n teans a th' aig an iasg bhochd – seall air na rudan sin.

— Cha mhothaicheadh iad nam beireadh iad oirnne anns an lìon aca, thuirt Iain.

— Chan fhaigheadh iad mòran ortsa, ceart gu leòr. Ach mise . . . hundred percent Beluga caviar, sin mise. O, aidh, chòrdadh e rium aon neo dhà dhan chlann-nighean Ruiseanach tha siud a chur air an toast agam ceart gu leòr . . .

— Tha iad snog, feadhainn dhiubh, all right.

— Snog! Beauties a th' annta! 'S mathaid gu bheil na làmhan aca rud beag curs, fàileadh èisg, ach uaireannan chan e rud dona tha sin. Nach tuirt mi riut, firecrackers . . . feadhainn dhiubh. Hoigh, cùm sùil air far a bheil thu a' dol!

Bha e a' cur na cais air Iain nuair a chanadh Dòmhnall rudan mar seo.

— *Tha* mi a' coimhead.

— Chan eil thu air a' chùrsa cheart.

— Chan eil càil ceàrr air a' chùrsa seo.

— Tha thu a' stiùireadh a' bhàta man boireannach.

— Tha thusa gam bhidsigeadh man boireannach.

Ghabh an dithis aca drag bho na fags. Dòmhnall a' chiad duine a bhruidhinn.

— Chan e rud fortanach a th' ann a bhith bruidhinn mu bhoireannaich ann am bàta.

— Thus' a thòisich.

— Boireannaich agus . . . eala bhàn cuideachd. Sin an t-adhbhar nach bi mi a' smocadh nan Swan Vestas. Chan e rud math a th' ann a bharrachd ma choisicheas boireannach seachad air an lìon agad. Gu h-àraidh boireannaich le falt ruadh! Cùm air falbh bhuapa. Aig muir neo air tìr. Deagh chomhairle tha sin. Bheil thu 'g èisteachd? Na teirg a-mach le boireannach beag. Ach mura bheil cìochan mòra oirre. Casan beaga agus cìochan mòra. Sin na requirements. Agus gu h-àraidh na teirg a-mach le tè ruadh. Redheads na mallachd. Gu h-àraidh mas e . . . Tam an t-ainm a th' oirre. Neo Ruairidh.

Fuaim bhon àite-cadail shìos. Durghail agus spògan hungover a' gluasad gu slaodach.

— A' bruidhinn air mì-fhortan. Tha thu an sin, a Làsarais.

Ceann stràbh bàn a' nochdadh anns a' hatchway. John D. Chan eil e a' coimhead cho math.

— Bheil sinn ann fhathast?

— Chan eil. Seall ort fhein: staid an diabhail.

— An urrainn dhuibh dìreach stad . . . o bhith a' dèanamh uiread fuaim. Tha sibh man dà rhino.

— Dhìochuimhnich mi gur e hotel a bh' ann. Feuchaidh sinn a bhith sàmhach an ath thuras a tha sinn a' dèanamh airgid dhut fhad 's a chaidleas tu.

John D a' goradaireachd a-mach a' hatchway, a' ghrian ro làidir dha.

— An diabhal, chan eil sinn fiù 's a-mach às a' bhàgh fhathast!

— John, nach teirg thu a chadal airson treis eile, eh? Sleep it off. Dùisgidh sinn thu nuair a tha feum ort.

— Aidh, ann an deich bliadhna eile, 's mathaid, thuirt Iain.

— Èigh orm, ma-thà, nuair a tha thu gam iarraidh.

John D na sheasamh a' smaoineachadh airson mionaid — Tha mi air a bhith smaoineachadh.

— O, aidh, thuirt Dòmhnall.

— Bha mi smaoineachadh a-raoir. Bidh tòrr ideas mhath agam an dèidh tè neo dhà. Bha mi smaoineachadh, seo sinn air ar cuairteachadh ceithir-thimcheall le iasg. Tha iad sa h-uile àite. Ach fhathast, chan fhaigh duine fish supper ceart a-staigh sa bhaile. Bha mi smaoineachadh mu dheidhinn sin nuair a bha mi ag ith fish supper a-raoir.

Sheall Dòmhnall agus Iain air. — Tha sin fìor ceart gu leòr.

Bha coltas gu math dòigheil air John D. — Bha sin rudeigin cliobhar dhomh, smaoineachadh air a sin, eh?

— Duine mothachail dha-rìribh, thuirt Dòmhnall. An aon rud, John, 's e kebab a bh' agad a-raoir.

— An e?

— 'S e.

Stad John D airson mionaid.

— Uill . . . dìreach èigh, ma-thà. Tha balgam beag teatha gu math snog nuair a dhùisgeas duine.

— Rud sam bith a tha thu ag iarraidh, agus dìreach èigh nuair a tha thu ag iarraidh a' bhlow-job ud. Hoigh, agus na teirg faisg air an leabaidh agam. Cleachd bunk eile.

Ceann John a' buiceil suas a-rithist. Ostraits hungover.

— Feagal ort gu faigh mi aon dha na boireannaich agad innte?

— Hoigh. Loose lips sink ships, thuirt Dòmhnall.

Bha Iain ga choimhead.

— Dè tha thu a' dèanamh a-nis? dh'fhaighnich Iain.

— Chan eil càil.

John D a' goradaireachd a-rithist. Bha an seòrsa rud seo a' còrdadh ris.

— Anna an t-ainm a th' oirre. Neo rudeigin mar sin. Sin an t-ainm a th' air aon dhiubh co-dhiù. Pìos math, a Dhòmhnaill.

Le breab bheag dhùin Dòmhnall a' haids air John D. Chual' iad guidheachdainn, a chasan air an làr a' dèanamh gu taingeil air bunk. Chan eil Iain cinnteach dè chanas e.

— Feumaidh tu bhith faiceallach nach fhaigh Leanne a-mach.

— Chan fhaigh i a-mach.

— Cha ghabh i ris an t-seòrsa carry-on sin.

— Iain, cùm do shròin a-mach às.

— Tha mi dìreach ag ràdh.

— Uill, cùm thusa do shùil air an stiùir.

Tha iad sàmhach airson ùine mhòir. A' dèanamh an cuid

slighe a-mach gu far a bheil an t-iasgach. Peilearan fada caol airgid. Rionnaich. Seo a tha iad ag iarraidh. Thèid an t-iasg bòidheach seo timcheall an t-saoghail far am pàigh daoine yen agus kroner agus roubles air a shon.

Ach tha Dòmhnall a' smaoineachadh air an oidhche tha roimhe nuair a gheibh iad air ais gu tìr. Tha e airson an t-iasgach fhaighinn a-mach às an rathad. Tha e ag iarraidh deoch neo dhà agus tha e ag iarraidh bruidhinn ri boireannach brèagha. Chan eil e airson a bhith a' smaoineachadh.

2

Siud am baile.
Na laighe sàmhach.

A h-uile duine am broinn thaighean. Chì thu blàths an taigh-òsta. Chan eil deò air aghaidh na mara. Tha thu a' dèanamh do shlighe air ais, an suaile phròiseil a tha do bhàta a' dèanamh. Boillsgeadh fhaoileagan air do chùlaibh. Toll an èisg a' gluasad.

Tha a dhruim chun na mara. Am baile. Sràid thana uisge a' tòiseachadh aig na h-eileanan aig taobh thall a' bhàigh, a' dèanamh a slighe gu cidhe fada caol. Sin slat-iùil muinntir a' bhaile. Seachad air na solais. Dearg is uaine. Sgeirean a' dol seachad, crois ann airson creag a chomharrachadh. Siud am bàgh a' fàs tana, iarann tiugh nam bàtaichean cannery os do chionn. Na ròpaichean a' fàs teann agus putaichean a' buiceil ri cliathaich a' chidhe. Na bàtaichean a' bruthadh a chèile air an socair. Meirg-dhathach agus lainnir obrach. Sàl man còta peant air an deic. Lainnir an èisg.

Chaidh am baile a thogail anns an oisean seo. Faodaidh tu do chall fhèin airson mionaid neo dhà air an t-sràid, ach thèid thu timcheall còrnair agus siud i a-rithist. A' mhuir. Loidhnichean de bhàtaichean-iasgaich. Tha iadsan a' dèanamh glè mhath dhaib' fhèin. Glè mhath. Ag iasgach airson nan silver darlings ùr.

Chì thu na Klondykers thall an sin, faileas air an uisge. Cha mhòr nach urrainn dhut coiseachd tarsainn a' bhàigh bho thaobh gu taobh orra. Tha thu a' cluinntinn ghuthan bho dhiofar dhùthchannan. An Ruis. Sasainn. Nirribhidh. Sin man a tha am baile air a roinn. Fairichidh tu an t-airgead uaireannan. Am bàgh làn sholas, coltach ri Manhattan. Caviar anns na taighean-òsta. Baile far a bheil rudan a' tachairt. A h-uile seòrs' duine. Frontier town.

Tha Klondyker air acair a-muigh anns a' bhàgh. Tha cuideigin a' tadhal.

Gnog socair air oir a' bhàta. An t-eathar beag a' buiceil fon chliathaich leis a' ghaoith. Am balla stàilinn a' stad solais nan rionnag.

Tha Jock sàmhach, a' feuchainn ri dèanamh a-mach a bheil duine air bòrd na dhùisg. Oidhche fhuar a th' ann – chan urrainn dhàsan a bhith feitheamh airson nan daingit Ruiseanach tha sin. Rudan aige ri dhèanamh a-nochd. Tha e a' stobhaigeadh nan ràmh agus a' cleachdadh a chuid làmhan airson a shlighe a dhèanamh timcheall a' bhàta mhòir. Daolag le dà ghàirdean.

— Hoigh. Ag èigheachd air a shocair, feuch a bheil duin' ann. Càit a bheil iad? Èigh eile.

— Hoigh! Sergei!

Dìosgail os a chionn agus an uair sin ad a' coimhead sìos air.

— Thu fhèin a th' ann, Jock.

Bho dheireadh thall.

— Sergei. An dearbh dhuine. Seòclaid?

— Clann-nighean?

— Chan eil a-nochd.

— Cuin a bhitheas? Chan eil mòran feum annad, Jock.

— Nis, Sergei, chan eil sin fèar. Co-dhiù, tha gu leòr chompanach agad air bòrd airson cur seachad na tìde. Tha mi coimhead airson an fhir eile cuideachd. Càil agad?

— Dè na tha thu ag iarraidh?

— Fichead unns'. Na th' agad.

— Kein problem.

— Chan eil mi ag iarraidh pioc dhan stuth dhiabhalt ud. Rudeigin math. Pakistani leaf neo rudeigin mar sin. Rudeigin snog.

— No problem. Dè eile th' agad?

Bha fios aig Jock air a h-uile rud a bh' aige gun sealltainn.

— Uisge-beatha. Stuth fresh cuideachd. Measan. Seòclaid às a' Bheilg. Lovely. Tha fios aig na Beilgich mar a nì iad seòclaid, eh?

— Gabhaidh mi rud dhan sin, ma-thà.

— Sin thu fhèin. Cuir sìos peile, ma-thà.

— Faodaidh tu an t-airgead a chur còmhla ris a h-uile càil eile, thuirt Sergei.

— Fuirichidh mi gus am faigh mi na white goods.

— Jock. Tha thu cho cruaidh orm. Agus tha an dithis againn man dà bhràthair.

— Business a th' ann, Sergei. Bheir dhomh rud dhan cheann-cropaig neònach sin cuideachd.

— Caviar? Dè na tha thu ag iarraidh?

— Dìreach na lìonas am peile.

An ad a' dol à sealladh. Tha Jock a' lasadh siogarait, èibhleag bheag dhearg anns an dorchadas. Tha bàta neo dhà eile air fhàgail air na rounds aige a-nochd, a' toirt dhaibh nan rudan a tha a dhìth orra. A' dèanamh prothaid bheag mhath às. Uaireannan 's e clann-nighean a th' ann. Clann-nighean a bhios ag obair dhaib' fhèin, bheil fhios agad. Don't shoot the messenger. Nì thu tòrr airgid asta. Bidh e a' feuchainn gun a bhith dèanamh cus smaoineachaidh air. Non mea culpa. Just the messenger, a dhuine.

Mar as àbhaist chan eil an obair ro dhona. Tha an t-airgead a' cuideachadh. Ach a-nochd, chan urrainn dha bhith air a bhidsigeadh leatha. Tha e fuar agus tha cìrean bho na suailichean beaga: tha e bog fliuch. Ach, uill, tha e a' dèanamh deagh bheòshlaint às. Chan e an seòclaid ach an rud eile. Nuair a gheibh e dhachaigh, bidh e a' toirt a' chlingfilm bhon chèic mharsapan dorcha. A-mach le na cothroman, mar gu robh e a' còcaireachd. Unns'. Cairteal. Ochdamh. Chan eil e fhèin dèidheil air idir. Uaireannan bidh e a' smaoineachadh ris fhèin gum bu chòir dha duine beag air choreigin air moped fhaighinn airson home deliveries. Coltach ri Pizza Hut. 'S mathaid gu bheil an t-àm ann airson fàs ceart gu leòr, smaoinichidh e.

Bha Sergei air a bhith aig an iasgach airson ùine mhòir a-nis. Cha robh cuimhne aig Jock air an àite às aonais. Uaireannan chitheadh e e ann am bàr ag òl bhodca. Bha e an-còmhnaidh a' gearain nach robh a' bhodca fuar gu leòr. Bha e dèidheil air còmhradh gu slaodach, agus slàinte dhaoine a ghabhail a h-uile còig mionaidean. Nuair a bha e òg bha e anns an Arm, aon dha na Siberian Divisions. An dèidh tè neo dhà dh'innseadh e dha daoine mu dheidhinn an Airm Ruiseanaich. Chanadh e riutha gu robh gaol aige air. Bhruidhneadh e air an fhuachd ann an Siberia. Minus twenty, minus thirty. Minus forty. Minus fifty. Seadh! Smaoinich! Bhiodh e na gheàrd, brògan fiodh air airson nach biodh a chasan fuar. Bha e cho cruaidh ri tairsgeir.

Siud e a-rithist, am peile na làimh.

Nathair ròpa a' tighinn sìos gu Jock, am peile aig a cheann.

— Cà' il Johan a-nochd?

— 'S ise a' favourite agad, nach i? Chan eil Johan ag obair a-nochd.

— An can thu rithe gu bheil mi airson a faicinn? Bidh mi snog. Ceannaichidh mi flùraichean. Tha fios agam na rudan a tha a' còrdadh ri boireannach.

— Bhiodh i toilichte, tha mi cinnteach, nan toireadh tu wash bheag dhad achlaisean, a bhalaich an iasgaich.

Tha am peile a' stad. — 'Eil thu ag iarraidh seo neo nach eil?

— Chan eil mi ach a' tarraing asad . . . a' tarraing asad . . . Canaidh mi rithe gu robh thu ga faighneachd. Dìreach gu bheil thu ag iarraidh oirre cèilidh.

Tha am peile na làmhan a-nis. Tha e a' toirt a-mach na tha na bhroinn. Baga beag teann de mharijuana, dorch-ruadh anns na tha ga chòmhdachadh. Tionaichean de chaviar a' bualadh a chèile. Beluga. An stuth as fheàrr, smaoinich Jock, ged nach dèan e fhèin càil leis. Tha iadsan ga thoirt seachad cho saor ri peile earbaill èisg.

— Carson nach fhaigh thu bàta nas fheàrr? tha Sergei ag ràdh. — Tha a' chlann-nighean air am maslachadh, daoine gan coimhead anns an rud sin. Chan eil thu ag iarraidh gun tèid i fodha?

— Na gabh thus' dragh. Jock a' feuchainn ri faighinn air falbh a-nis.

— Ràimh na mallachd, air feadh an àite, thuirt Jock.

Chleachd e na ràimh, oir bha e ag iarraidh a shlighe a dhèanamh cho socair 's a b' urrainn dha. Bha e gu math fortanach gu robh caraid aige anns a' Choastguard a dh'innseadh dha cuin a bha lookout sònraichte air. Bha an t-àite coltach ri Kashmir uaireannan, a h-uile duine a' coimhead a h-uile duine eile, drogaichean air feadh an àite. Bha fios aig Jock gu robh an t-àite a' cur thairis le muinntir Scotland Yard agus an KGB. Dh'fheumadh e bhith faiceallach.

— Daingit!

Tha an t-eathar beag air feadh an àite. Chan e seòladair a th' ann. Tha fadachd air rud beag airgid a dhèanamh agus cùl a chur ri seo. A dhol legitimate. Àite Pizza fhosgladh. Càr snog a bhith aige. Bean shnog a dhèanadh na bha dhìth air. Bean coltach ri mhàthair fhèin. Cha robh anns an obair ach toiseach tòiseachaidh.

A mhàthair. Tha e an dòchas nach cluinn ise mun seo. Sin aon rud a tha cinnteach. Cuiridh seo dìreach rud beag airgid na phòcaid. Ach tha tàlant aige. Chan fheum esan a bhith reic tights agus seòclaid ri Ruiseanaich. Gu dearbh chan fheum.

* * *

Tha an *Dawn Rose* a' dèanamh a slighe suas am bàgh, a' gabhail air a socair is i a-nis faisg air a' chidhe.

— An e sin Jock Beag thall an sin?

An silhouette beag, bìodach. Cha mhòr nach eil e dorch, uinneag an latha a' lasadh pàirt dhan adhar.

— 'G iarraidh rud beag plòidh? tha John D a' faighneachd.

— Siuthad ma-thà.

Tha e a' gabhail grèim air a' chuibhle. Am bàta a' dèanamh dìreach air raft beag Jock. Tha Jock a' cluinntinn fuaim einnsein, a-nis a' fàs àrd, agus tha e a' coimhead timcheall air feuch am faic e cò às a tha am fuaim a' tighinn. Tha e trang a' dèanamh a shlighe eadar dà bhàta. Tha e a' smaoineachadh air dè an seòrsa càir a tha e ag iarraidh. Chì e am bàta – cha mhòr nach eil i air a mhuin.

— Hoigh! Tha thu . . . tha thu ro fhaisg! Hoigh! Amadain!

Tha John D a' cur sìos na throttle, a' dol rud beag nas luaithe. Tha Jock a-nis na sheasamh anns an eathar, a làmhan shuas anns an adhar feuch am faic iad e. Tha e a' faireachdainn rud beag hysterical a-nis. Toiseach àrd a' bhàta os a chionn. Chan fhaic iad e! Chì e an t-suaile a tha a' tighinn an taobh aige. Tha iad a' dol a bhualadh ann! Airson tiota tha e a' smaoineachadh air a mhàthair, agus cuideachd air Dia.

Aig a' mhionaid mu dheireadh tha John D a' tionndadh na cuibhle, rudeigin sona, agus tha cliathaich àrd na *Dawn Rose* a' dol seachad air eathar Jock. Jock a' gealltainn dhan Chruthaighear nach dèan e càil ceàrr a-rithist ma thig e às a seo beò. Bha a chuairt air slighe Dhamascuis air a grad-stad an dèidh dha aghaidh John D fhaicinn le gàire aig a' chuibhle. Agus tòin gheal Dhòmhnaill.

— Uill . . . an diabhal . . . Balgairean!

Tha an t-suaile a' bualadh an eathair agus tha Jock a' tuiteam, grèim a' bhàis aige air na ràimh agus an t-eathar a' dol an siud 's an seo. Mar as luaithe a stadas mi dhan dòlas carry-on a tha seo, tha e a' smaoineachadh, 's ann as fheàrr.

3

An Ceilidh Bar. An t-OK Corral.

Tha Dòmhnall agus Iain glan, man dà phrìne, man dà bhuntàta ùr. Tha iad ag iarraidh deoch. 'S e latha teth a bh' ann, tòrr obrach, agus a-nis tha e seachad. Tha pathadh air Dòmhnall. Chan eil a' chiad tè a ghabhas e a' srucadh anns na cliathaichean. Tha e a' bruidhinn ri caraidean. Ag innse sgeulachdan. Tha fàd mòr de dh'airgead na phòcaid. Tha e a' coimhead mun cuairt air feuch am faic e a bheil i timcheall. Tha i. Anna. Tha i a' coimhead math. Tha i a' smèideadh ris. Tha Dòmhnall a' faireachdainn rudeigin a' dùsgadh.

— Tha mi dìreach a' dol a bhruidhinn ri cuideigin. Cha bhi mi mionaid.

Bha fios aig cha mhòr a h-uile duine anns a' bhàr gu robh rudeigin a' dol eadar Dòmhnall agus Anna. Cha robh e a' cur mòran dragh air a' mhòr-chuid dhiubh, fiù 's ged a bha bean agus dithis chloinne aige aig an taigh. Cha do dh'innis gin dha caraidean Leanne dhi . . . cha robh iad cinnteach . . . cha robh càil ann ach fathann . . . agus cha robh iadsan ag iarraidh càil a ràdh gun fhios nach deigheadh Leanne a-mach orra. Agus co-dhiù, cha b' fhada gus am faigheadh i a-mach i fhèin, an carry-on a bh' aig Dòmhnall.

A dh'innse na fìrinn, cha robh fhios aig Dòmhnall carson a bha e ga dhèanamh. Air an taobh a-muigh shaoileadh duine gu robh beatha mhath aige, teaghlach math. Bha Leanne gu math còir ris, agus bha na caraidean aige dèidheil oirre. Bha i air coimhead às a dhèidh an dèidh dha bhith air a leòn, agus bha e a' smaoineachadh gu robh gaol aige oirre.

Ach an dèidh dha tilleadh bho na rigichean bha e air a bhith le gu leòr bhoireannach eile. Cha robh gin dhiubh air an rud a bha dhìth air a thoirt dha. Bha e an dòchas gun lìonadh iad an toll a bha e a' faireachdainn ann an dòigh air choreigin. Am pian bog na mhionach. Thàinig Anna gu math faisg air. Uaireannan nuair a bha e còmhla rithe agus an deoch air, dhìochuimhnicheadh e cò e.

Dh'fhuirich Iain aig a' bhàr. Bha an t-àite a-nochd gu math beòthail. Bha daoine ag iarraidh plòidh. Bha pàigheadh airson seachdain de dh'obair nam pòcaid. Siud duine anns a' chòrnair a' cluich òrain nam Beatles air a' ghiotàr.

Tha Jock a' tighinn a-staigh le baga beag làn de thionaichean air choreigin. Tha e a' coimhead rudeigin sàraichte.

— Siud an stuth a bha thu ag iarraidh, thuirt Jock ri fear a' bhàr.

— Bu tu am balach. Cha mhòr nach robh sinn air ruith a-mach. 'G iarraidh deoch?

— Aidh. Tè bheag.

Tha John am Barman a' dìtheadh na glainne chun an optic. Tha an t-òr a' ruith dhan ghlainne. A' sloidhdigeadh an t-siuga uisge a-null thuige. A' glanadh mullach a' bhàr le clobhd.

— Fuar a-muigh an sin a-nochd?

— Tha gu leòr arseholes a-muigh air an uisge airson do chumail blàth. All right, Iain.

— Jock.

— Cha robh dùil agam gun ruigeadh tu am pub, an dòigh a bha sibhse a' stiùireadh.

— Tha e gu math trang a-muigh an siud a-nochd all right.

— Tha mi a' creids nach eil iad a' teagasg rudan mar sin anns an Oilthigh.

— 'S ann agad a bhiodh fios.

Tha Jock a' gabhail balgam dhan uisge-bheatha.

— Dè man a tha am business a' dol? dh'fhaighnich Iain.

— Ceart gu leòr.

Cha robh Iain uabhasach dèidheil air Jock agus bha e ag iarraidh cuidhteas e. Bha e a' faireachdainn ann an deagh thriom airson tarraing às, 's mar sin dh'fhuirich e treiseag a' còmhradh ris.

— Dè man a tha an girlfriend? dh'fhaighnich Iain.

— Cò? O . . . tha mi ro thrang airson càil . . . serious.

— Don't mix work and pleasure, eh?

— Tha mis' a' faighinn gu leòr. Na biodh dragh ort mu dheidhinn sin.

Bha Jock ann an clas Iain anns an sgoil. 'S e seòrsa de bhully a bh' ann ged a bha e beag. Uaireannan 's e an fheadhainn bheag an fheadhainn as miosa. Bha e an-còmhnaidh a' feuchainn ri daoine a thionndadh an aghaidh a chèile. Sin an tàlant aige. Bha Iain air seo fhaicinn iomadach uair, agus bha e taingeil mu dheireadh thall nuair a dh'fhalbh e dhan Oilthigh, a' fàgail dhaoine man Jock air a chùlaibh. Cha robh e buileach cho dòigheil a-nis agus e air ais.

— Dè man a tha an degree a' dol? dh'fhaighnich Jock.

Cha tuirt Iain càil.

— A' dèanamh do shlighe anns an t-saoghal mhòr a-nis, eh. Seo e a' fàs cruaidh a-nis. Uairean fada. Chan eil do bhràthair a' pàigheadh air do shon. Cha robh mi riamh a' smaoineachadh gun dèanadh tu iasgair. Tha mi creids gu bheil an obair sin ceart gu leòr airson daoine gun vision. B' fheàrr leams' obrachadh cruaidh agus airgead ceart a dhèanamh.

— Tha thu a' dèanamh tòrr airgid, a bheil?

— Uill, tha mi dèanamh barrachd na nì thusa a-chaoidh, dh'fhaodadh tu sin a ràdh. Tha planaichean agam cuideachd. Expansion.

— Dè an seòrsa rud?

— Cluinnidh tu mu dheidhinn nuair a thachras e. Sin aon rud tha cinnteach. Uisge-beatha eile, John.

Tha John a' faighinn glainne ùr agus ga lìonadh. Tha Jock a' coimhead ris a' chlann-nighean aig taobh eile a' bhàr. Tha aon tè a' smèideadh ris, tha e a' smèideadh air ais. Tha Iain a' cluinntinn dìosgail stòil ri thaobh air an làr fhiodha, agus cuideigin a' tighinn eatarra.

— Jock Beag! Dè an triom?

— All right, Hector.

— Pinnt, John. Ta. Dè man tha cùisean ann an Lilliput a-nochd?

— Thalla a thaigh na bidse.

— Stùirc! Eh! Tha coltas rudeigin stùirceach ort ceart gu leòr, Jock.

— Cha mhòr nach deach mo bhàthadh a-nochd. Sin an t-adhbhar. Dh'fheuch na diabhail seo ris an eathar agam a thionndadh.

— 'S mathaid nach do mhothaich iad dhut, thuirt Hector.

— Rinn iad a dh'aon ghnothaich e. Co-dhiù. Tha an nighean ud thall an sin ag iarraidh bruidhinn rium.

Bha beul Hector faisg air cluais Jock. Bhruidhinn e air a shocair. — Bha dùil agam gu robh sinn a' dol a bhruidhinn uaireigin, Jock.

— Uaireigin eile.

— Tha thu air a bhith smaoineachadh air an tairgse agam, a bheil?

— Chan eil mi ag iarraidh pàirt ann.

Rinn Hector gàire. — Jock, a-nis. Cha leig thu leas a bhith mar sin. Bheir mi dhut rud beag tìde airson smaoineachadh air, eh?

Sheall Jock air. Cha robh e uabhasach dèidheil air Hector – bha e ro bhragail.

— Bidh mi gad fhaicinn, thuirt Jock.

— Aidh. Bithidh.

Tha Jock a' dèanamh a shlighe a-null gu bòrd na cloinn-nighean. Chan eil iad ag iarraidh gun suidh e còmhla riutha ach chan eil Jock a' bleadraigeadh le rudan mar sin. A-nis chitheadh iad na charms aige.

— A' chlann-nighean bhochd. Chan fhaigh iad rids dheth airson a' chòrr dhan oidhche, thuirt Hector.

— B' fheàrr leams' e na shuidhe thall an sin, thuirt Iain, a' cur crìoch air an deoch aige. Tha John a' toirt pinnt dha Hector.

— Pinnt eile, John – gheibh mise an tè s', Hector.

— O, uill. Tapadh leats'. Latha math air a bhith agad?

— Cha robh e dona.

Tha Hector a' toirt dheth a sheacaid agus a' coimhead timcheall a' bhàr. Tha e a' streidsigeadh man cat, ag ràdh halò ri duine neo dithis. Tha t-lèine bheag gheal air. A chraiceann ruadh.

— Tha mise air a bhith muigh airson dà sheachdain, thuirt Hector. — Joba na bidse. Tha na Ruiseanaich dìreach a' falbh leis a h-uile càil. Hoovers. Chan eil fhios agam ciamar a tha iad ga dhèanamh. Cha bhi càil air fhàgail ach creachain.

— Chan eil thu fada ceàrr.

Bha Hector anns an Arm gu bho chionn ghoirid. Bha e air a dhol ann nuair a bha e sia-deug; bha fadachd air am baile fhàgail. Thill e dhachaigh an dèidh sia mìosan, cho eadar-dhealaichte 's a ghabhadh, mar gu robh e fhathast air a' pharade-ground. Ghabh e gaol mòr air. Air an èideadh. Air an òrdugh nach fhaodadh e pìoc cuideim a chur air thairis air saor-làithean na Nollaig. Bha e na phàirt de rud mòr.

Ach an dèidh dà thuras a dh'Èirinn a Tuath dh'atharraich e a bheachd beagan. 'S e aon oidhche gu sònraichte a thug air smaoineachadh air rudan ann an dòigh eadar-dhealaichte, is e còmhla ri saighdearan eile a' dèanamh raid air taigh. Beul Feirste. Guthan neònach agus ballachan air am peantadh. An doras ga bhriseadh. Daoine air an tarraing a-mach às an cuid leapannan, an cadal ga ghrad-stad. Smaoinich e, Chan aithne dhòmhs' na daoine seo. Boireannaich a' sgreuchail. Nighean òg is cadal fhathast na sùilean agus na Paras a' toirt an taigh aice às a chèile. Fuil a' sruthadh sìos a peirceall. Balach òg, an aois aige fhèin, air a dhraghadh air falbh airson cadal air làr ann am prìosan cruaidh fuar. Cò an duin' ud? Dè tha e a' dèanamh an seo?

Agus dh'fhalbh e. Dh'fhàg e an t-Arm. Sin rud a bha duilich. Rinn e mearachd an siud 's an seo. Chaidh e air ais dhachaigh. Bha am baile air atharrachadh bho dh'fhàg e. Bha iomadach seòrsa duine ann a-nis. Daoine a bha ag iarraidh duine le rud beag spionnaidh os an cionn. Bha fathann ann gu robh Hector an sàs ann an rudeigin a thaobh choinneamhan air oidhcheannan dorcha, geodhaichean beaga agus bàtaichean luath. Cha robh e ag iarraidh an seòrsa obrach sin a dhèanamh. Bha e ag iarraidh a bhith air taobh ceart an lagha. Bha e ag iarraidh beatha shìmplidh. Ach bha e a' faireachdainn nach robh cothrom aige sin a dhèanamh. 'S e seo a bha an dàn dha. Bha e dìreach a' tuiteam ann an sgeamaichean, ge bith dè dhèanadh e. 'S mar sin, ghabh e ris. Cha robh ceist nach robh e math air an obair. Agus aon rud a bha cinnteach: cha robh thu ag iarraidh a bhith air an taobh cheàrr dheth.

Ach a dh'aindeoin sin, bha Iain gu math dèidheil air.

Bha an duine air a' ghiotàr air stad. Cha do chòrd seo ri Hector. Bha e dèidheil air fuaim. — Hoigh . . . *Eleanor Rigby.* Cluich fear eile. Tha an t-àite seo coltach ri cladh.

— One singer, one dram, ma-thà.

— Siuthad, ma-thà, a cheàird tha thu ann. John, dram dha Eleanor. Cluich rudeigin a dh'aithnicheas sinn.

Thog an duine, Ed an t-ainm a bh' air, an giotàr. Dh'fheuch e an robh e ann an gleus.

— Math gu leòr airson folk music.

Thòisich e air *Peggy Sue.* Thòisich a' chlann-nighean a' seinn. An t-àite a' dùsgadh. Hector a' cluich stòl man druma.

— Hoigh, John, a bheil thu dol a chur an shore-to-ship air. Faodaidh na balaich èisteachd cuideachd.

Rinn John sin, a' tionndaidh nan dials thiugh air an rèidio. Nochd duine neo dithis, fìdhlearan. Shuidh iad, chuir iad rosin air na boghan aca, stiall iad orra le port neo dhà, sigichean.

— Tha seo nas fheàrr. Gabh tèile, Iain.

— Siuthad, ma-thà.

— Tè dha Dòmhnall cuideachd, John.

Tha am bar làn. Tha daoine air an stobhaigeadh anns a' chreathaill bhlàth. Chan eil càil eile ann. An deoch mar abhainn, an ceòl a' cur dhaoine air mhisg. Tha na fir a' feuchainn ri faighinn gàire bho na boireannaich. Còmhradh tiugh, fuaim fuaim. Daoine a' smocadh. Deagh oidhche.

— Tha mi a' coimhead gu bheil am fear a th' ann – Maighstir London – a-muigh a-nochd.

Tha Iain a' tionndadh agus a' coimhead ris an fhear air a bheil Hector a' bruidhinn. Tha siogarait na bheul, e a' coimhead timcheall.

— Cùm do shùil air.

Bha London air stòl, gu dòigheil a' coimhead mun cuairt. Ach bha e a' coimhead gu math controlled. 'S e an aon deoch a bh' aige bho shuidh e. A shùilean geur.

— Ex-Special Forces. Tha mi cinnteach às, thuirt Hector.

— Cionnas tha fios agad air a sin?

— Bhruidhinn mi ris turas neo dhà. Tha mi eòlach air daoine mar a tha esan. Seall cho blàth 's a tha e staigh an seo. Agus tha geansaidh air le muilichinnean fada. Cuiridh mi geall gu bheil sin airson falach nan tatoos aige. Cuiridh mi geall gur e Scotland Yard a th' ann a-nis neo seòrsa Intelligence co-dhiù. An dèidh dhrogaichean.

— Chan eil mis' ga do chreids. Chuala mis' gu robh e an seo

seach gun dh'fhàg an dàrna bean e, le chuid airgid. Bha business aige neo rudeigin mar sin. Bha ise pòst' ri ceathrar eile mun tàinig esan air a' scene. Dh'fhàg i e agus thill i an dèidh mìos neo dhà le bhan removals.

— 'S mathaid gu bheil thu ceart. Ach ma tha, bidh ise fon phatio gu ruige seo, cuiridh mi geall.

— 'S e droch dhuine a th' annad, Hector.

— Dìreach airson gum bi fios agad. A h-uile seòrs' duine shuas an seo. 'S ann agam a tha fios.

Tha iad ag iarraidh òran bho aon dhan chlann-nighean. Tha i brèagha, falt fada dorch oirre agus i rud beag diùid. Tha Iain ga h-aithneachadh: seinneadair math a th' innte. Ach chan eil i ag iarraidh seinn, cus dhaoine a' dèanamh cus fuaim, oidhche Haoine. Ach mu dheireadh thall, tha i air aontachadh. Chan fhaigheadh i fois mura seinneadh i. Tha bliadhnaichean bho dh'ionnsaich i sin.

Tha aon dha na caraidean aice a' toirt air daoine a bhith sàmhach: tha Màiri a' dol a sheinn. Chan eil e toirt fada gus am bi an t-àite an ìre mhath sàmhach. Daoine a' siuisigeadh, am fuaim a' dèanamh a shlighe gu còrnairean a' bhàr. Tha i a' tòiseachadh. *Òran Chaluim Sgàire.*

Tha an t-àite sàmhach. 'S e àite math a th' ann mar sin: bheir a h-uile duine spèis dha seinneadair. Tha an guth aice milis. Agus an uair sin siud e seachad, agus daoine a' basbhualadh, càil coltach ri òran Gàidhlig an dèidh dhut tè neo dhà a ghabhail.

An dèidh dhi crìoch a chur air an òran tha daoine a' ceannachd deoch dhi. Tha a' chlann-nighean eile aig a' bhòrd aice gu math pròiseil. Tha Jock a' coimhead oirre, farmad na shùilean. Tha Dòmhnall fhathast a' bruidhinn ris an nighinn ud, a' srucadh na gàirdean air a shocair. Tha an seinneadair a' falach an gin & tonic aice.

— Sgaiteach, thuirt Hector.

Tha e fhathast a' basbhualadh. An t-siogarait aige na bheul, similear beag.

— Sius, a h-uile duine. Fanaibh sàmhach . . . Hoigh . . .

'S e John am Barman a tha a' bruidhinn. An dèidh dhan bhàr fàs sàmhach tha e a' tionndaidh suas an rèidio VHF. Tha e a-nis air ship-to-shore. Cluinnidh iad static agus guthan blàth àiteigin a' tighinn troimhe. Agus an uair sin tha guth a' tòiseachadh. Guth faisg. Tha am bàr sàmhach. Tha an duine a' seinn ann an Ruisis. Chan eil duine ag ràdh dùrd. Tha am bàr sàmhach gus am bi e deiseil.

Fad na h-oidhche ghabh iad òrain, na daoine anns a' bhàr agus na Ruiseanaich air na bàtaichean a' gabhail tiorna mu seach. Loidhnichean rèidio a' dol tarsainn a' bhàigh, a' tarraing air daoine. Na h-òrain a' ciallachadh rudeigin diofraichte dha gach duine, gun diofar a bheil iad a' tuigsinn neo nach eil. Thuig iad. Gaol. Cianalas. Gàireachdainn. Dachaigh.

Gaol.

Cianalas.

An cuan.

Gàire.

Dachaigh.

Beatha.

4

Oidhche neo dhà an dèidh sin, bha sianar dhaoine nan seasamh air a' chidhe a' feitheamh ri eathar beag Ruiseanach a bha a' tighinn airson an togail. 'S e oidhche fhuar a bh' ann agus bha ceò an cuid analach air an èadhar mar gum biodh eich ann an sabhal. Dh'èist iad airson buzz beag iarainn an einnsein a chluinntinn, bàta a' tighinn airson an togail.

— Tha mi 'n dòchas nach e one-way-ticket an t-aon rud a gheibh sinn.

Tha Dòmhnall ann. Cha robh e cho dèidheil air a dhol a-mach, cha robh e ag iarraidh mòran tìde a chur seachad le na Ruiseanaich. Ach thuirt e ri John am Barman gun deigheadh e ann an dèidh dha John innse dha gum biodh an t-àite làn bhoireannach cho brèagha 's a chunna duine a-riamh. Agus 's e bird of paradise a bhiodh ann fhèin, bhiodh na h-iseanan gu lèir gu math keen air. 'S mar sin thuirt e gun deigheadh e ann.

Bha Frank London ann cuideachd. Bha esan air rud beag Ruisis ionnsachadh anns an Oilthigh. Thubhairt e.

Bha an Comhairliche aca ann cuideachd. Jean. Cha robh Jean ag iarraidh a dhol ann an toiseach, ach an dèidh treis mhothaich i gur e deagh chothrom a bh' ann bhòt neo dhà fhaighinn. Agus co-dhiù, ma bha delegation a' dol a-mach, dh'fheumadh ise a bhith ann. Nach ise riochdaire nan daoine. Bha i air òraid bheag a dhèanamh air pìos pàipeir. Dìreach dhà neo trì diofar drafts, agus bha i a-nis a' feuchainn ri dèanamh an-àirde dè am fear a dhèanadh i. Bha i air Tolstoy a leughadh, agus cho-dhùin i gu robh na Ruiseanaich gu math dèidheil air speeches gu math fada, tomadach. Chan e sluagh furast' a bhiodh ann: tòrr fhear, iasgairean. Ach bha i a' smaoineachadh gun dèanadh i a' chùis glè mhath.

Bha John D ann cuideachd. Cha robh fhios aig duine carson, gu h-àraidh Jean. A dh'innse na fìrinn, cha robh fhios aig duine cò às a thàinig an cuireadh aige. Dìreach nochd e. Bha Jean an dòchas nach canadh e càil ceàrr. Dh'fheumadh i sùil a chumail air.

Agus an uair sin, dh'fhaighnich iad dha Iain an deigheadh e ann. Bha aon àite eile air a' bhàta agus bha Iain aon uair anns an Oilthigh, agus mar sin 's e deagh dhuine a bhiodh ann air an sgioba bheag aca.

Chùm iad orra a' feitheamh. Airson a dhol a-mach dhan dorchadas.

Bha Jean air rud beag uisge-beatha a thoirt leatha dha na Ruiseanaich. Cuideachd, cuach bheag a dh'fhaodadh iad a lìonadh agus a chur timcheall a' bhùird. Bheireadh i an dà choimhearsnachd seo còmhla. Ise. Bha i air na planaichean aice fheuchainn air a bràthair, a chleachd a bhith anns a' Mherchant Navy. Duine a bha gu math cleachdte ri srainnsearan agus daoine neònach. 'S esan a thuirt gun bu chòir dhi seasamh ri taobh a' Chaiptein, a' chuach eatarra man an FA Cup. Deagh rud a bhiodh an sin.

Rinn i cinnteach às gu robh camara ann, ga thoirt dha London airson coimhead às a dhèidh, agus ga shàrachadh mu dheidhinn a h-uile turas a bhruidhneadh iad. 'S e pìos math a bhiodh ann airson colbh anns a' phàipeir ionadail. Agus cò aig a bha fios, 's mathaid gun deigheadh e na b' fhaide na sin. Bha i a' smaoineachadh air an sgeulachd a chur chun a' phàipeir a b' fheàrr leatha, an *Telegraph*. Nach e sgeulachd mhath a bh' ann? Sgeulachd... dh'fhaodadh duine a ràdh... chudromach? Ann am meadhan a' Chogaidh Fhuair. 'S e fhathast seòrsa de nàimhdean a bha seo a bha ise a' toirt còmhla. 'S e envoy a bh' ann an Jean airson a' bhaile. Ach an e envoy a bh' innte cuideachd airson ... na dùthcha gu lèir? A' togail dhrochaidean. Smaoinich! Agus smaoinich coinneachadh ri Ruiseanaich cheart, agus suidhe aig bòrd còmhla riutha. Carson nach robh i air seo a dhèanamh bho chionn fhada!

— Dol a thoirt dhuinn blas beag dhan chratur, Jean. Tha mi cho fuar ris an diabhal. John D a bha bruidhinn, a làmhan timcheall air man straitjacket.

— Na gabh ort. Tha seo dha na Ruiseanaich.

— A bheil thu cinnteach gu bheil thu ag iarraidh an lìonadh làn deoch? Boireannach nad aonar a-muigh an siud. Air a cuairteachadh le Cossacks ghrànda. Siuthad, Jean, dìreach blasad beag. Whistle-wetter mum faigh na Trotskyites grèim air.

— Cha toir.

— Thoir dhomh cuddle beag, ma-thà.

— John Donald, sguir neo innsidh mi dha do mhàthair dè an seòrsa duine a th' annad. Tha beul ort man beul an latha.

Cha robh an seòrsa carry-on seo a' còrdadh ri Jean idir. Sin an t-adhbhar gu robh an t-aodach aice gu math plèan, agus am falt aice ann am buna snog sgiobalta. Bha falt fada bàn, coltach ris an fhalt aice fhèin nuair a bha e sìos, uill, cha robh ann ach rud a chuireadh fir droil. Stadadh iad a choimhead oirre mar bhoireannach le rud ri ràdh, agus chitheadh i rudeigin sna sùilean aca. Agus cha robh i air a thighinn cho fada na cuid obrach airson a shadail air falbh. Gu dearbh, 's ann air sgàth 's mar a bha i a-nis a fhuair i an obair mar Chomhairliche. Bha urram aig daoine dhi. A-nis, dè an dòigh a b' fheàrr an dealbh a thogail, agus cuin . . .

— Tha iad a' toirt treis. Saoil a bheil cuimhn' aca? Iain a dh'fhaighnich seo ann an guth beag, dòchasach.

— Tha fhios gu bheil, thuirt Jean. Cha ghabhadh e a bhith gun dìochuimhnicheadh iad an dèidh na rinn i de dh'obair a' deasachadh air an son.

— Oh, oh. Seo na Ruiseanaich.

Thionndaidh iad uile, a' coimhead a-mach dhan bhàgh, fuaim ìosal einnsein a' tighinn nas fhaisge a-nis. Am bàta a bha tighinn air an son. Stad i rin taobh, RIB orains, sia cathraichean beaga innte. Cha robh Beurla aig fear na cuibhle, ach bha fios aige cò bh' annta. Shad e ròpa beag gu aon dha na fir airson am bàta a cheangal. Ghabh Dòmhnall grèim air agus cheangail e timcheall air aon dha na cleats e. Thuirt fear a' bhàta halò. Agus an uair sin — Piotr, Piotr – turas neo dhà. Duine dòigheil.

— Cà 'il na lifejackets? thuirt Jean.

— Cumaidh mise grèim ort, a ghràidh, thuirt John D.

— Ach . . . uill . . . Dia tha fios cò 'n duine tha seo. Bheil fios againn fiù 's gur e an duine ceart a th' ann?

— Jean, dìreach gabh a làmh agus theirg air bòrd. Chan ann a Rockall a tha sinn a' dol. Bidh sinn ceart gu leòr.

Cha robh John am Barman airson mionaid eile a chall. Cha robh e furasta dha Jean faighinn air a' bhàta leis an sgiort a bh' oirr'. Bha i man caora air taobh a-muigh faing, cha robh i buileach cinnteach à cùisean. Thog i an sgiort aice: cha robh i ag iarraidh bùrn neo càil a dhol oirre.

— Deagh phaidhir aice an sin, thuirt John D ri Dòmhnall. Tha paidhir pins oirr' a tha powerful, eh?

— Ma tha thu keen air a' Free Church look, tha mi creids gu bheil.

— Dè, a dhuine! 'S e fìor looker a bhiodh innte na latha.

— John, 's e seo an latha. Chan eil i mòran nas sine na sinn fhìn.

— Uill, deagh chasan oirre co-dhiù. Whew!

Bha Jean letheach-slighe eadar am bàta agus an cidhe. Bha grèim bàis aice air John am Barman, a bh' air tìr, agus cuideachd air Piotr air a' bhàta. Agus cha robh i airson gluasad. Mu dheireadh thall dh'fhàs Piotr sgìth dhan charry-on agus thog e i, ga cur sìos gu cùramach ann an aon dha na sèithrichean. Leum càch air bòrd.

— Tha mi air mo tholladh, thuirt John. Bha an stamag aige gu tric a' cur dragh air. Bha e a' smaoineachadh air a' phub, ciamar a bha cùisean a'dol. Smaoinich e air a' mhenu. Menu a dhealbh e fhèin, agus mar sin 's e na favourites gu lèir aige a bh' air. Bha mions agus buntàta na smaointean an-dràst.

'S e duine gu math plèan a bh' ann a thaobh còcaireachd, agus bha e an dòchas nach biodh cùisean ro exotic air a' bhàta. Dhàsan, bha lasagne rudeigin spicy. Smaoinich e air a bhean chòir – dè a bhiodh ise a' dèanamh an-dràst. Sausages, 's mathaid. Stiubha math. Am biodh càil air fhàgail nuair a gheibheadh e dhachaigh? Gun fhios nach biodh, fhios agad, rud beag acrais air. Bha e an dòchas gun aithnicheadh e an rud a chuireadh iad air a bheulaibh. Bha rudan mar sin cudromach.

— An t-acras. Hmm. Uill, ghabh mi rud beag mus tàinig mi a-mach, thuirt John D. Dìreach pie is beans beag. Gun fhios nach . . . fhios agad . . . na dh'fheuch thu an caviar ud a-riamh? Sabhs neònach all right.

— Tha iad dèidheil air sausages, thuirt Dòmhnall. Bhiodh sausages ceart gu leòr.

— Dè bhios iad ag ith, Frank ? dh'fhaighnich John D.

— A h-uile seòrsa rud, thuirt Frank London.

Bha Frank gu math sàmhach, mar a b' àbhaist. Mothachail dhan a h-uile càil a bha dol.

— Dè tha thu smaoineachadh a gheibh sinn an seo? dh'fhaighnich John D a-rithist.

— Dia tha fios. Chan fhada gu faigh sinn a-mach.

Dh'fhosgail Piotr na h-eich agus chunnaic iad cìrean uisge air cùlaibh a' bhàta. Bha an RIB luath, an t-uisge man sgàthan.

— Tha seo gu math luath! dh'èigh Jean. — Bheil seo nàdarrach? Bha i ag èigheachd os cionn fuaim nan einnsean.

— Chan eil mi smaoineachadh gu bheil! dh'èigh Dòmhnall air ais.

Ghabh Jean grèim na bu teinne.

Cha b' fhada gus an do ràinig iad closach mhòr dhorch a' bhàta. 'S i aon dha na bàtaichean bu mhotha a bh' anns a' bhàgh. Bha iad uile brùideil, fada na bu mhotha na rud sam bith eile air an uisge. Bha an t-iasg air am beireadh na Klondykers bheag air a thoirt gu na motherships mhòra seo airson a chutadh agus airson a chur ann an canaichean. Bha fiach Airm de dhaoine ann a' dèanamh na h-obrach sin. Agus an uair sin bha an t-iasg air a chur air feadh an t-saoghail. 'S e Iapan aon dha na margaidhean bu mhotha air a shon. Cha b' urrainn dhaibh gu leòr a ghlacadh airson na margaidhean seo a chumail dòigheil. Bha iad ag iarraidh uiread dheth anns an Àisia. Agus sin an t-adhbhar gu robh a h-uile duine ac' an seo, air tòir an rionnaich.

Uaireannan cha sheasadh muinntir nam motherships air tìr airson bliadhna neo ochd mìosan deug. 'S e baile a bh' ann. Hive. Agus 's e Vitali an Queen Bee.

— A chàirdean! Priviet! Fàilte!

Bha Jean a' feuchainn ri taing a thoirt dha, ach bha i ro thrang a' cur a cuid fuilt ceart; bha e air feadh an àite an dèidh an turais air a' bhàta. Cha robh a' bheannag aice ceart idir, agus bha i airson deagh ìomhaigh a thoirt dha na Ruiseanaich.

— John Donald! Mhothaich Vitali dha John D a' leum bhon RIB. Ghabh e grèim air an làimh aige.

— Abair surprise! Eh! Dè man a tha thu . . . little pup! Nam biodh fios agam gu robh thusa gu bhith an seo, bhithinn air rabhadh a thoirt dhan chlann-nighean! Lock your grannies up!

— Math d' fhaicinn, Vitali, thuirt John D, a' gàireachdainn.

— Tha e math d' fhaicinn beò.

— Tha mise dìreach an seo airson a' bhodca, tha fios agad air a sin.

— Hah! Comedian! Mar as àbhaist! Tha mi cho toilichte d' fhaicinn. Feumaidh sinn tòrr còmhraidh a dhèanamh.

Bha Jean a' feuchainn ri bruidhinn ri Vitali, ach bha Vitali a-nis air mothachadh dha John am Barman.

— John the Bar. Mo charaid.

Bha Vitali gu math socair le John, bha an coltas air gu robh e a' cuimhneachadh rudan bho fada air ais. Mar gur e bràthair a bh' ann an John dha a bha dìreach air tilleadh à Cogadh Napoleon.

— Tha treis bhon uair sin, John. Tha mi air a bhith cho trang. Gabh mo leisgeul. Càil ach obair, obair, obair. Chan eil cuimhn' agam cò ris a tha am fearann coltach. Agus a-nis an t-seinn seo air an rèidio! 'S caomh leat na h-òrain Ruiseanach, eh! Abair oidhche! Coltach ri na h-òrain agadsa. Gaol. Boireannaich. Hah! Boireannaich! O, na h-aon rudan anns na h-òrain againn.

Chaidh ainmean dhaoine innse dha Vitali: Frank, Iain, Dòmhnall . . . agus mu dheireadh thall Jean.

— Tha sibh cho math an cuireadh seo a thoirt dhuinn, a Mhaighstir . . .

— Vitali!

— Maighstir Vitali.

— Chan e Maighstir! Dhutsa, dìreach Vitali. Vitali Bolkonsky. Ach dìreach Vitali.

— Is mise Jean Mhoireasdan an Comhairliche, agus bu mhath leam taing a thoirt dhuibh bhon a h-uile duine . . .

— Seadh gu dearbh! Tha fàilte romhad. Tha rud beag bhodca agam a' feitheamh oirbh. Fuar air bàta! Rushki Standard. A' bhodca as fheàrr. Cuimhn' agad, John, na dh'òl sinn an turas mu dheireadh a choinnich sinn. Am bi thu fhathast ga thoirt dha daoine blàth, man Chinaman, John? A bheil fios agad man a nì thu ceart a-nis e?

— Tha. Tha e agam ann am fridse a-nis.

— Glè mhath. Anns a' bhàr?

— Seadh.

— Tha a' bhodca agad ann am fridse anns a' bhàr?

— Tha.

— Sin thu fhèin! Chan e seann chù a th' annad nach ionnsaich rudan ùr. Siuthad, ma-thà, cha leig sinn a leas a bhith feitheamh. Tha a h-uile càil an òrdugh. Bha sibh comhartail le Piotr air an t-slighe a-mach. Balach math, Piotr.

— 'S e turas cho goirid a bh' ann . . . thuirt Jean.

— Turas goirid ach . . . turas cudromach. Tha mi gu math moiteil gun tàinig sibh.

Agus leis na faireachdainnean romansach a bhios glè thric rim faicinn anns na Ruiseanaich, chrom e gu faiceallach agus thog e làmh Jean na làimh fhèin, agus phòg e i. Dh'fhairich Jean cho curs 's a bha a làmhan agus dh'fhàs i dearg. Chòrd e rithe.

— Nì sinn ar dìcheall ur dèanamh comhartail. Thugnaibh!

* * *

Bha an rùm mòr far an robh an dìnnear gu bhith gu math uasal a' coimhead. Cha b' e seo an seòrsa rud ris an robh dùil air a bhith ac' idir – 's ann a bha e na bu choltaiche ri rud a gheibheadh duine air a' *Queen Mary.* Ballachan daraich agus chandeliers. Bha cutlery airgid air na bùird agus a h-uile càil glan, dìreach mar bu chòir dha bhith. Bha decanters mhòra chriostail air na bùird làn fìon agus uisge.

— Dè tha . . . um . . . dè th' air a' mhenu? dh'fhaighnich John.

— Biadh Ruiseanach, thuirt Vitali. Biadh mìorbhaileach às an Ruis. Dìreach air ur son-se.

Nochd cuideigin san rùm, duine a bha e follaiseach a bha airidh air urram. Leum Vitali suas.

— Seo Andrei! Mo charaid Andrei. Bha sinn còmhla anns an Arm, tha sinn air slighe fhada còmhla, mi fhìn agus Anndra . . . we have come a long way together!

'S e duine àrd a bh' ann an Andrei, le sùilean mòra. Cha robh bileag fuilt air a cheann. Bha e cho charming 's a ghabhadh, aodach brèagha daor air, fàileadh eau-de-cologne Frangach.

Nochd treidhe làn bhodca ann an glainnichean beaga reamhar. Fuar, ceò a' tighinn bhon bhodca nam broinn.

— Rushki Standard. 'S e as fheàrr. Nise. John. Tha cuimhn' agad mar a nì thu e? Seadh. Glè mhath. Seallaidh mi do chàch.

Bha Vitali dòigheil nuair a bha daoine ag èisteachd ris agus a' dèanamh na bha e ag iarraidh. 'S e duine mòr a bh' ann codhiù, agus leis a' ghuth làidir aige cha b' urrainn dhut càil a dhèanamh ach èisteachd ris.

— Seo an rud a nì sibh. Togaibh glainne. Mar sin. Agus an uair sin feumaidh sibh . . . Shèid Vitali a-mach tro shròin gus an do thòisich e a' fàs rud beag dearg. An uair sin, sìos leis na bh' anns a' ghlainne. Agus brag air a' bhòrd aig a' ghlainne.

— Sin an dòigh a dh'òlas duine bhodca. Nise, feuchadh sibhs' e.

Thog gach duine aca aon dha na glainnichean, agus a' leantainn an rud a rinn Vitali, a' sèideadh a-mach na h-èadhair gu lèir às an sgamhanan, sìos a' haids. Bha a' bhodca milis, gu math aocoltach ris an stuth a dh'fheuch iad roimhe. Bha e . . . math, fiù 's!

Rinn Jean casad beag.

— Tha sin . . . chan eil sin cho dona idir . . . Cha robh dùil agam . . .

Nochd an treidhe a-rithist. Bha iad uile a' blàthachadh a-nis.

— 'S caomh leibh bhodca, ma-thà?

— 'S caomh, bhon a h-uile duine.

— A-nis, seo a nì sinn. Thog e an fhorc aige, is pìos de sgadan saillt' oirre. — Seo an dòigh as fheàrr, rud beag èisg. Agus an uair sin bhodca.

Rinn iad uile an rud a bha e ag iarraidh. 'S mathaid nach robh seo gu bhith buileach cho dona. Bha am biadh fiù 's a' còrdadh ri John, a bha gu math frionasach. Bha e a' cur a mhàthar na chuimhne ann an dòigh neònach.

— Agus a-nis . . . itheamaid!

Shuidh gach duine, Andrei agus Vitali a' bruidhinn ri chèile airson ùine mhòir. Mu dheireadh thall sheas Vitali, glainne na làimh.

— Chàirdean. Tha mi gu math moiteil gu bheil sibh uile an seo. Tha sibh air a bhith cho math dhuinn, fad nam bliadhnaichean a tha sinn air a bhith an seo. Bu mhath leinn ur pàigheadh air ais ann an dòigh bheag air choreigin.

Thog e a ghlainne — Slàinte. Nastarovye.

Ghabh a h-uile duine balgam beag, agus shuidh Vitali. Bha Jean air a bhith trang a' dèanamh na cuaich deiseil. Thuirt i ri Iain air a socair am botal uisge-bheatha a dhèanamh deiseil. Seo an t-àm! Sheas i.

— A Chaiptein Vitali. Bu mhath leam facal neo dhà a radh airson muinntir a' bhaile . . . gu h-àraidh a h-uile duine nach eil an seo a-nochd. Bu mhath leam taing a thoirt dhuibh airson ur coibhneis . . . tha sinn an dòchas gur e seo toiseach tòiseachaidh a thaobh càirdeis eadar an dà choimhearsnachd againn.

Stad i mionaid. Cha robh duine a' basbhualadh. Clap bheag an siud 's an seo airson a cumail dòigheil.

— Agus bu mhath leinn, ma-thà, a' chuach seo a thoirt dhuibh. Tha fàilte romhaibh an seo anns a' bhaile bheag againn. Iain, uisge-beatha. Sin e . . . sin e . . . faiceallach! Sin . . . sguir! Tha sin gu leòr! Ma tha sibh ag iarraidh deoch a-nis a ghabhail, Vitali, dhan uisge-bheatha seo, dhan an deagh uisge-bheatha mhath seo. Malt a th' ann.

Bha a' chuach làn uisge-beatha. Thog Vitali a' chuach ri càch. Bha nàdar dheòirean na shùilean.

— Tha . . . Mìle, mìle taing. Tha sibh . . . cho coibhneil. Mòran taing, thuirt e.

Thog Vitali a' chuach gu a bhilean agus thòisich e ag òl. Agus cha do stad e. Cha robh fios aige gu robh aige dìreach ri balgam beag a ghabhail agus a toirt dhan ath dhuine. Thòisich feadhainn eile dha na Ruiseanaich a' clapadh, agus . . . maslachadh! Mhothaich Jean gu robh Vitali a' dol a dh'òl a h-uile pioc dheth. Agus 's e sin a rinn e, a' cur na cuaich air a beul foidhpe gu cheann an dèidh dha crìochnachadh. Gàire mòr uisge-beatha air aodann.

Leig na Ruiseanaich èigh mhòr. Rinn a h-uile duine timcheall air a' bhòrd an t-aon rud. Siud an camara a' dol, stùirc neònach air aghaidh Jean, a' chuach aig Vitali anns an èadhar. Bha i an dòchas nach nochdadh an dealbh seo anns a' phàipear.

— Agus a-nis! Itheamaid! Bha an guth aige na b' àirde buileach an dèidh dha an deoch òrach òl. Shuidh Jean. An dèidh na tìde a chuir i seachad air a seo, cha robh ann ach student drinking contest! O, mo nàire.

— Glè mhath, a-nise. 'S caomh leibh iasg? Rionnach? dh'èigh Vitali. Agus an uair sin thòisich e a' gàireachdainn. — Chan eil mi ach a' fealla-dhà! Bidh sinn a' cumail an rionnaich airson ar caraidean ann a Iapan. A-nochd 's e biadh Ruiseanach a th' againn. An caomh leibh caviar?

Nochd tòrr threidheachan le beanntan beaga caviar air briosgaidean beaga. Cha robh a' mhòr-chuid dhiubh air fheuchainn roimhe. 'S e John D a' chiad duine a thuirt càil.

— Tha seo gu math daor, nach eil?

— Tha e a' cosg fortan.

— Agus 's e . . . iuchair èisg a th' ann. Coltach ri ceann-cropaig, eh?

— Gheibh mi rud dhut. Faodaidh tu a thoirt dhachaigh. No charge.

Nochd truinnsearan eile, bobhla mòr porsailin làn brot beetroot, an dèidh sin truinnsearan làn feòla, càl, barrachd beetroot, buntàta, lusan de dh'iomadach seòrsa, saileadan . . . agus barrachd bhodca. Bha am biadh a' còrdadh gu mòr ri John. 'S mathaid gum bu chòir dha a chur air a' mhenu anns a' bhàr.

— Tha tòrr rudan againn ann an cumantas, na Ruiseanaich agus na h-Albannaich. Aon rud – tha an t-aon Naomh Dùthchail againn. Anndra. An Naomh Anndra.

— A bheil sin ceart? thuirt John D.

— Tha. Ach feumar mathanas iarraidh air na h-Albannaich airson aon rud. Stad e a bhruidhinn agus ghabh e dram dhan bhodca aige.

— Nuair a chaill an sgioba Albannach an aghaidh nan Ruiseanach ann an Cuach an t-Saoghail ann an 1982 anns an Spàinn.

— 'S e draw a bh' ann! dh'èigh John D.

— 'S e. Tha thu ceart. Ach fhathast, chaill sibh. A-mach às a' chupan. Aidh. Bha e rudeigin . . . undignified.

— 'S e salchairean a bh' anns an sgioba agaibh gu lèir.

— Fair and square. Bhuannaich sinn. Ach fhathast, tha mi duilich. Hah! Tha sinne, duine neo dithis againn, a' leantainn West Ham air bòrd. Sgioba math – dè?

Bhruidhinn daoine mu bhall-coise airson treis mhath an dèidh sin – mu dheidhinn West Ham agus ball-coise san fharsaingeachd. Cha robh fios aig Jean air càil mu dheidhinn ball-coise. An dèidh treis stad iad uile a chòmhradh: bha Vitali a' bualadh glainne le spàin.

— Tha deagh idea agam. Bu chòir dha re-match a bhith againn. Ball-coise! A dh'fhaicinn an urrainn dhuibh buannachadh an turas seo.

— Deagh idea, thuirt Dòmhnall.

Bhiodh sin math, thuirt John, a bheul làn paidh air choreigin. Cha robh Jean cinnteach idir: bha ise ag iarraidh rudeigin na . . . b' oifigeile. Rudeigin a chòrdadh ris an Rotary Club. Cha robh gèam ball-coise buileach . . .

— Cuin? dh'fhaighnich John D.

Cha robh fios aig Jean am bu chòir dha John D a bhith gabhail pàirt buileach cho mòr anns a' ghnothaich. Ghabh i glainne bhodca bheag eile. Bha a' ghlainne aice an-còmhnaidh làn agus mar sin bha fhios nach robh i ag òl na bha sin. Co-dhiù, bha i a' faireachdainn gu math blàth, math. Thug i dhith a còta: bha e a' fàs blàth anns an rùm, smaoinich i.

— Seachdain on diugh, Disathairn. Dè mu dheidhinn sin? Cuiridh mise sgioba air dòigh.

— Deal, thuirt Dòmhnall agus John D.

— Glè mhath, thuirt Vitali, agus a-nis innsidh mi sgeulachd dhuibh. Seo sgeulachd a dh'innis m' athair dhomh. Tron chogadh bha e ann an Campa Phrìosanach làn Ukràinianach. Deagh chluicheadairean ac' an sin, dè?

— Dynamo Kiev, thuirt John D.

— Dynamo! Dìreach, John. 'S mar sin, chluich iad gèam le na geàird Ghearmailteach, airson spòrs. Bha dùil aig na Gearmailtich gun dèanadh iad a' chùis gun cus trioblaid. Prìosanaich a bh' annta! Ach bha naoinear anns an sgioba aca a bha a' cluich dha Dynamo Kiev ron Chogadh. Naoinear. Cha tug iad fada air sgàrd a dhèanamh dha na Gearmailtich. Bha iad air an nàrachadh. Gach sgioba a chuir na Gearmailtich nan aghaidh, bhuannaich iad . . . gus an do thòisich na Gearmailtich a' cur chluicheadairean proifeiseanta nan aghaidh . . . gan trèanadh. A' toirt biadh math, math dhaibh. Fhathast, bhuannaich na Ruiseanaich! B' e deagh rud a bh' ann dha na daoine bochda sin anns a' champ. Thug e misneachd dhaibh. Agus thug e misneachd dhan dùthaich nuair a chuala a h-uile duine mu dheidhinn. Seo an spiorad Ruiseanach! Agus an uair sin . . . bhuannaich sinn sa Chogadh cuideachd.

Stad e airson mionaid, a' coimhead ris a h-uile duine timcheall air a' bhòrd.

— 'S mar sin . . . nuair a chluicheas sibh an aghaidh nan Ruiseanach . . . na smaoinichibh gum buannaich sibh!

Thòisich iad uile a' gàireachdainn, Vitali leis an aodann mhòr dhearg aige, gàire air aghaidh. Bha e a' coimhead air Jean le gàire, agus dh'fhàs i rud beag dearg a-rithist.

— Siuthad, ma-thà! Slàinte! Mo charaidean Albannach!

Ghabh iad uile slàinte a chèile, tuilleadh bhodca a' lìonadh nan glainnichean, agus teatha ga cur air am beulaibh bho samobhar mòr airgid a bha na sheasamh sa chòrnair.

* * *

Dà uair a thìde an dèidh sin bha Jean a' toirt a chreids gur e Liza Minelli a bh' innte ann an *Cabaret*, a' ciceadh agus a' seinn. Bha a h-uile duine a' seinn còmhla rithe.

Willkommen, bienvenue, welcome!
Freunde, étranger, stranger.
Glücklich zu sehen, je suis enchanté,
Happy to see you, bleibe, reste, stay!

Cha robh am falt aice mòran ùine ann am buna. Bha e fada, bàn. Thog i an sgiort aice, a' buiceil timcheall an làir. Breab àrd, agus shuidh i ann an uchd Vitali.

Willkommen, bienvenue, welcome
Im Cabaret, au Cabaret, to Cabaret!

Sgèith i timcheall air a' bhòrd, ghabh duine a h-àite air an làr airson mionaid, a' dannsa mar Cossack. A' bhodca fhathast a' dol.

— Chan aithnich mi i, thuirt Dòmhnall ri John D.

— Tha paidhir chasan oirr' tha dìreach powerful.

Sheall Dòmhnall ri Frank, a bha na shuidhe gu dòigheil.

— Tha thu ceart gu leòr, Frank?

Chrath e a cheann gu robh.

— An còrdadh e riut a bhith bruidhinn Ruisis a-rithist? dh'fhaighnich John D.

— O, aidh. Ach tha mi rud beag meirgeach.

— Tha làn-thìd' agad boireannach fhaighinn, Frank, thuirt Dòmhnall.

— Boireannach eile, thuirt John D.

— Uill, bhithinn taingeil airson cuideachadh sam bith le sin, a bhalachaibh, thuirt e.

Thionndaidh na balaich air ais chun an danns. Bha iad an-còmhnaidh a' faireachdainn an aon dòigh an dèidh a bhith bruidhinn ri Frank. Mar nach robh iad air càil eile idir fhaighinn a-mach.

Bha Jean deiseil. Bha i a' dèanamh nàdar splits ann am meadhan an làir. An sgiort aice air feadh an aite agus a h-anail na h-uchd. A h-uile duine a' basbhualadh. Agus abair gun do chòrd an danns ri Vitali, siogàr Chiùbanach na làimh agus dram anns an tèile, lainnir beag na shùil. Dh'fheumadh e suidhe ri taobh, am boireannach seo a bhreabadh cho àrd ri cheann.

— A bheil am boireannach seo pòst'? dh'fhaighnich e dha John D. Bha na cèicichean beag a fhuair iad leis an teatha a' còrdadh ris.

— Cò?

— Jean.

— Jean? Carson a tha thu . . . a' faighneachd?

— 'S e boireannach gu math brèagha a th' innte. A bheil carabhaidh aice?

— Cò?

— Jean.

Cha robh John D dòigheil a bhith smaoineachadh air Jean anns an dòigh seo.

— Cha . . . chan eil fhios agam . . . tha i a' fuireach còmhla ri bràthair.

— Chan e sin a dh'fhaighnich mi. Carabhaidh. Bheil fear aice? Boyfriend?

— Tha mi sàbhailte gu leòr ma chanas mi . . . chan eil . . .

— Tha mi ag iarraidh introduction ceart, ma-thà, John.

— Ma tha thu ag iarraidh.

— 'S caomh leat an teatha? 'S ann à Sìona a tha i.

— Tha i . . . math dha-rìribh.

Bha Jean a' coimhead airson àite-suidhe agus leum Vitali suas airson an sèithear aige a thoirt dhi. Fhuair e glainne bùirn dhi, fad na h-ùine ag innse dhi cho math 's a bha an danns aice, agus an t-seinn! Chòrd seo gu mòr ri Jean, a bha fhathast rudeigin puffed-out. Lìon i a glainne làn bhodca. Bha rud beag pathaidh oirre.

Cha robh Iain air a bhith ag iarraidh a dhol chun a' bhàta ann, ach bha e a-nis toilichte gun deach. Bha a h-uile càil cho exotic, an caviar, blasad dhan Ear le na samobharan airgid agus an teatha à Sìona. Còmhradh air Mosgo agus St. Petersburg, àitichean nach fhaca e a-riamh ach ann am pioctairean. Seo agad, ma-thà, an seòrsa dhaoine a bh' annta. Chual' e uiread air an telebhisean, anns na pàipearan. Agus cha robh iad cho diofraichte riutha fhèin. Bha e a' smaoineachadh a-null 's a-nall air a seo, blàths na chridhe ris a h-uile duine. Nochd cuideigin le violin agus thòisich e a' cluich. Bha daoine a' danns còmhla. Bha Jean agus Vitali a' dèanamh waltz.

Bha triùir chlann-nighean aig ceann thall an rùm. Bha iad a' còmhradh, a' gàireachdainn le chèile. A' bruidhinn air an socair. Bha Iain air mothachadh dha aon dhiubh cho luath 's a thàinig e air bòrd. Bha e airson faighinn a-mach cò i. Bha sradag innte, chòrd e ris mar a bha i a' gluasad, a' danns. Falt fada dubh dualach, na sùilean dorcha aice agus an dòigh gàireachdainn a bh' aice. Cha robh fhios an robh Beurla aice. 'S mathaid nach robh, cà 'n ionnsaicheadh i i. Bha e airson bruidhinn rithe. Turas neo dhà choimhead iad air a chèile, gàire beag.

Bha a bhràthair ri thaobh.

— Tha i snog, nach eil?

— Bìdeag. Tha iad uile brèagha, ge-tà, nach eil?

— 'S mòr am beud gu bheil mi pòst', thuirt Dòmhnall.

— Och, uill, chan eil mòran teans agams' co-dhiù.

— Cha do chuir sin mòran dragh orms' a-riamh. Siuthad, thalla 's bruidhinn rithe.

— Dè? Dìreach man . . . dìreach coisich a-null agus tòisich a' bruidhinn? Dìreach mar sin. Dè chanas mi?

— Faighnich dhi dè an t-ainm a th' oirr'. Na basics. Dhuine bhochd, Iain, tha thu air bruidhinn ri boireannaich roimhe seo, nach eil?

— 'S mathaid nach eil Beurla aice.

— Bruidhinn ri tèile, ma-thà. Samhradh fada a th' ann, cuimhnich. Agus chan eil a' chlann-nighean seo an seo cho fada ri sin. Agus tha iad gu math bored. Eh? Tha boireannach feumach air barrachd air iasg na beatha.

— Tha mi creids gum b' urrainn dhomh faighneachd dhi . . . cà 'il na taighean-beaga neo rudeigin. Toiseach tòiseachaidh.

— An diabhal orms', Iain, fàg bruidhinn air do thòin chun an dàrna date. Siuthad, stiall ort.

Sheas Iain, a chasan a' gluasad gun fhiosd' dha. An ath mhionaid bha e na sheasamh air beulaibh an triùir.

— Halò.

— Hi.

— Dè 'n t-ainm a th' ort?

— Helena.

— Tha Beurla agad?

— Tha.

Cha bu chaomh leis a bhith bruidhinn ri nighinn agus a caraidean faisg. Bha an dithis eile a' coimhead air a chèile.

— Dè' n t-ainm a th' ortsa? dh'fhaighnich i.

— Um . . . Iain. A bheil . . . a bheil fios agad cà 'il na taighean-beaga?

Sheall i trannsa dha.

— Shìos an sin. An dàrna doras air do làimh chlì.

— Tapadh leat.

Chaidh e sìos an trannsa. Cha robh feum sam bith aige air toilet. Dh'fhuirich e airson còig mionaidean co-dhiù. Amadain! smaoinich e. Ach dè eile a b' urrainn dha a dhèanamh – bha aige ri rudeigin a ràdh. Dè thachradh co-dhiù? Cha thachradh càil. Chaidh e air ais chun an t-sèithir aige.

— A bheil an oidhche air còrdadh riut?

'S e Helena a bh' ann a-rithist.

— Sgoinneil. Cha robh . . . cha robh dùil agam gum biodh i cho math. Tha sibh air coimhead às ar dèidh cho math.

— Tha sibh di-beathte.

— Tha Beurla mhath agad.

— Tha. Tapadh leat.

— Càit an do dh'ionnsaich thu i?

— Bho leabhraichean. Agus teipichean. Dh'ionnsaich mi Gearmailtis anns an sgoil, ach tha mi smaointinn gu bheil e cudromach Beurla ionnsachadh. Aon latha bidh feum agam oirre.

— Tha i gu math feumail an-dràst, nach eil? thuirt Iain.

— Uill, tha. 'S urrainn dhuinn còmhradh.

Thòisich am fìdhlear air waltz eile.

— 'G iarraidh danns? dh'fhaighnich Helena.

— Dè... um... chan e dannsair uabhasach math a th' annam.

— Tha mi cinnteach nach eil sin ceart.

— Chan eil fhios agam...

— Tha mis' ag iarraidh danns. Tha mi air a bhith air a' bhàta seo airson bliadhna a-nis, agus 's e ùine mhòr a tha sin a bhith às aonais danns.

— Uill, ma sheallas tu dhomh dè nì mi.

— Glè mhath.

Ghabh i grèim air a làimh agus chaidh iad a-null gu far an robh cupaill eile a' danns. Bha Vitali a' seinn, fhathast a' danns le Jean.

— 'S e port Ruiseanach a tha seo, thuirt i.

Ghabh Iain grèim oirre, a làmh gu socair a' laighe air a druim. Bha ise faisg air, a' feitheamh gus an tòisicheadh e a' gluasad. Bha a làmh beag agus mìn na làimh-san.

Chunnaic e Dòmhnall aig taobh thall an rùm, a' dèanamh gàire beag. Thòisich iad a' danns. Uill, seòrsa de dhanns: bha Iain làn bhodca agus mar sin cha do rinn iad cus gluasaid. Bha e dìreach toilichte a bhith faisg oirr'. Sheas e turas neo dhà air a cois, ach cha robh an coltas oirr' gun do chuir e cus dragh oirr'. Bhuail iad ann an aon dha na cupaill eile, ach cha do rinn i càil ach gàire beag.

Chrìochnaich an danns ro luath dha Iain. An do chòrd e rithe? Chòrd, thuirt i: mòran taing, agus chaidh i a shuidhe le na caraidean aice a-rithist. Chaidh Iain air ais a shuidhe le bhràthair: bha e fhèin gu math dòigheil an dèidh a bhith danns còmhla ri tè.

— Sin thu fhèin, thuirt Dòmhnall.

— Chan eil fhios agam an do rinn mi impression cho math.

— Och, dhanns i còmhla riut, so cha do rinn thu cho dona.

Treis bheag an dèidh sin, sheall e timcheall a dh'fhaicinn an robh i ann, agus cha robh.

— O, uill, dh'fheuch mi co-dhiù.

Bha a' bhodca a' cumail chùisean a' dol. Gan cumail blàth, agus mu dheireadh thall bha an oidhche a' tighinn gu crìoch. Ghluais a' ghràisg a-mach air an deic, seacaidean, miotagan, agus fhuair iad iad fhèin turas eile nan suidhe anns an RIB. Cha robh fhios ciamar a rinn iad e, gun abhsadh air a' chòmhradh. Chuidich Piotr iad gu mòr, fear nach do dh'òl deur tron oidhche air fad.

Chuidich Vitali Jean leis an lifejacket aice, a falt fada bàn a-nis air feadh an àite, a' sruthadh sìos a gualainnean. Thug Vitali taing mhòr dhi airson a thighinn, airson oidhche mhìorbhaileach. Bha e an dòchas gum faiceadh e i a-rithist, agus le bow beag, phòg e a làmh agus chuidich e i dhan bhàta.

— Oidhche mhath agad? dh'fhaighnich Frank dha Jean.

— Sgaiteach, fhreagair i. — Abair daoine snog!

Dh'fhalbh iad dhachaigh tron dorchadas. Ann am mionaid dh'fhàg iad closach mhòr dhubh a' bhàta air an cùlaibh agus bha lainnir lag solais a' bhaile air an uisge. Bha iad uile a' smaoineachadh air an oidhche a bh' aca . . . an còmhradh a-nis dìreach a-null 's a-nall. Bha Iain a' smaoineachadh air an nighinn a dhanns còmhla ris. Helena. Bha John D a' smaoineachadh air a' ghèam ud an aghaidh na Ruis ann an Cuach an t-Saoghail. Bha John am Barman a' smaoineachadh air na pastries bheaga mhilis a fhuair e leis an teatha bhon t-samobhar airgid. Bha Dòmhnall a' smaoineachadh air tadhal air Anna mun deigheadh e dhachaigh gu Leanne. Agus bha Jean a' gluasad a corragan, a' smaoineachadh air an t-seinn agus air an danns agus cho math 's a chòrd iad ri daoine.

Bha iad a-nis faisg air a' chidhe, am bàta beag a' durghail. Thionndaidh John D ri Dòmhnall agus bhrudhinn e air a shocair.

— Tha paidhir pins oirr' tha powerful, eh? Dìreach powerful.

5

Bha John a' dol tro bhucas a bha na laighe air muin bùird anns a' bhàr aige. Bha am bàr sàmhach mun àm ud dhan latha, dh'fhairicheadh tu a' hangover bhon oidhche raoir.

— Chan eil seo cho math, thuirt e.

Bha Dòmhnall còmhla ris. Bha iad air seachdain a chur seachad a' cur sgioba an òrdugh. 'S e dìreach rud beag fealla-dhà a bh' ann ceart gu leòr, ach fhathast cha robh iad ag iarraidh an gèam a chall. Thug iad air duine neo dithis a bha ag obair anns na bailtean mòra a thighinn air ais airson an deireadh-seachdain – 's e cluicheadairean math a bh' annta. 'S mathaid gu robh cluicheadair neo dhà bho Dynamo Kiev aca air na bàtaichean: cha robh càil a dh'fhios aca. Agus cha robh iad ag iarraidh a bhith air am maslachadh.

— Uill, chan eil mise cinnteach, ach . . . tha mi smaoineachadh gu bheil sinn . . . uill . . . gum bi an diabhal anns an teant nuair a chì iad seo.

— Dè tha ceàrr?

— Seo.

Thog John am Barman aon dha na strips a bha Jock air fhaighinn dhaibh an àiteigin. 'S ann dha na Ruiseanaich a bha iad. 'S e strip West Germany a bh' ann.

— Chan urrainn dhomh a bhith cinnteach . . . ach chanainn-s' nach eil seo cho math.

— Tha mi leat an sin.

— Agus bhiodh e na bu mhiosa buileach nan cuireadh sinn fhìn oirnn iad, shaoileadh iad gu robh sinn . . . fhios agad . . . taking the piss somewhat.

— Aidh. Cò fhuair iad dhuinn?

— Beckenbauer thall an sin.

Bha Jock ag òl leth-phinnt aig bòrd faisg orra. Bha e a' leughadh *Daily Record.*

— Dè na strips a th' againne?

— Brazil, cha chreid mi.

— Literally neo metaphorically?

— Thuirt mi ris nach e dath math a th' ann am buidhe dhomh. Tha mi a' coimhead rud beag jaundiced, fhios agad. Ann am buidhe, thuirt John.

Thog Jock a ghuth mu dheireadh thall — Bha sibh fortanach gun d' fhuair mi càil idir dhuibh.

— Am bi thu a' leughadh nam pàipearan?

— Dè tha mi dèanamh an-dràsta?

— An cuala tu riamh mun Bherlin Wall?

— 'S iad an aon rud a bha ri fhaighinn. Agus fhuair mi iad an-asgaidh. Nigh mo mhàthair iad fiù 's. So sguir dhan charry-on agad.

Thog John fear eile.

— 'S mathaid gum b' urrainn dhuinn balla a thogail tarsainn air a' phids. Airson fàilte cheart a chur orra.

Chrath Jock am pàipear aige agus chaidh e air ais gu leughadh.

* * *

Am feasgar sin, ma-thà, bha an dà sgioba air a' phids, a' feitheamh gus an tòisicheadh an gèam. Bha na Ruiseanaich ann an strips na Gearmailt an Iar. Bha muinntir a' bhaile ann an strips maroon a fhuair iad bho sgioba na sgoile a bha rud beag ro bheag dhan a h-uile duine. Dh'fhàg iad na strips Brazil nan cuid bhucas. Bha John D a' faireachdainn fàileadh an achlais an fhir aigesan.

— Cha deach iad seo a nighe.

— 'S mathaid gur e a' chlann-nighean a chleachd iad mu dheireadh.

— Hoigh, 's mathaid gu bheil thu ceart – tha nighean neo dhà anns an team.

Sniff beag eile.

Bha Vitali ann: 's e sgiobair an sgioba agus 's e strip Beckenbauer a bh' aige. Bha a mhionach a' buiceil timcheall a h-uile turas a bhreabadh e bàlla. Bha Jean ann cuideachd, is bha i air cur air dòigh gum biodh fear-deilbh agus fear-naidheachd bhon phàipear ionadail ann. Agus cuideachd, ged nach robh i air seo aideachadh fhathast, bha i ann airson Vitali fhaicinn a' cluich. Smèid i ris, agus dhragh Vitali a stamag a-staigh airson mionaid fhad 's a bha e a' smèideadh air ais.

Chan e Brazilians a bh' annta dha-rìribh, ach chòrd e ris a h-uile duine. Bhuannaich muinntir a' bhaile 6–5, ach cha chuireadh càil bacadh air cho toilichte 's a bha Vitali.

— Bhuannaich an sgioba a b' fheàrr! chùm e air ag radh. — Mealaibh ur naidheachd uile!

Choimhead Iain timcheall airson Helena an-dràst 's a-rithist, ach cha robh sgeul oirr'. Cho math a dìochuimhneachadh, thuirt e ris fhèin.

An dà sgioba a' feuchainn ri bruidhinn ri chèile anns na dressing rooms, tòrr miming. Bha danns ann an oidhche sin anns an talla, bhiodh còmhlan cèilidh a dh'aithnicheadh a h-uile duine ann, bha iad glè mhath, 's iad a bha. Bhiodh bàr gu math saor ann. Agus dh'aontaich fear neo dhà dha na Ruiseanaich a dhol ann, Vitali agus Andrei nam measg. Thuirt iad gun toireadh iad leotha crowd math bhon bhàta. Bha na dannsaichean furasta gu leòr, thuirt daoine riutha. Cheap bar! Bha Vitali agus Andrei gu mòr nan comain.

Dh'èigh John am Barman air Jock, a bha na sheasamh anns na stands.

— Seo a-nis, Jock. Tha sinn deiseil le na strips.

— Agus dè tha thu ag iarraidh orms' a dhèanamh leotha?

— Chan eil fhios agams' cà 'n d' fhuair thu iad. Ach tha mi creids gum bi iad gan iarraidh air ais.

— Tha còir ac' a bhith glan a' dol air ais. Tha thu smaoineachadh gun dèan mise sin, a bheil? Cha robh mise fiù 's a' cluich.

— Sin e dìreach. 'S mathaid gun cuidich do mhàthair thu. Seallaidh i dhut man a nì thu spin cycle.

— Thalla 's tarraing. Tha coltas fàileadh cruidh bho na strips tha seo – chan eil mise dol faisg orra.

— Uill, tapadh leats', Jock, airson seo a dhèanamh. Gheibh mi pinnt dhut a-nochd, gratis.

— Pàighidh tu barrachd na sin.

— Good lad, Jock, good lad.

Thionndaidh e ri càch.

— 'S e good lad a th' ann an Jock, nach e, a bhalachaibh.

Dh'aontaich a h-uile duine. Thog John bucas cardboard mòr agus shad e gu Jock e, is thòisich daoine gan sadail a-staigh.

— Chan eil math dhuibh am pasgadh an-dràst, tha iad dìreach gu bhith air an nighe co-dhiù, a bhalachaibh.

Bha drèin air aghaidh Jock. Thàinig John D a-nall gu John am Barman.

— Bha siud spot-on, eh. Champione, eh! thuirt John D.

— Bha e gu math toight, ge-tà.

— Bha, gu math toight.

— Toight.

— Ach tha cluicheadairean math againn, thuirt John D.

— Aidh, ach bha feadhainn dhan chlann-nighean ud a bh' aca – bha iad powerful, eh. Sliasaidean orra man weight-lifters.

— Aidh, thuirt John D. — Chòrd e rium a bhith a' marcadh na tè ud. Cha do chòrd gèam rium a-riamh cho mòr. Bha agam ri tòrr shielding a dhèanamh, fhios agad?

— Duine dona.

— Deagh idea a bh' ann, John, cò a smaoinich gur e crack cho math a bhiodh annta. Ruiseanaich! Tha a' Vitali ud, tha e hilarious.

— O, tha mi leat, tha mi leat.

Fhad 's a bha iad a' còmhradh bha John a' smaoineachadh air a' bhàr aige làn Ruiseanach, ag òl agus ag ithe. Na tills a' dol. Dh'fheumadh e fridse ùr a cheannachd airson a' bhodca a chumail fuar.

Bha Dòmhnall a' bruidhinn ri dithis chlann-nighean aig

oir a' phids. Bha Dòmhnall a' saoilsinn tòrr dheth fhèin mar chluicheadair. Bha e air tadhal a chur agus bha e dìreach airson gum biodh fios aig a' chlann-nighean mu dheidhinn sin. Na bheachd-san chòrdadh e riutha a bhith faisg air, fallas a' sruthadh dheth agus anail na uchd, fìor dhuine. Bha e a' coimhead air adhart ri faighinn dhachaigh, bath a ghabhail, botal beag leann neo dhà, agus an uair sin a-mach, 's mathaid cèilidh beag air Anna a dh'aithghearr. Bha Leanne a' dol gu a màthair leis a' chloinn a dh'aithghearr, bha i an dùil an oidhche a chur seachad ann. 'S mar sin dh'fhaodadh Dòmhnall fuireach a-muigh fad na h-oidhche nan togradh e.

Bha oidhche mhath roimhe.

* * *

Cha robh sgeul air Leanne nuair a thàinig Dòmhnall a-staigh dhan chidsin.

— Leanne! Bheil thu staigh?

Chuir e sìos na brògan ball-coise aige. Bha e sgìth agus salach bhon ghèam. Ach bha e fhathast dòigheil leis fhèin. Ach abair pathadh! Dh'fhosgail e am fridse agus dh'fhosgail e botal beag leann. Sheall e air a' chloc: bha e rud beag tràth dha Leanne a bhith aig taigh a màthar, cait an robh i. Càit an robh a' chlann, a-muigh an àiteigin, 's mathaid, a' cluich.

'S mathaid gu robh i shuas an staidhre, a' gabhail norrag. Dheigheadh e suas an staidhre, surprise beag, dh'innseadh e dhi mun ghoal aige.

Bha na stocainnean salach aige air an làr. Sgioblaich e tòidh neo dhà air a shlighe suas an staidhre. Cha robh sgeul oirr'.

An rùm man prìne, air a sgioblachadh. A' coimhead rud beag falamh air adhbhar air choreigin.

Chaidh e sìos an staidhre, gus rud beag telebhisean fhaicinn. 'S mathaid gu robh i air nota fhàgail dha, gu robh aice ri fàgail tràth neo rudeigin. Fhuair e tè air a' bhòrd, thog e i agus chaidh e a shuidhe anns an easy-chair aige, a' cur a chasan air an stòl bheag a bh' aige airson a chasan a chur an-àirde nuair a bhiodh e a' coimhead na teilidh. Leugh e an nota.

Chan fhuilingeadh i an còrr.

Leugh Dòmhnall an nota a-rithist. Agus a-rithist, an treas uair na litrichean an amaladh a chèile gun chiall gun chiall. Bha i sgìth dheth. Bha i sgìth dhan phòsadh ac'. Bha i air a bhith feuchainn agus a' feuchainn. Ach bha fios aice mu dheidhinn Anna agus an fheadhainn eile, agus ged nach tuirt i càil gu ruige seo, cha b' urrainn dhi cumail a' dol leis. Cionnas a b' urrainn dha seo a dhèanamh an dèidh na rinn i dha? Cha robh beatha air a bhith aice an dèidh dha tilleadh, air a leòn bho na rigichean. Cha robh i ag iarraidh a bhith còmhla ri duine aig nach robh gaol oirre. Bha i air a' chlann a thoirt leatha, dìreach airson latha neo dhà, bha i ag iarraidh tìde airson smaoineachadh. Chuireadh i fòn ann an latha neo dhà.

Bha Dòmhnall a' faireachdainn cuideam air a mhuin. Dè dhèanadh e? Bha fios aice air a h-uile càil. Ciamar? Agus Anna . . . cha robh càil eatarra. Bha gaol aige air Leanne. Turchairt a bh' anns na boireannaich eile. Tubaistean beaga. Gun chiall. Cha robh e air a bhith ceart an dèidh na thachair air na rigichean, ach bha e a' fàs na b' fheàrr. Cionnas a b' urrainn dhi seo a dhèanamh, an dèidh na thachair ris? An dèidh na thachair riutha.

Thog e am fòn, dhìth e putain, àireamh-fòn a peathar, Sandra. Thog i an dèidh treis mhath, guth dìreach man guth Leanne.

— Càit a bheil i?

— Hi, a Dhòmhnaill.

— Bheil i còmhla riut?

— Cò?

— Sguir dha do bhidsigeadh. Tha mi ag iarraidh bruidhinn rithe.

— Tha mi nam aonar. Cò ris a tha thu ag iarraidh bruidhinn?

— Leanne. Chan eil mi ga do chreids. Tha mi tighinn timcheall.

— Dèan an rud a thogras tu. Chan fhaigh thu an seo i. Tha coltas . . . dè tha ceàrr?

— Tha fios deamhnaidh math agad dè tha ceàrr. Tha i air fàgail.

Sàmhchair aig taobh eile a' fòn.

— Bidh thus' air do dhòigh, tha mi cinnteach, thuirt Dòmhnall.

— Dhòmhnaill, sguir a bhruidhinn rium mar sin. Agus chan eil mi air mo dhòigh.

— Bha fios agad, ge-tà.

Sàmhchair a-rithist.

— Uill, an carry-on a th' agad, 's beag an t-iongnadh . . .

— Dìreach innis dhomh cà bheil i.

— Tha latha neo dhà bho bhruidhinn mi rithe. Chan eil càil a dh'fhios agam càit a bheil i. Na dh'fhàg i fios sam bith?

— Cha tuirt i cà robh i a' dol.

— Uill, 's mathaid gu bheil i ag iarraidh a bhith na h-aonar treiseag, ma-thà.

— Thug i leatha a' chlann, Sandra.

— Dhòmhnaill, chan eil ... chan eil fhios agams' dè chanas mi ... chan eil i an seo. Agus uill ... tha mi duilich. Ach, dìreach ... dh'fhuirichinn an sin. Cuiridh i fòn, tha mi cinnteach.

— Chan urrainn dhomh dìreach suidhe air mo thòin – theid mi às mo chiall.

— Bheil duine ann as urrainn a thighinn timcheall? Iain no cuideigin?

Cha robh Dòmhnall ag èisteachd. Bha e smaoineachadh air rudan beag, rudan a bu chòir dha a bhith air a dhèanamh, a bu chòir dha a dhèanamh ... Dè bha e dol a dhèanamh – am bu chòir dha a dhol timcheall gu ... Timcheall, timcheall. Chuir e sìos am fòn gu slaodach. Cha b' urrainn dha gluasad. Dè a-nis? Cha robh càil ann a b' urrainn dha a dhèanamh. Bha an rùm leth-dhorch, an fhionnairidh a-nis ann. Agus bha deòirean a' tighinn gu shùilean.

6

Bha Helena air a bhith dèanamh deiseil airson an danns airson ùine mhòir a-nis. Bha an Caiptean, Vitali, air a bhith ann am fonn math bho thill e bhon bhall-coise, agus mar sin dh'aontaich e gun cus trioblaid gum b' urrainn dhi a dhol ann. Anns an àbhaist cha robh mòran tìde dheth aig Helena, agus ann an dòigh, cha robh mòran adhbhair aice tìde a ghabhail dheth. Bha e na b' fheàrr obrachadh cho cruaidh 's a b' urrainn dhi. Dhèanadh i barrachd airgid agus dheigheadh i dhachaigh na bu luaithe. Cha robh i faisg air danns anns a' bhaile a-riamh, ach a-nochd bha adhbhar aice.

Chan e gu robh i mì-thoilichte. Bha i ag obair cruaidh gus a bhith dòigheil, ge bith cà 'm biodh i. Ged a bha an obair cruaidh, 's i fhèin a chuir roimhpe an obair a ghabhail. Bha an t-airgead math. Agus dè bhiodh i air a dhèanamh aig an taigh – cha bhiodh càil air atharrachadh, cha bhiodh i air an saoghal fhaicinn, cha bhiodh i air pioc airgid a dhèanamh. An aon bheatha ri na daoine a thàinig roimhpe. Cha b' e sin a bha i ag iarraidh.

Agus an seo, ann an dòigh, bha i a' faireachdainn air oir saoghail eile. Saoghal ùr. Dh'fhaodadh i a dhol air deic agus coimhead ri solais a' bhaile. Na beanntan air gach taobh. Na daoine beaga le pàipearan-naidheachd beag bìodach fon achlaisean fad' às. Na toy cars agus na solais. Cho faisg. Dh'fhaodadh i am baile a chumail eadar dà òrdaig.

Bha i gu math measail air a' chlann-nighean a bha còmhla rithe. Bha na caraidean a b' fheàrr aice air a' bhàta, Natasha agus Eva, a' dol chun an danns cuideachd. Bha iad gu math excited a' dèanamh deiseil, a' cur orra maise-gnùis agus ag òl cana leann eatarra. Bha Natasha air beulaibh sgàthain, a' dèanamh cinnteach gu robh an t-aodach aice dìreach ceart.

— Dè do bheachd?

— Àlainn.

— 'S ann le mo mhàthair a bha e.

— Tha e cho brèagha. Gheibh thu fear le sin a-nochd gun mòran trioblaid.

— 'S mathaid gu bheil mi ag iarraidh barrachd air aonan! 'S urrainn dhomh an cumail anns a' chèabain, thuirt Natasha a' dol mun cuairt.

Bha Helena a' cur dath air a lipean.

— Tha fear aig Helena mu thràth, ge-tà, thuirt Natasha gu neoichiontach.

— Chan eil na.

— Cò còmhla ris a bha thu a' danns an oidhch' eile, ma-thà?

— Chunnaic sinn thu, thuirt Eva. — Cha b' e dannsair uabhasach math a bh' ann.

— Agus tha fios agad dè tha sin a' ciallachadh . . .

— 'S e dannsair math a bh' ann, thuirt Helena. — Bha

dìreach rud beag deoch air. Bha iad gan lìonadh le bhodca fad na h-oidhche.

— Bha e eireachdail gu leòr.

— Cha robh e dona, thuirt Helena.

— Nas fheàrr na gheibheadh tu air a' bhàta seo.

— Chan eil mise dol a phòsadh duine is fàileadh èisg bhuaithe! thuirt Natasha.

— Uill . . . nam biodh e uabhasach uabhasach beairteach . . . 's mathaid! Dh'fhaodadh fàileadh sam bith a bhith bhuaithe an uair sin.

Bha Eva a-nis a' coimhead oirre fhèin san sgàthan. 'S e froga dorch, dearg a bh' oirre. Bha a falt an-àirde.

— Tha sibhse fortanach. Chan eil fiù 's duine agams' a dhannsas còmhla rium. Bha mi feuchainn fad na h-oidhche, thuirt Eva.

— Carson nach do rinn thu an aon rud ris an dancing singing woman. Cabaret! Ghabh Natasha balgam beag bhon chana.

— Cuin a tha sinn a' dol a-null?

— Ann an uair a thìde. Tha Piotr a' dol air ais 's air adhart.

— Am bi tòrr dhaoine ann?

— Bithidh!

— Bidh e mìorbhaileach. Tha mi dol a bhàsachadh le excitement! Thuit Natasha air an leabaidh. Drama queen a bh' innte.

— 'S mathaid a-nochd gu faigh mi mo Phrince Charming, agus nach leig e dhomh tilleadh chun a' bhàta. Ach . . . dheighinn-s' air ais dìreach airson an stuth agam a thogail agus a ràdh tìoraidh ribhse, caoineadh – rudan mar sin. Sin a thachras, tha mi smaointinn. Bidh mi gur n-ionndrain, tha fhios. Ach dè 's urrainn dha duine a dhèanamh. Sgrìobhainn thugaibh.

— Uill, nach tu tha math, thuirt Helena.

— 'S ann aig Helena a tha an teans as fheàrr, thuirt Eva. Am fear le dà chois cheàrr.

Shad Helena cluasag oirre. Chaidh Helena air ais gu na lipean aice.

* * *

Sia mìosan deug air ais bha Helena air a slighe a dhèanamh gu Minsk air costa a tuath na Ruis. Bha bàta na laighe ann an dèidh re-fit. Bha e fuar a' mhadainn a dh'fhàg i. Thug a màthair sìos gu stèisean na trèana i, a' feuchainn gun sealltainn air an nighinn aice air an t-slighe gun fhios nach tòisicheadh i a' rànail. Bha daoine ann an èideadh a' gheamhraidh, bèinean tiugha, dorcha agus adan mòra, a' ghaoth fuar, geàrrte. Bha an stèisean, cèic uaine, trang mar as àbhaist. Daoine a' tighinn 's a' falbh.

— Bi faiceallach a-nis, thuirt a màthair.

— Bithidh.

— Agus sgrìobh uaireannan. 'S urrainn dhut sgrìobhadh air a' bhàta.

— Cha bhi mi air falbh cho fada.

A màthair a' feuchainn gun grèim a chumail oirr'. An nighean mu dheireadh aice a' falbh. Cha robh cuimhn' aig Helena air na thubhairt iad, dìreach gun chùm iad grèim air a chèile airson ùine mhòir. Faileas sneachd a' còmhdach dhaoine a bha a' dol seachad. Fàileadh perfume a màthar agus an grèim teann aice. Smaoinich i airson mionaid nach bu chòir dhi falbh. Ach bha a cùrs a-nis air dòigh, agus 's ann a bhiodh e na bu duilghe buileach mura dèanadh i an rud a chuir i roimhpe.

Dh'fhàg Helena a màthair agus chaidh i a-steach dhan

stèisean na h-aonar. Bha jobaichean beaga aice ri dhèanamh, chùm sin a h-inntinn bhon a h-uile càil, bha aice ri platform a lorg, suidheachan fhaighinn air an trèana. Dè dhèanadh i leis a' bhaga aice? Bha an compartment air an trèan ùr ach fhathast bha e a' coimhead gu math robach. Sheall i air Mosgo a' dol seachad, an sneachd, e a-nis air a cùlaibh agus an trèan a' dèanamh a slighe gu tuath.

Chaidil i rud beag. Bha daoine eile anns a' chompartment a-nis, seann chailleach le stoc phinc agus cù beag. Bhruidhinn i ann am Frangais ris a' chù, a' toirt bhriosgaidean beaga dha air a socair. Bha srann aig duine eile ri taobh, an trèan a' dol tro choilltean dorcha air taobh a-muigh Mhosgo.

'S e hive mhòr a bh' ann am Minsk, agus na b' fhuaire buileach na Mosgo. Choisich i timcheall nan docaichean airson treis. Bha stevedores a' lìonadh bhàtaichean, cranaichean agus tuill a' slugadh nam pallets. Bàtaichean a bhriseadh deigh, agus fir ann am brògan fiodha suas gu an cuid ghlùinean is an anail a' reothadh ann am pàtrain air am bilean.

Fhuair i lorg air a' bhàta aice agus chaidh i air bòrd. Cha robh i cinnteach cà 'n deigheadh i. Bha na pàipearan aice an òrdugh agus fhuair i i fhèin anns an t-sruth, bhruidhinn daoine rithe, sheall daoine dhi far an caidleadh i, far an itheadh i. Cha deach a h-uile gin dha na ceistean aice a fhreagairt, ach bha uiread aice. Bha uimhir de dhaoine ann a-nis, a' sruthadh am broinn mionach a' bhàta, cha robh aice ri smaoineachadh, thachair e.

Bha dà nighean anns an rùm mun d' fhuair ise ann, Natasha agus Eva. Bha an dithis aca a' coimhead rud beag iomagaineach, cha robh iad ach dìreach air coinneachadh, bha latha fada air a bhith acasan cuideachd. Bha iad càirdeil: bha fios aca gu robh na daoine seo gu bhith còmhla riutha airson ùine mhòir, agus mar sin bha cho math dhaibh gabhail air an socair. Cha robh duine ag iarraidh cus spionnaidh a chaitheamh, bha tìde gu leòr ann.

— Robh thu riamh thall thairis roimhe seo? dh'fhaighnich Natasha dhi.

— Cha robh. Bha mi anns a' Chrimea turas neo dhà air saor-làithean ach cha robh mi a-riamh air falbh.

— Cha robh na mise. Tha e gu math exciting, nach eil?

— Tha rud beag feagail orm gum bi cianalas orm.

— O, uill, tha fhios gum bi. Ach gheibh thu seachad air. Cha robh mi riamh air bàta mar seo a bharrachd. Chan eil fhios agam cò ris a bhios e coltach.

— Tha mi 'n dochas nach bi sinn tinn.

— Tha i cho mòr – cuiridh mi geall nach mothaich sinn gu bheil sinn a' gluasad.

Helena iomagaineach. Bha còmhradh le Natasha a' cuideachadh, ge-tà. Cha do bhruidhinn iad air an obair a bh' aca ri dhèanamh nuair a ruigeadh iad; cha robh math dhaibh sin a dhèanamh.

Bha iad uile tinn a' dol tarsainn. Bha aig Natasha ri cadal airson pàirt mhòr dhan turas. Chòrd e ri Helena a bhith dol air deic, a' coimhead nan suailichean, druim mòr a' chuain timcheall oirr'. Bha i a' faireachdainn tinn. Bha i a' faireachdainn saorsa.

Agus an uair sin bha liath fosgailte a' Chuain a Tuath air a bhreacadh le beanntan nan laighe fad' às, uaine, agus chitheadh tu creagan àrda agus slèibhtean ruadh uaine fhad 's a rinn iad an slighe gu slaodach suas am bàgh. Na beanntan a-nis fada os cionn an uisge ghuirm. Na h-acairean a' dol sìos, agus an uair sin an obair a' tòiseachadh.

Cha robh mòran eile ac' ri dhèanamh air a' bhàta. Dh'obraicheadh Helena airson dusan uair a thìde dhan latha le dà stad agus tìde airson diathad. Taobh a-staigh a' bhàta, cannery, geal, iasg gun chrìoch, ise a' cutadh. Gan cur ann an canaichean, a h-uile seòrsa obrach. Na sioftaichean. Obair agus an t-adhar dorch a-muigh. Ach beag air bheag fhuair i eòlas air an t-saoghal a bha timcheall oirr' agus beag air bheag co-dhùin i gum b' urrainn dhi seo a dhèanamh. Agus bha rud ann a bha ga cumail a' dol. An t-adhbhar gu robh i ann an sin. Sin a chùm a' dol i.

Cha do dh'fhàg i duine air a cùlaibh, bràmair no eile, agus airson seo bha i taingeil. Bha Natasha air bràmair fhàgail aig an taigh agus 's e pian gun abhsadh a bha sin. Airson treis. An seòrsa tè a bh' ann an Natasha, chuir i roimhpe nach robh seo ga cuideachadh idir, agus gu math luath chuir i gu aon taobh e. Dhìochuimhnich i an seann saoghal; cha do smaoinich i air. Bha e diofraichte dha Helena, na laighe anns an leabaidh a' coimhead ri mullach an rùm, rudan a' cluich mar film air a' bhalla gheal, an dachaigh aice, a màthair, Mosgo. Bha i ag ionndrain Mhosgo, na stìopaill òir, grian lag an earraich, na boulevards, na statues, fiù 's na càraichean nach gluaiseadh air sgàth na trafaig, agus am fuachd. Fuachd ceart. Bha i ag iarraidh coiseachd sìos aon dha na boulevards fhada le flùraichean an earraich gu diùid a' tighinn suas an dèidh a' gheamhraidh. Chòrdadh e rithe hotdog ith aig aon dha na stands. Bha i ag iarraidh luchd-turais fhaicinn, an fheadhainn a bh' ann, a' coiseachd timcheall air Red Square, a' ceannach adan mòra bho dhaoine le bagaichean làn dhiubh.

Cha robh an t-àite far an robh i a-nis cho eadar-dhealaichte; bha e a cheart cho trang ri Mosgo. Bha crìochan air an t-saoghal aice ach cha robh i fada ag ionnsachadh nach robh diofar ann an seo. Agus cho luath 's a rinn i mach gu robh i a' dol a thighinn troimhe, nach robh cus gu bhith ann dhi, dh'fhàs i na bu làidire agus cha robh a' chùis cho cruaidh.

Cha robh i cho dèidheil air na rinn an salann air a làmhan, agus cha robh i air a dòigh nach robh an craiceann mìn aice cho math 's a bha e nuair a bha i aig an taigh, nach robh i idir a' faighinn cothrom aodach snog a chur oirr' agus gu robh faileadh an èisg timcheall oirre fad na h-ùine. Ach bha fios aice nach b' e rudan a bha seo a bha gu bhith an-còmhnaidh còmhla rithe.

Cha robh i air a bhith ach le aon fhireannach roimhe, ged nach deach i dhan leabaidh còmhla ris. Fear-gnìomhachais a bh' ann, agus bha e ann am Mosgo airson grunnan sheachdainean. Choinnich iad aig an obair aice, is i ag obair pàirt-ùine ann am bùth leabhraichean. Thòisich e a' tighinn na bu trice 's na bu trice gus mu dheireadh thall an do dh'fhaighnich e dhi an deigheadh i air deit còmhla ris. Cha d' fhuair i a-riamh a-mach an robh e pòsta – bha uiread cabhaig air fad na h-ùine. An-còmhnaidh ag iarraidh rùm fhaighinn ann an taigh-òsta còmhla rithe. Bha ise ag iarraidh coinneachadh ann an cafaidhean agus còmhradh agus rudan mar sin, chan e an riagail a bha seo. Cho-dhùin i mu dheireadh thall nach robh an seòrsa duine a bha i ag iarraidh ri fhaighinn ann am Mosgo, agus chuir i roimhpe feitheamh. Bha aon bhalach ann a bha daonnan a' faighneachd dhi an deigheadh i a-mach còmhla ris, ach cha robh i dèidheil air: cha robh i cinnteach an robh e còir ri boireannaich.

Bha i cuideachd ag iarraidh cuideigin le rud beag airgid. Bha fios aice gu robh a' mhòr-chuid de dhaoine ag ràdh nach robh diofar an sin, ach na beachd-se bha feum aig duine air airson rudan a dhèanamh. Chuireadh e strèan air cupall mura biodh e aca. An dèidh sin, bha ùine mhòr bho chuir i roimhpe nach robh i dìreach a dol a dh'fheitheamh airson fear air choreigin. Agus mar sin, chuir i roimhpe rudeigin a dhèanamh. Bha an t-slighe a roghnaich i duilich, ach chual' i sgeulachdan bho chlann-nighean eile à Mosgo a choinnich i a bha ag obair air na bàtaichean. Rinn iad barrachd airgid ann am mìos air na bàtaichean na dhèanadh iad ann am bliadhna aig an taigh.

Smaoinich i gu tric air dè a dhèanadh i nuair a ruigeadh i Mosgo a-rithist. Bha fadachd oirre a màthair fhaicinn agus cadal na leabaidh fhèin, gun fuaimean iarainn timcheall oirre agus plobadaich uisge agus innealan mòra a' tionndadh agus an luchd-obrach an-còmhnaidh a' dol. Chleachdadh i an t-airgead a rinn i airson a dhol dhan Oilthigh.

* * *

Bha Piotr air ais 's air adhart le daoine. Cha robh an t-uabhas dhaoine a' dol chun an danns, ach bha buzz air a' bhàta mar a b' fhaisge a thàinig iad air a' chidhe. Agus an ath mhionaid, bha iad air tìr, air talamh cruaidh airson a' chiad uair ann an saoghal de thìde. Cha mhòr nach do chuir e luairean orra – bha na togalaichean àrd, cho àrd. Cho blàth 's a bha e an taca ri cho fuar 's a bha e aig muir, agus am fàileadh, an talamh, am feur, am baile. Bha fir a' flirteadh leotha agus chaidh iad uile ann an suaile mhòr suas chun an talla, far an cluinneadh iad mac-talla a' chiùil tro na ballachan, na daoine a-muigh a' gabhail èadhar an dèidh dhaibh fàs rud beag ro theth.

Agus an uair sin bha iad a-staigh. Daoine ag òl, a' danns. Bha an ceòl àrd, mìorbhaileach, b' urrainn dha Helena fhaireachdainn tro corp. Fhuair Natasha deochan dhaibh agus sheas iad ri aon taobh, rud beag diùid, a' fàs cleachdte ris a h-uile càil.

Bha Helena a' faireachdainn dòigheil. Bha i an dòchas gun dannsadh cuideigin leatha.

* * *

Chunnaic Iain an triùir aca a' tighinn a-steach. Bha e air a bhith an dòchas gun tigeadh iad. Nuair a chunnaic e i chaidh faireachdainnean neònach troimhe, an dòchas nach do rinn e ro dhona an turas mu dheireadh a choinnich iad – chan e dannsair math a bh' ann, rud beag cus ri òl. Ach bha cuimhn' aige fhathast air cò ris a bha e coltach a bhith faisg oirre.

Ach 's mathaid nach robh càil ann, 's mathaid nach biodh i airson danns a-rithist. Bha e air tòrr smaoineachaidh a dhèanamh air a seo, agus bha e air fuireach an ìre mhath sòbarr airson nach dèanadh e amadan dheth fhèin a-rithist. An diabhal, bhiodh aige ri faighneachd dhi air beulaibh nan caraidean aice a-rithist. 'S mathaid gum bu chòir dha deoch eile a ghabhail roimhe sin. Agus dè nam faighnicheadh cuideigin eile! Dhuine bhochd, bha i a' coimhead math. Nas fheàrr na bha cuimhne aige. Àrd, bha top beag aotrom oirre agus chitheadh tu a gualainnean, am falt dorch aice sìos. An craiceann mìn geal, le dearcan dearg a lipean agus a sùilean dorch, ruadh, cho dorch 's gu robh i a' coimhead rud beag Àisianach ann an dòigh. Casan fada. Gu math exotic.

Dè an rud bu mhiosa a thachradh? Nan canadh i nach robh i airson danns, dheigheadh e air ais chun a' bhàr. Carson nach fhaighnicheadh. Cha robh mòran a' tachairt agus e na sheasamh an seo.

Ghabh e aon sluig eile dhan deoch aige, thionndaidh e agus thòisich e a' coiseachd.

7

Cha robh Jock aig an danns an oidhche ud.

— Feuch nach faigh thu bùrn orm.

Bha Johan a' gearain. Bha i na suidhe aig toiseach a' bhàta, suailichean beaga a' briseadh agus a' breith oirre.

— Tha mi dèanamh mo dhìchill.

— Tha mi a' fàs fliuch. Tha mo thòin fliuch.

— Cha bhi sinn fada a-nis. Gabh air do shocair.

Bha a' ghrian air a dhol fodha, agus ged a bha e blàth gu leòr, bha rud beag gaoithe ann a-muigh air an uisge; dh'fheumadh duine seacaid. Bha Jock a' ruith a-mach chun nam bàtaichean le Johan, a dh'fhaicinn Shergei. Bha e gu math keen gun deigheadh i a-mach: 's i an tè a b' fheàrr leis.

Bha i sgìth dhan obair seo, a bu lugh' oirre. Bha i ag iarraidh stad ach bha aon rud a bha math mu deidhinn. An t-airgead. Bha uiread airgid aig na balaich Ruiseanach seo 's nach robh fhios aca dè dhèanadh iad leis. Iad steigt' ann an cana mòr sardines, gun bhoireannach timcheall airson am pian a thoirt air falbh. Agus sin obair Johan. Bha i a' toirt orra faireachdainn math.

A' chiad turas a chaidh i a-mach gu aon dha na bàtaichean, sheas i a' coimhead feadhainn dhiubh a' gambladh. Chluich iad le dolairean, uaireannan a' cur mhìltean agus mhìltean air aon làimh. Cha chreideadh i na bha iad a' sadail air falbh. Bhruidhinn aon dha na seòladairean rithe.

— Chan eil càil an seo. Tha barrachd airgid agams' na th' aig President a' USA.

'S mar sin, bha fios aic' gu faigheadh i an reit a bha i ag iarraidh.

Cha robh tìde sam bith aice airson 'whore with a heart of gold'. Cha robh nòisean aice dha gin dha na clients aice. Dhìse 's e business a bh' ann, agus 's e actress mhath a bh' innte. Bha càr snog aice – cha b' e fear uabhasach flash, Volkswagen òir ùr. Cheannaich i aodach snog dhi fhèin. Bha an taigh aice pàighte agus bha i a' smaoineachadh air fear eile a cheannachd ann an Glaschu, a dh'fhaodadh i a chur air màl, agus aon latha dh'fhaodadh i gluasad gu deas, air falbh bhon chac. Na fathannan agus daoine a' còmhradh air a cùlaibh. Cha robh dragh aicese. Bha i a' dèanamh barrachd airgid na duine aca. Agus bha fios aice dè bha na daoine aca a' dèanamh. Bha nighean neo dithis às a' bhaile a' dèanamh deagh airgead a-mach asta. Fir a chanadh nach robh an cuid mhnathan gan tuigsinn ceart. Bha rudan a dhìth orra. Cha bhiodh a' chlann-nighean ud gun obair.

Bha bràmairean aice, gun teagamh, nuair a bha i òg. Ach cha robh i a' bodraigeadh leotha a-nis. Nuair a bha i dìreach air an sgoil fhàgail agus ag obair aig a' Cho-op, bha i air a dhol a-mach le Dòmhnall airson treiseag. Bha a' chlann-nighean dèidheil air, agus bha i ag iarraidh fios a bhith aig a h-uile duine gur ann còmhla rithese a bha e. Ach cha do dh'obraich e eatarra. Bha i a' smaoineachadh gum biodh cuideigin na bu fhreagarraiche timcheall a' chòrnair, agus mar sin chuir i crìoch air gun cus smaoineachaidh. Ach an uair sin, cha do thionndaidh duine math eile an-àirde. Agus bha an Leanne ud air a phòsadh. Banacheard.

Cha robh i ag iarraidh obrachadh anns a' bhaile ann. Bha i air a dhèanamh aon turas agus chaidh a h-uile càil ceàrr. 'S e Murdo an t-ainm a bh' air, baidsealair aost a bha a' fuireach na aonar mìle neo dhà air falbh. Cha robh e air a bhith pòsta, agus chuir e iongnadh oirre nuair a dh'fhaighnich e dha Jock an smaoinicheadh i air a dhol timcheall airson fhaicinn. Bhàsaich a mhàthair bliadhna roimhe sin: 's mathaid gur e sin pàirt dheth. Aonranachd. Cus tìde airson smaoineachadh. Carson nach cuireadh e deise shnog air agus nach caitheadh e rud beag tìde sa bhàr, a' feuchainn ri bruidhinn ri daoine. Bha gu leòr bhoireannach dha aois a bha a' lorg cuideigin. Ach bha fir uaireannan dìreach ag iarraidh an taobh chorporra.

Cha robh i airson gum biodh fios aig daoine anns a' bhaile air dè bha i a' dèanamh. Dhiùlt i e an toiseach, ach 's e seachdain shàmhach a bh' ann air na bàtaichean agus bha i airson a piuthar fhaicinn ann an Obar-Dheathain airson an deireadh-sheachdain, agus mar sin dh'aontaich i.

Bha e follaiseach gu robh e air a bhith ag òl nuair a thadhail i. Bha fàileadh uisge-beatha bhuaithe, agus siogaraits. Cha robh an taigh na bhroinn air atharrachadh bho bha a mhàthair beò. Pàipear-balla ruadh le ceò nan siogaraits agus carpets ruadh. Seann stòbh Aga anns a' chidsin agus àirneis fhiodha dhorch a bha anns an taigh bho thùs, smaoinich i. Dreasair math – gheibheadh e sgillinn neo dhà air nam biodh e ag iarraidh.

Bha e còir gu leòr an toiseach, ged a bha e rud beag cugallach. Thuirt e nach robh e air seo a dhèanamh roimhe. Rinn i cinnteach gun do phàigh e mun do rinn iad càil. Cha robh i fhathast buileach cinnteach, ach bha fios aice gu robh Jock a' feitheamh a-muigh, 's mar sin, dè dheigheadh ceàrr. Cha robh i airson smaoineachadh cus mu dheidhinn, dìreach an obair a dhèanamh agus a-mach à seo.

Ach an dèidh dhaibh a dhol dhan rùm aige, thòisich e oirre, a' feuchainn ri toirt oirre rudan a dhèanamh nach robh i ag iarraidh. Cha robh e ag èisteachd; thòisich e air a bhith rud beag rough leatha. 'S mathaid gu robh rudeigin aige an aghaidh bhoireannach, aig nach robh mòran diù dha. Cha robh e fortanach leotha. Cha robh e fortanach le bheatha. Co-dhiù, aig a' cheann thall bha ise fortanach. Bhuail e i is chuir e stad oirr' bho fhaighinn chun an dorais. Ach cha robh i a' dol a ghabhail ri seo, agus bha rud aice anns an sporan aice airson tachartas dha leithid. Cana spray. Cha robh feum sam bith anns na rape alarms ud: aon rud, cha robh iad a' dèanamh mòran fuaim; agus rud eile, cha robh daoine a' gabhail dragh nan cluinneadh iad fear, ro choltach ri alarm càir. Agus na seòrsachan àiteachan anns an robh ise . . .

Fhuair i air an spray a thoirt a-mach às a baga agus thug i dha e dìreach sna sùilean. Thuit e chun an làir, grèim aige air aghaidh, a' durghail mu dheidhinn rudeigin. Dh'fhairich i duilich air a shon airson diog neo dhà, agus thug i a-mach botal uisge a bha aice na baga. Shad i thuige e.

— Seo. Cleachd sin. Cuidichidh e.

Bha i airson deagh bhreab a thoirt dha, ach cha robh i airson a brògan a mhilleadh.

— Agus an ath thriop a tha thu le boireannach, bi còir. Bhalgair an diabhail a tha thu ann.

Agus le sin, dh'fhàg i.

Nuair a ràinig i Jock, thug i dha a dhiabhal. Agus cha deach i còmhla ri duine anns a' bhaile a-rithist.

Bha dùil aice gur e siud e seachad, ach cha b' e. Chuala i an dèidh treis gu robh Murchadh a' bruidhinn ri daoine anns a' bhaile mu deidhinn. An cual' iad gu robh i a' dol gu na seòladairean Ruiseanach, a' gabhail airgid? Cionnas eile a b' urrainn càr snog mar sin a bhith aice? Bha i air a bhith aig an taigh aige, thuirt e, cha robh fhios aige carson. Agus nuair a thionndaidh e a chùlaibh, bha i air airgead a ghoid, a' maoidheadh air. Bha e cinnteach gu robh i a' cleachdadh dhrogaichean cuideachd. Nach robh e air sin a leughadh sa phàipear, daoine a' goid airgid airson drogaichean a cheannachd. Thòisich na fathannan seo a' dol timcheall a' bhaile agus Johan a' faireachdainn an teas làidir bhuapa.

Mu dheireadh thall thug i air Jock a dhol timcheall airson dèiligeadh ris. Bha Jock beag, ach 's e balgair beag a bh' ann nan togradh e. Cha chuala duine bìog bho Mhurchadh an dèidh sin.

Chùm i oirre le na Ruiseanaich. Cha robh iad ceangailte ann an dòigh sam bith ri a beatha cheart, agus bha iad steigt' anns na canaichean aca. Ach na suidhe an sin, a tòin fliuch, a' smaoineachadh air an oidhche a bha roimhpe, dh'fhaighnich i dhi fhèin . . . dè bha i a' dèanamh le a beatha?

Fuaim nan ràmh air cliathaich a' bhàta mhòir. Sreap suas agus bha i ann. Dh'fhuirich Jock anns an eathar: seo an cosnadh a bh' aigesan, a' feitheamh anns an dorch.

Bha am bàta gu math sàmhach, agus rinn i a slighe gu cèabain Shergei. 'S e regular a bh' ann agus bha fios aice dè bha roimhpe; bha i toilichte nach robh e toirt uabhasach fada, ged a bha e dèidheil air còmhradh. Bha e airson glainne bhodca òl an dèidh làimh, suidhe agus còmhradh. Dhèanadh i sin, agus phàigheadh e i. Bha i a' faireachdainn gu robh Sergei ag iarraidh carabhaidh a bharrachd air càil eile. An dòigh seo, dh'fhaodadh e toirt a chreids airson treiseag gu robh tè aige.

Chuir e fàilte oirre; bha e a' faireachdainn rud beag ìosal.

— Miss Johan. Bhodca?

— Gabhaidh, tapadh leat.

Dh'fhairich i e, teth. A' dol sìos a h-amhaich.

— Dè tha ceàrr, Sergei? Tha thu a' faireachdainn rud beag ìosal.

— Bhàsaich m' athair an-diugh.

— Tha mi duilich.

— Tapadh leat.

— A bheil thu dol dhachaigh, ma-thà?

— Chan urrainn dhomh. Feumaidh mi fuireach an seo. Co-dhiù, cha robh sinn dlùth.

— Tha mi duilich.

— Yes, yes.

Bhodca eile anns na glainnichean. Bha e a' faireachdainn falamh, eadar-dhealaichte.

— M' athair, fhios agad, cha robh e cho math. Chan fhaca mi e fad bhliadhnaichean. Cha tug e pioc airgid dha mo mhàthair. Bha trì obraichean aice airson ar cumail beò. Bidh mise a' cur airgid dhachaigh thuice. Tha flat snog aice. Tha gu leòr airgid aice a-nis, faodaidh i an rud a thogras i a dhèanamh. Dhèanainn-sa rud sam bith dhi. Agus mar sin, tha mi dol a dh'fhuireach an seo, a dh'obair. Faodaidh mo bhràthair a dhol chun an tiodhlacaidh. Chan eil diofar leamsa.

Mhothaich i gu robh botal bhodca falamh air an dreasair, agus bha e a' gluasad thuige gu slaodach. Cha bhiodh càil a' tachairt a-nochd. Ghabh i air a socair rud beag: gheibheadh i airgead, gheibheadh i pàigheadh, ach cha bhiodh aice ri càil a dhèanamh ach suidhe agus èisteachd ris a' chòmhradh aige mu athair airson treiseag. Bhiodh i dòigheil sin a dhèanamh airson rud beag pàighidh.

Agus sin a rinn iad. Cha do dh'fhaighnich e càil mu deidhinn-se. Lìon e glainne an dèidh glainne de bhodca, gus mu dheireadh thall an robh e coltach ri duine a bh' air a shlat-iùil a chall.

— Sergei, feumaidh mise falbh.

— Chan eil e a' còrdadh riut a bhith bruidhinn rium?

— Tha. Ach tha Jock a' feitheamh.

— Jock? Chan e Jock am boss agad.

— Chan e. Ach tha e fuar a-muigh agus cha tuirt mi ris gum bithinn cho fada ri seo. Bidh e fàs iomagaineach.

— Tha Jock coma co-dhiù mu dheidhinn càil ach e fhèin. Co-dhiù, chan e esan am boyfriend agad.

— Chan e.

— 'S mathaid gun dèanainn-s' boyfriend math dhut.

— Um . . . tha mi ceart gu leòr. Ta.

— Chòrdadh e riut. Tha e a' còrdadh riut a bhith còmhla rium, nach eil?

— Tha.

— Uill. Dè tha ceàrr, ma-thà?

— Sergei, feumaidh mi falbh. Chan e seo an t-aon àite anns am feum mi bhith a-nochd.

— À . . . Chan eil annams' ach tick air an liost. Sin a tha thu smaoineachadh. Tha favourite eile agad.

— Chan eil.

Dh'òl Johan na bh' air fhàgail anns a' ghlainne aice: chumadh e blàth i airson an turais air ais dhachaigh. Bha i ag iarraidh a bhith còmhla ri daoine – 's mathaid gum bu chòir dhi a dhol chun an danns. Bhiodh na caraidean aice ann. Bhiodh e blàth, ao-coltach ris a' chiste iarainn seo. Bhiodh daoine dòigheil, ag òl, bhiodh e nàdarrach. Gu h-obann, thàinig miann oirre airson sin.

— Cuimhnich, feumaidh tu mo phàigheadh mum falbh mi, Sergei.

— Pàigheadh?

— Aidh. Feumaidh mi airgead mum falbh mi.

Bha ùine mhòr bho stad i bhith faireachdainn neònach mu bhruidhinn air airgead.

— Ach cha do rinn sinn càil ach còmhradh.

— Feumaidh mi an t-airgead an dèidh sin.

— Chan eil sin fèar.

— Sergei, thug thu orm a thighinn a-mach an seo. Feumaidh tu pàigheadh. Sin e.

— Tha boireannaich coltach ri chèile. A' gabhail brath air fireannaich.

Dh'fhan e sàmhach airson mionaid, a' coimhead air an làr. Gu h-obann sheas e an-àirde.

— Siuthad. Gabh.

— Tha mi ag iarraidh m' airgid.

— Chan eil thu a' dol a dh'fhaighinn sgillinn bhuamsa.

— Tha mi.

Ghabh Sergei grèim air a làimh. Tharraing Johan air ais i gu grad.

— Na tig thus' faisg orm.

Agus an uair sin, chaill Sergei e fhèin. Ghabh e grèim air falt Johan, an làmh eile aige a' gabhail grèim air a cuid aodaich. Phut e i gu cruaidh an aghaidh an dorais. Thuit i agus bhuail i a ceann air an fhiodh. Dh'fhairich i blàths na fala air a peirceall. Cha chreideadh i seo. Lorg i an spray aice anns a' bhaga agus thionndaidh i. Sheall i dha dè bh' ann.

— Dè an diabhal a tha thu dèanamh? Bha siud goirt, thuirt i.

— Siuthad – gabh a-mach à seo.

— Bheir dhomh m' airgead, neo dallaidh mi thu agus falbhaidh mi fhìn leis.

— Dèan sin agus marbhaidh mi thu.

Rinn i e. Pian geur a' ruith tro shùilean Shergei, agus thòisich e a' bualadh rud sam bith a bha na rathad, an àirneis, a' bualadh rud sam bith a bha faisg air. Rug e oirre air a gruaidh. Dh'fhairich i rudeigin a' briseadh. Sergei man tarbh dall anns an rùm. Fhuair e grèim air a cois agus dh'fhidir e càit an robh i. Thug e dhi dòrn dìreach eadar an dà shùil. Bha e air a fhèin a chall, cha robh fhios aige càit an robh e, a' bhodca anns na cuinnleanan aige, thug e a-mach fhearg air Johan.

Cha b' urrainn dha Johan càil a dhèanamh, bha am pian uabhasach. Dhìochuimhnich i càit an robh i, ciamar a dhèanadh i gluasad. Dh'fheuch i ri grèim fhaighinn air an spray a-rithist, ach thilg Sergei air falbh bhuaipe e. Agus an uair sin dh'fhairich i barrachd bhuilean, Sergei a' guidheachdainn agus ga bualadh cho làidir 's a b' urrainn dha. Seo, ma-thà, mar a tha e a' crìochnachadh. Agus chaidh a h-uile càil dubh.

Dhùisg i treis an dèidh sin, dìreach airson diog neo dhà. Bha i ann an eathar beag. Bha i na laighe shìos am broinn a' bhàta, cabhaig a' dol a dh'àiteigin, an t-einnsean man seillean-mil. Bha cuideigin a' bruidhinn rithe, ach cha dèanadh i càil a-mach. Bha a h-aghaidh air bòcadh, bha i dubh. Loidhne thana de dh'fhuil bho na lipean aice. A fiaclan goirt. Bha an t-uisge lag a bha a' tighinn bho thoiseach a' bhàta a' faireachdainn snog, fionnar. Bha e fuar an dèidh teas nam buillean. Bha a h-aghaidh goirt.

— Cha mhòr nach eil sinn ann, Johan. Chan fhada gu 'm bi thu aig an taigh.

Dh'fheuch i ri rudeigin a ràdh.

— Bidh a h-uile càil ceart gu leòr. Na gabh dragh.

Bha Jock an dòchas gu robh e ceart, nach robh i a' dol a bhàsachadh anns an eathar aige, man iasg air dubhan fuilteach. An dòlas Sergei ud. Cha robh seo math airson business a bharrachd. Seo aon rud nach robh a dhìth air. Dh'fheumadh fios a bhith aig clann-nighean gu robh e a' coimhead às an dèidh. Agus cuideachd, cha b' urrainn dha dhol air ais gu Sergei a-nis, agus bha e duilich mu dheidhinn sin. Dè an diabhal a thachair? Chan robh rian nach tubhairt i rudeigin.

Cha robh Sergei ann nuair a chuir iad Johan air an eathar; 's e triùr bhalach eile a rinn e. Bha iad air an nàrachadh. Dh'fheuch iad a bhith cho socair 's a b' urrainn dhaibh. Rinn doctair a' bhàta na b' urrainn dha. Bha i ann am mess. Dè dhèanadh e an dèidh dha ruighinn tìr cha robh fhios aige. Dh'fheumadh e a cur ann an càr agus... agus dè? A toirt gu doctair? Cha robh e ag iarraidh dèiligeadh ris, cha robh e ag iarraidh a bhith ceangailte ris. Roghnaich e a toirt dhachaigh; bha fios aige far an robh taigh a màthar. Dheigheadh e cho faisg air a' chàr leis an eathar 's a b' urrainn dha. Agus bheireadh e gu doras a màthar i. Phutadh e an clag agus ruitheadh e aig peilear a bheatha mum faiceadh duine e. 'S mar sin bhiodh Johan ceart gu leòr, ceart gu leòr, choimheadadh a màthair às a dèidh, tha fhios. Na b' fheàrr na b' urrainn dhàsan co-dhiù. Gheibheadh i cuideachadh luath mar seo, 's mathaid gum biodh shock bheag aig a màthair an toiseach ach, uill, an diabhal, 's e cùis-èiginn a bha seo.

Seo an seòrsa rud a chùm a' dol e gus an do ràinig e an cidhe. Agus an dèidh dha màthair a faighinn air an starsaich, a h-aghaidh fuilteach, a sùilean letheach dùinte agus gun sgot air thalamh aice càit an robh i, thug e mionaid mun robh fios aice gur e seo an nighean aice agus gu robh i ann an trioblaid. Dh'èigh i air bràthair Johan cuideachadh. Sin a' chiad rud, agus fòn a chur chun an doctair. 'S mathaid gun cuireadh iad fòn chun nam poileas an dèidh dha Johan fàs na b' fheàrr. 'S mathaid.

Chuir Annie stad air a' bhalach aice bho bhith faighneachd cheistean; bha feum aice air rudeigin eile bhuaithe an-dràst. Thug iad a-steach i, air an socair, air an socair. Sheall iad às a dèidh. Thàinig Johan air ais dhan t-saoghal. Chuir iad fòn chun an doctair cho luath 's a b' urrainn dhaibh. Bha iad an dòchas gun tigeadh i tron seo.

Bràthair Johan, John D. Bha beachd aige cò bha an sàs ann an seo. Thog e am fòn.

— Dhòmhnaill, tha thu aig an taigh.

— Aidh.

— Bheil thu sòbarr?

— An ìre mhath. Dè tha ceàrr?

— Togaidh mi thu ann an còig mionaidean. Feumaidh mi rud beag cuideachaidh.

— Dè tha dol?

— Innsidh mi dhut nuair a chì mi thu. Deich mionaidean. Gabh cupan cofaidh luath.

Sàmhchair bho Dhòmhnall. Dh'fhairich e rudeigin.

— All right. Chì mi ann am mionaid thu.

Chuir John D air a sheacaid agus chaidh e a-mach.

8

Thug a' chuairt bheag ud tòrr a bharrachd tìde na bha dùil aig Iain. Bha a chorp a' dèanamh rudan neònach mar a b' fhaisge a chaidh e oirre. Bha glug neònach na ghruaidh, bha fios aige gu robh e a' coiseachd gu math neònach, ach cha b' urrainn dha càil a dhèanamh. Bha e taingeil nach robh e air cus òl, ged a bha an coltas air gu robh e half-cut. An dannsadh boireannach le fear nach b' urrainn fiù 's coiseachd ceart?

Chuala e aon dha na caraidean aice ag ràdh rudeigin rithe mu dheidhinn dance partner. Agus bha i air a bheulaibh.

— Hi.

— Hello.

— A bheil an danns a' còrdadh riut?

Bha e air a bhith smaoineachadh air ceistean airson ùine mhòir: cha robh sgeul orra a-nis. Bha a bheul a' faireachdainn gu math neònach. Dè tha tachairt, smaoinich e ris fhèin.

— Tha e sgoinneil.

— Robh thu danns? dh'fhaighnich e.

Bha rud beag fallais air a craiceann, bha e blàth le uimhir de dhaoine a bhith anns an aon àite.

— Fhuair mi aon danns. Ach chan eil fhios agam a bheil mi cho math air an t-seòrsa danns seo.

— Tha iad furasta.

— Uill, 's mathaid nach eil mo land-legs agam fhathast: chan eil mi air a bhith air tìr airson ùine mhòir. Chan eil mi cleachdte ri làr nach eil a' gluasad. Sin an leisgeul agams' co-dhiù.

— Dè cho fad' 's a tha thu air a bhith air a' bhàta?

— Timcheall air ochd mìosan deug.

Bha Iain an dùil gun canadh i mìos neo dhà. Cha robh fios idir aige gu robh daoine air na bàtaichean ud cho fada.

— Cionnas as urrainn dha duine sin a dhèanamh?

— Chan eil e cho duilich.

— Cha bhi thu . . . chan eil fhios agam . . . a' dol chun nam bùithtean . . . neo rudan mar sin?

— Chan eil mòran tìde dheth againn – dìreach obair, obair, obair . . . Agus tha a h-uile càil a tha dhìth oirnn air a' bhàta. Agus chan eil mòran feum aodach snog a cheannachd: cha sheas e fada air bòrd.

— Tha mi creids. Ach tha an rud a th' ort gu math snog.

— Tapadh leat. 'S e mo mhàthair a thug dhomh e. 'S ann leatha a bha e.

— Bha do mhàthair gu math slim.

— O, 's urrainn dhi fhathast a chur oirre. Tha genes mhath againn. Get it? Genes?

Bha caraid Helena aig a gualainn.

— Cò tha seo, ma-thà? dh'fhaighnich Iain.

— O, aidh. Tha mi duilich, Seo Natasha . . . agus Eva.

Thàinig an dithis aca faisg orra, fiamh gàire air an cuid lipean.

— Dè ur beachd? An danns a' cordadh ribh? thuirt Iain.

— Uill, nam faighnicheadh cuideigin dhuinn an robh sinn airson danns . . . Bha a sùilean beòthail.

— 'S mathaid gu bheil thusa eòlach air dannsair neo dhà?

— Tha. Dannsaidh mi fhìn còmhla ribh fiù 's, ma tha sibh stuck.

Rinn Natasha gàire.

— Faodaidh tu danns le Helena an toiseach agus innsidh ise dhuinn am bu chòir dhuinn.

Carson a bha Iain a' dol dearg ann an suidheachaidhean mar seo? Bha a' chlann-nighean seo gu math confident. Bha iad a' coimhead àlainn. Bha iad gu math eadar-dhealaichte ri clann-nighean a' bhaile. Dè bh' ann . . .

— Tha d' aghaidh rud beag dearg. Robh thu fhein a' danns rud beag, dh'fhaighnich Natasha gu neoichiontach.

— Cha . . . cha robh . . . fhathast. Bha mi 'n dochas gum . . . faighinn danns bho Helena.

Thionndaidh i.

— Tha fhios gu faigh.

Agus le sin chuir i a-mach a làmh agus choisich iad a-mach air an làr. Cha mhòr nach robh an danns gu bhith deiseil agus cha robh iad cinnteach am bu chòir dhaibh tòiseachadh neo feitheamh. 'S mar sin, sheall Iain dhi mar a dhèanadh i Schottische. An dèidh dha sin a dhèanamh stad an ceòl. Waltz.

— Bheil fhios agad man a nì thu waltz? dh'fhaighnich e.

— An seall thu dhomh?

— Seallaidh.

Sheall e dhi mar a dhèanadh i i. Diofraichte an turas seo bhon turas mu dheireadh air a' bhàta, ge-tà: b' urrainn dha danns. Chaidh iad timcheall gu math luath, agus chòrd e rithe nuair a bha aice ri dhol air a corra-biod, a' dèanamh fuaim beag dòigheil a h-uile turas a thachair e, agus an uair sin car a' mhuiltein timcheall le Iain.

Seo i faisg air mu dheireadh thall. Dh'fhairich e blàths a cuirp tron aodach aice. Ghluais e a làmh suas pìos beag, agus shruc e sa chraiceann air a druim. Bha fios aige nach b' e seo an dòigh cheart airson danns, ach bha e coma. Agus cha robh e a' cur cus dragh air Helena. Bha iad a' danns gu math slaodach còmhla. Chùm e rud beag na b' fhaisge i; cha do tharraing i air ais bhuaithe. Cha robh fios aige an robh i a' smaoineachadh an aon rud, neo 's mathaid nach robh fhios aice nach e seo an danns. An aon rud air an robh e cinnteach, bha e airson gun cumadh an danns a' dol. Cha mhòr nach robh a ceann air a ghualainn. Dh'fhairich e fàileadh a fuilt dhuirch, a h-anail a' fàs na bu luaithe. Bha a sùilean dùinte, ga leantainn.

Bha e air danns le clann-nighean eile iomadach turas. Bha girlfriends gu leòr air a bhith aige, ach bha seo eadar-dhealaichte. 'S mathaid gur e dìreach gu robh i rud beag exotic. Bu truagh gu robh an còmhlan a' dol a stad a chluich.

Ach mu dheireadh thall sin a thachair: stad iad. Rinn i curtsey bheag.

— Bha siud uabhasach math, thuirt i.

— Diofraichte ri dannsaichean Ruiseanach?

— O, tha, gu math diofraichte.

Dhanns iad a-rithist, fear luath an turas seo. Mun cuairt

luath. Helena a' sgreuchail an-dràst 's a-rithist, air a dòigh, a' gàireachdainn. Thàinig crìoch air an danns agus thuit i na ghàirdeanan, a h-anail na h-uchd.

— Bha siud sgaiteach! thuirt i.

Bha Iain gu math dòigheil gun do rinn e a' chùis air; rinn e fhèin gàire.

— 'G iarraidh deoch? dh'fhaighnich e.

— Tha. Sùgh orainseir, tha mi smaointinn.

— Bheil thu ag iarraidh rudeigin nas làidire?

— Chan eil, tapadh leat: bhiodh sin dìreach math.

Dh'fhuirich i aig an doras air a shon fhad 's a fhuair e i. Cabhaig air, a' feuchainn ri bhith modhail ri na daoine a bha 'g obair aig a' bhàr. Cha do dh'fhuirich e fiù 's airson an change aige: cha robh e airson gun dannsadh i le duine eile. Dh'fheuch e ri stad a chur air fhèin bho bhith eudach. Ach 's cinnteach nach còrdadh e rithe uiread, danns le cuideigin eile. Dh'fheuch e ri smaoineachadh air an orange juice; bha na smaointean seo ga chur tuathal.

— Tapadh leat, thuirt i. Bha i air àite-suidhe fhaighinn dhan dithis aca.

— Cà 'il do charaidean? dh'fhaighnich Iain.

— Tha iad timcheall. Chunnaic mi iad a' danns na bu tràithe.

— Cinnteach nach eil thu ag iarraidh a bhith còmhla riutha?

— Tha mi cinnteach. Tha mi còmhla riutha fad na tìde. Tha e math bruidhinn ri cuideigin eile.

— 'S chan eil thu air tìr cho tric sin?

— Chan eil. Mar as motha a dh'obraicheas mi 's ann as motha a dh'airgead a nì mi, agus gheibh mi dhachaigh nas luaithe.

Air adhbhar air choreigin, cha robh Iain airson smaoineachadh oirre a' dol dhachaigh cho luath ri sin. Sàmhchair airson mionaid eatarra.

— Dè nì thu nuair a gheibh thu dhachaigh?

— Tha mi ag iarraidh a dhol dhan Oilthigh.

— A bheil?

— Robh thusa anns an Oilthigh a-riamh?

— Bha.

— Ooh. Innis dhomh a h-uile càil mu dheidhinn. Tha dìreach . . . miann mhòr agam a dhol ann. Tha thu cho fortanach.

— Uill, dh'fhàg mi. Mun do chuir mi crìoch air a' chursa. 'S e Dotaireachd a bha mi a' dèanamh . . . agus, uill, 's mathaid gun tèid mi air ais airson crìoch a chur air . . . uaireigin.

Bha seo a' cur iongnadh air Helena, gu robh cuideigin air an Oilthigh fhàgail an dèidh dha faighinn ann. — Feumaidh tu dhol air ais. Mas urrainn dhut, feumaidh tu. Chan fhaigh thu air adhart . . . mura tèid thu dhan Oilthigh.

— Tha e a rèir dè an rud a tha thu ag iarraidh a dhèanamh.

— Agus dè a tha thu ag iarraidh a dhèanamh an-dràst?

— Tha mi ag obair air bàt'-iasgaich an teaghlaich agam. Còmhla ri mo bhràthair.

— Agus dè nì thu an dèidh sin?

— Um . . . chan eil fhios agam. Cha do smaoinich mi air.

Chan e seo an seòrsa cheistean a bha e ag iarraidh a fhreagairt. Sheall Helena air.

— Chan eil fhios agam an e iasgair a th' annad . . .

— Tha na h-iasgairean a' dèanamh glè mhath an seo.

— Tha sin fìor. Ach tha ùidh agad ann an rudan eile a bharrachd air iasg, tha mi smaointinn. Agus co-dhiù, dè cho fada 's a tha iasg gu bhith air fhàgail an seo. Aon latha cha bhi gin ann.

— Chan eil fhios a'm. Tha gu leòr ann fhathast.

— An taca ri mar a bha e an toiseach?

Smaoinich Iain air. Bha e òg nuair a thòisich iad air an rionnach, am bàta a' dol slaodach, oir bha an catch cho mòr. An deic an ìre mhath aig an aon àirde ris a' mhuir.

— Tha cuimhn' agam, bhiodh na bàtaichean cho làn 's nach fhaiceadh tu mòran dhan deic os cionn an uisge. Bha iad nan suidhe cho ìosal sa mhuir. Agus cha robh aca ach ri dhol a-mach fad uair a thìde airson faighinn thuca. Dheigheadh iad air ais 's air adhart fad an latha.

— Chan eil sin a' tachairt a-nis.

— Chan eil.

— Ach tha thu fhathast a' dèanamh gu leòr airgid às?

— Tha mi creids, thuirt Iain.

— Tha airgead gu math cudromach.

— Faodaidh duine bhith gu math mì-shona às aonais.

— Tha sin fìor, thuirt Helena. Ghabh i deoch fhada bhon ghlainne aice.

— Chan eil mi buileach cho teth a-nis.

— Bheil thu ag iarraidh danns a-rithist?

— 'S mathaid a dh'aithghearr. Tha mi fhathast rud beag ro theth.

Rinn i fan bheag le a làimh.

— Carson a dh'fhàg thu an t-Oilthigh co-dhiù? dh'fhaighnich i.

Cha robh fios aig Iain dè chanadh e. Cha robh e airson tòiseachadh air an sgeulachd fhada sin, aig an àm seo co-dhiù.

— 'S e sgeulachd fhada a th' innte.

— Nach eil gu leòr tìde againn?

— Thàinig orm a thighinn dhachaigh a chuideachadh leis a' bhàt'-iasgaich againn. An dèidh dham athair bàsachadh.

— Tha mi duilich.

— Tapadh leat.

Sheas iad mionaid a' faireachdainn na h-èadhair fhuair.

— Cha robh mise eòlach air m' athair idir, thuirt i. — Dh'fhàg e nuair a bha mi òg. 'S ann à Siberia a bha e. À Mosgo a bha mo mhàthair. Sgeulachd fhada a tha sin cuideachd.

— Bu chaomh leam a dhol a Mhosgo, thuirt Iain.

— 'S e àite brèagha a th' ann.

— Dè nì thu anns an Oilthigh ann?

— Beurla.

— Ach tha Beurla agad!

— Chan eil cho math. Agus tha an saoghal ag atharrachadh, nach eil? Ann an treiseag 's e rud glè mhath a bhios ann Beurla a bhruidhinn. Ich spreche Deutsch cuideachd. Rinn sinn san sgoil i. Agus bu mhath leam Eaconomachd agus Poilitigs a dhèanamh. Ùidh agad ann am poilitigs?

— Rud beag.

— Tha fios agad dè tha tachairt anns an Eastern Bloc, nach eil? Bidh mi ag èisteachd ris air an rèidio bheag agam.

— Tha e gu math inntinneach.

Thòisich Helena a' fàs gu math beòthail a' bruidhinn air a' chuspair.

— Inntinneach! Seo eachdraidh a' tachairt! Tha daoine sgìth de chrìochan agus ideologies. A bhith nan aonar. Am faca tu am Peace Chain ann an Estòinia agus ann an Lituàinia? Ceudan de mhìltean de dh'fhaid, daoine is grèim aca air làmhan a chèile.

Tha daoine ag iarraidh cothrom, saorsa, barrachd air rud sam bith eile. Agus tha e a' tachairt.

Bha Iain a' faireachdainn rud beag aineolach mu dheidhinn na cùise. Bha e air na sgeulachdan fhaicinn air an telebhisean ach cha robh e gan leantainn.

— Tha e faireachdainn gu math fad' às ma tha thu nad sheasamh an seo, ge-tà.

— Chan eil idir! Tha e cho faisg ort! Tha sinn air a bhith glaiste cho fada agus a-nis . . . 's e àm cho cudromach a th' ann. B'fheàrr leam nach robh mi steigt' air bàta, b' fheàrr leam gu robh mi dèanamh rudeigin. Chan fhada gus am bi na crìochan fosgailte. Seall air a' Phòlainn . . . a' chiad taghadh a th' air a bhith aca bhon Chogadh, agus riaghaltas nach eil Comannach a-nis. Agus an Ungair a' fosgladh a crìochan do refugees às an DDR . . . tha sinn a' faicinn an t-saoghail ag atharrachadh.

— Ach am bi e nas fheàrr?

— Nach eil fhios gum bi.

Thàinig sradag ann an sùil Helena.

—'S mathaid ann an treis nach smaoinich sibh gu bheil Ruiseanaich cho neònach!

— Chan eil fhios agam mu dheidhinn sin! thuirt Iain.

Rinn i gàire.

— Uill, tha fadachd ormsa faighinn dhachaigh agus a bhith an sàs ann ann an dòigh air choreigin. Seall air na h-oileanaich ann an Tianamen Square. Inspiration a th' annta. Bu chòir dhuinn uile bhith muigh air na sràidean.

— Tha thu gu math passionate mu dheidhinn nan rudan seo.

— Nach eil fhios gu bheil. 'S e seo mo bheatha.

Sheall i timcheall oirr', daoine a' danns. Chunnaic i Natasha aig taobh eile an talla, a' smèideadh, air a dòigh. Bha e a' còrdadh riutha a bhith a-muigh. Bha triùir fhear timcheall air Natasha a' gàireachdainn.

— Tha e rudeigin neònach a bhith air tìr. Tha mi cinnteach gu bheil an làr a' gluasad, thuirt i.

— Bidh mise tric a' smaoineachadh sin air oidhche Shathairn'.

— Am bi thu ag òl tòrr?

— Um . . . cha bhi . . . mòran.

— Chan eil e cho math dhut.

— Chan eil.

Bha iad nan suidhe faisg air a chèile, a chas a' srucadh innte, agus cha robh an coltas oirr' gu robh dragh aice. Chitheadh e craiceann mìn geal a sliasaid, an sgiort aice a' tuiteam gu aon taobh. Bha e airson grèim fhaighinn oirr' agus pòg a thoirt dhi.

— Tha tòrr dhaoine ag iarraidh bruidhinn ri Natasha, thuirt Iain.

— Tha iad às an ciall, ma-thà! Rinn i gàire beag.

— Tha i uabhasach brèagha, nach eil? thuirt i.

— Tha i. Um . . . dè tha thu ag iarraidh a dhèanamh às dèidh an Oilthigh, ma-thà? Bha e airson inntinn a thoirt bho na casan aice.

— Hah! Chì mi nuair a thig an t-àm. Tha faighinn dhan Oilthigh gu leòr dhomh an-dràst. B' urrainn dhomh bhith air a dhol ann am-bliadhna, ach cha bhiodh e fèar air mo mhàthair: bha agam ri obair airson treis. Gheibh mi obair nuair a gheibh mi dhachaigh. Agus an uair sin . . . bu chaomh leam Ameireaga fhaicinn. Neo Sasainn. Bhiodh e mìorbhaileach na dùthchannan sin fhaicinn, nach bitheadh?

— Bhitheadh. Neònach . . . bu chaomh leam fhìn Mosgo fhaicinn!

— 'S mathaid gun urrainn dhut sin a dhèanamh aon latha.

— A bheil thu smaoineachadh gun atharraich rudan a dh'aithghearr?

— Tha.

— Cò ris a tha e coltach?

— O, tha Mosgo cho brèagha. Tha feadhainn dha na taighean coltach ri cèicichean. Boulevards leathainn agus craobhan. Tha pàirc shnog faisg air an taigh agam. 'S caomh leam a bhith dol innte. Stìopaill àrd òir nan eaglaisean. Tha e brèagha.

— Agus tha na boireannaich brèagha. Sin a tha daoine ag ràdh.

— Feadhainn dhiubh, tha mi cinnteach, chan eil càil a dh'fhios agams'. Tha boireannaich snog an seo cuideachd, tha mi cinnteach.

— Chan eil iad cho snog riutsa.

Abair loidhne, smaoinich e ris fhèin.

— Tha mi duilich, thuirt e.

— Tha e ok. Tha sin snog. Ach chan eil fhios agam an còrd e ris a' ghirlfriend agad.

— Chan eil girlfriend agam.

— Nach eil?

— Chan eil.

— Carson?

— Dìreach . . . chan eil. Chan eil iad cho dèidheil air an danns agam 's a tha thusa.

Rinn Helena gàire.

— Tha an deoch ort!

Anns an àbhaist bhiodh Iain air gàire a dhèanamh agus fhàgail an sin, a' toirt a chreids gu robh e dìreach ri fealla-dhà. Ach cha robh fhios aige am faiceadh e a-rithist i; mura canadh e càil an-dràst, cha chanadh a-chaoidh. Cha do smaoinich e air na h-arras-bhacain.

— Tha mi smaoineachadh gu bheil thu . . . uabhasach snog.

Dh'fhaodadh e bhith air na b' fheàrr a dhèanamh, ach 's e toiseach tòiseachaidh a bh' ann.

— Tapadh leat. Tha thusa snog cuideachd.

— A bheil boyfriend agad aig an taigh . . . neo air a' bhàta?

— Chan eil, fhreagair i.

— Uill, mar sin faodaidh mi faighneachd dhut a bheil thu ag iarraidh danns a-rithist.

Bha iad air crìoch a chur air an cuid dheochan agus bha waltz eile a' cluich.

— An e seo an t-aon danns a rinn sinn roimhe? dh'fhaighnich i.

— 'S e.

— Glè mhath! 'S urrainn dhomh a dhèanamh, ma-thà.

Leam i an-àirde agus ghabh i grèim air làmh Iain. Air an t-slighe chun an làir chaidh Jock seachad orra, gam putadh.

— Cà 'il an teine, Jock?

Cha do fhreagair e. Rinn e a shlighe chun a' bhàir, coltas air gu robh e a' coimhead airson cuideigin. Cha do smaoinich Iain càil a chòrr mu dheidhinn. Bha Helena a' feitheamh ris.

* * *

Fhuair Jock double whisky dha fhèin. Bha ceist an dèidh ceist a' dol tro cheann. An robh Johan ceart gu leòr? Bha fhios gu robh: bhiodh a màthair air coimhead as a dèidh. An canadh i càil ri duine? An innseadh i ainm dha duine? Cha robh e smaoineachadh gun dèanadh i sin. Bha fios aice fhèin air a' chùis, bha fios aice nach robh an obair cho sàbhailt' ri bhith nad shuidhe air cùlaibh deasg. Cha robh annsan ach an dràibhear. Cha robh e an urra ris-san nan tachradh càil eadar dithis dhaoine. Rinn e glè mhath a faighinn sàbhailte air ais gu tìr, smaoinich e.

Ghabh e balgam teth dhan uisge-beatha, an deigh a' briseadh na bheul. Gabh air do shocair, gabh air do shocair. Toirt a chreids gu robh e a' còrdadh ris a bhith aig an danns. Seòrsa alibi a bh' ann co-dhiù.

Chunnaic e Hector aig taobh eile a' bhàir. Cha robh Jock airson bruidhinn ris. Ach bha fios aige gu robh Hector ag iarraidh freagairt dhan cheist aige. Carson a bha a h-uile càil a bha seo a' tachairt a-nochd?

— Dè tha thu ag òl?

Bha Hector ri thaobh. An get-up àbhaisteach air, t-lèine theann gheal airson na muscles aige a shealltainn dhan a h-uile duine. Denim. Man cowboy an diabhail. Bha cuimhne aig Jock air nuair a bha e san sgoil. Bha Hector na bu shine na e, 's e bully a bh' ann a Hector ach cha deach e faisg air Jock a-riamh.

— Tha thu trang na làithean sa, Jock?

— Chan eil mi dona.

— Gu leòr a' dol agad co-dhiù, eh. Sgeamaichean gu leòr.

— Feumaidh duine a dhìcheall a dhèanamh.

— Aidh.

Ghabh Hector balgam bheag luath.

— Feumaidh tu a thighinn timcheall a chèilidh uaireigin. Bha mo mhàthair gu math faisg air do mhàthair-sa. Chòrdadh e rithe d' fhaicinn.

— Aidh.

Chuir Hector sìos an deoch aige air a' bhàr agus sheall e ri Jock. Chunnaic e mar a bha Jock a' coimhead rudeigin troimh-a-chèile.

— Feitheamh ri cuideigin?

— Chan eil.

— Uill, cha bhi diofar leat ma bhruidhneas sinn air rud beag business, ma-thà. Fiù 's ged a tha sinn aig danns. Faodaidh sinn danns a dh'aithghearr ma tha thu ag iarraidh.

Cha do rinn Jock gàire.

— Siuthad, ma-thà, thuirt Jock.

— Feumaidh mi freagairt.

— Feumaidh mi barrachd fiosrachaidh.

Cha robh tìde aig Hector airson a' charry-on seo.

— An diabhal ormsa, Jock, dè am fiosrachadh eile tha dhìth ort? Chan e an diabhal Italian job a th'ann.

— Tha mi ag iarraidh details.

Foighidinn, Hector, smaoinich e.

— Tha e furasta. Tha trì shipments gu bhith ann thairis air an ath mhìos. Feumaidh tu iad seo a thogail agus an stuth a thoirt a Ghlaschu. Fàgaidh tu shìos an sin e, aig seòladh a bheir mi dhut. Cha b' urrainn dha a bhith na b' fhasa.

— An e dìreach hash a th'ann?

— 'S e.

— Oir chan eil mi 'g iarraidh gnothaich ri càil nas truime na sin. Cò an supplier?

— Cha leig a leas fios a bhith agads'. Na biodh iomagain sam bith ort. Tha bàgh sàmhach shuas tuath againn airson an drop-off. Cho sàmhach ri cladh. Chan eil annads' ach taxi driver. Agus taxi driver a tha a' faighinn deagh phàigheadh. Tha a h-uile càil legit, a' bhan 's a h-uile càil. Cùm thusa ris an speed limit. Gheibh thu cut dhan stuth cuideachd: faodaidh tu an rud a thogras tu a dhèanamh leis. Tòrr airgid, Jock. 'S e fàbhar a tha seo a tha mi dèanamh dhut. Gu leòr dhaoine eile a dhèanadh e. Ach tha mi dèidheil ort. 'S e joba furasta a th' ann. Agus tha gu leòr eile ri thighinn ma thèid am fear seo gu math. Nas fheàrr na bhith toirt buntàta a-mach gu na Ruiseanaich.

— Rice. 'S e rice a bhios iad ag iarraidh, thuirt Jock.

— Very good.

Bha deagh phàigheadh ann ceart gu leòr. 'S mathaid gum biodh gu leòr aige às a dhèidh airson am Pizza Place aige a cheannach. Agus dhearbh a-nochd gu robh e feumach air cosnadh na bu shìmplidhe.

— Gabhaidh mi tèile agus smaoinichidh mi air.

— Glè mhath. Gabhaidh mi tè còmhla riut.

Smaoinich Jock air a' chùis. Mìos dhan seo agus dh'fhaodadh e dèanamh na thogradh e. Cha leigeadh e leas a bhith sporghail timcheall sa bhàta bheag ud. Cha bhiodh aige ri dèiligeadh ri clann-nighean. 'S mathaid gum bu chòir dha an cothrom a ghabhail, gu h-àraidh an dèidh na thachair ris le Johan.

— All right. Nì mi e.

Gàire a' chait air Hector.

— Good man!

— Ach chan eil mi ag iarraidh cac sam bith. Ma thòisicheas càil a' dol ceàrr, bheir mi mo chasan leam.

— Glè mhath.

Thog Hector a' ghlainne amber aige dhan èadhar, an solas a' buiceil anns a' ghlainne.

— Do dh'airgead.

— Aidh, thuirt Jock.

Smaoinich Hector air cho furasta 's a bha e toirt air daoine rudan a dhèanamh nam biodh fàileadh an airgid timcheall orra. Leis a h-uile càil a-nis a bhith ann an òrdugh, thionndaidh an dithis aca agus choimhead iad air clann-nighean a' danns.

* * *

— Tha mi cho teth, thuirt Helena. A bheil mi uabhasach dearg?

— Chan eil idir, fhreagair Iain.

— Tha thusa. Coltach ri beetroot.

— A bheil?

— Tha.

— Tha thu gu math cheeky, nach eil.

— Tha e fìor. Na gabh dragh. 'S e dath snog a th' ann. O . . . tha an èadhar cho trom an seo. An tèid sinn a-mach? A bheil e uabhasach fuar?

— Faodaidh sinn dhol a-mach treiseag – tha e rud beag teth an seo ceart gu leòr.

— Bhiodh sin math. O, ach falbhaidh cuideigin le na sèithrichean againn.

— Gheibh sinn àiteigin nuair a thilleas sinn.

— OK, ma-thà. Thugainn.

Thog e na rudan aice, stoc fhada dhubh a chuir i timcheall a gualainnean. Dh'fhairicheadh iad an èadhar fionnar, a' tighinn a-steach an doras. Ghabh Helena grèim air a làimh air an t-slighe a-mach.

Bha e math a bhith a-muigh. Bha gu leòr dhaoine eile a-muigh, a' còmhradh, a' smocadh, ag òl. Tro orains nan lampaichean-sràide, chitheadh tu dotagan beaga nan rionnagan.

— A bheil thu ag iarraidh a dhol air cuairt bheag? dh'fhaighnich Iain. — Tha àite snog faisg oirnn far am faic thu am bàgh gu lèir.

— Siuthad, ma-thà.

— Tha thu sàbhailt' gu leòr, thuirt Iain, a' feuchainn ri leth joke a dhèanamh.

Rinn Helena gàire.

— O, tha fios agam. Neo cha deighinn leat, an deigheadh?

Bha Helena ag iarraidh gun cumadh an oidhche a' dol, nach stadadh i. Cha chreideadh i cho dathach 's a bha a h-uile càil air a beulaibh, fàileadh nam flùraichean, cha do dh'fhairich i càil coltach ris a-riamh. Agus bha e cho blàth an taca ri bhith a-muigh air a' mhuir. Na taighean cho dathach, uimhir a dhaoine timcheall, uimhir fuaim: cha mhòr nach robh cus ann. Agus cha b' fhada gu 'm biodh i air ais am broinn a' bhàta. Iònah. Bha an t-saorsa a' còrdadh rithe uiread, b' urrainn dhi coiseachd ceart, cha robh aice ri cromadh sìos airson nan trannsaichean ìosal, nan trannsaichean fada.

Choisich iad sìos an rathad, an dèidh treiseag a' tighinn gu rathad beag morghain. Bha seata steapaichean beaga romhpa, is seachad air na dotagan chraobhan chitheadh iad am bàgh air am beulaibh. Plangaid dhorcha. Air feadh a' bhàigh bha solais nam bàtaichean, an t-uabhas dhiubh aig a' chidhe, solais. An cidhe fhèin làn sholas, man latha samhraidh, an t-uisge dubh ag ilmeach nan cliathaichean.

Agus an uair sin, air an uisge, bàta an dèidh bàta an dèidh bàta, man craobh Nollaig sgiobalta. Fireworks bheaga air fàire.

— Manhattan, thuirt Iain.

Choimhead an dithis aca air airson treis. Cha robh Helena air am bàgh fhaicinn mar seo a-riamh; bha i daonnan na mheadhan. Ach nuair a chitheadh tu am baile beag romhad mar seo, an armada de bhàtaichean, bha e a' faireachdainn neònach. Cha mhòr gum b' urrainn dhut a chreids.

— Tha uiread dhiubh ann! thuirt Helena. — Uimhir a dhaoine . . . nan cadal nam buncaichean . . . fàileadh an èisg bhuapa . . .

— Bhiodh iad air shower a ghabhail, tha fhios, mun deigheadh iad dhan leabaidh.

— Shower! Tha daoine air a' bhàta agams' a bhios a' cadal is am brògan fhathast orra!

— Thu fhèin nam measg?

Rinn i gàire beag.

— Uaireannan . . .

Faileas nam bàtaichean dùbailt air an uisge.

— 'S cinnteach nach eil iasg gu leòr air an t-saoghal . . .

— Cha shaoileadh tu. Ach tha iad fhathast an seo . . . ged a dh'fheumas a h-uile duine a dhol nas fhaide 's nas fhaide a-mach.

Thionndaidh Helena ris.

— An e sin a tha thu ag iarraidh? A bhith nad iasgair?

— Tha e handy an-dràst.

— Ach an e sin a tha thu ag iarraidh a dhèanamh le do bheatha?

— Chan eil fhios agam. Chan eil mi ag iarraidh smaoineachadh air.

— Uill, bu chòir dhut a bhith smaoineachadh air. An-dràst.

— Tha fios agam ach . . . tha e math gu bheil mi an seo an-dràst. Airson cuideachadh aig an taigh.

Chuir Helena a h-uilinn air geata a bha faisg oirre.

— An dèidh dhad athair bàsachadh?

— Aidh.

Cha robh fhios aice am bu chòir dhi cumail a' dol.

— Cuin a thachair e?

Dh'fhairich Iain pian na chliathaich.

— Bho chionn bliadhna gu leth. Bha e a-muigh a' coiseachd aig na creagan, a' coimhead airson caora a bha air chall. Chaidh e a-mach na aonar, leis a' chù.

— Bha a' ghrian a' dol fodha agus cha robh e air tilleadh agus . . . uill, cha do smaoinich mo mhàthair mòran dheth . . . ach an dèidh treis eile cha robh sgeul air fhathast. Bha daoine a' smaoineachadh gun . . . deach e ris a' chreig. Bha e cunnartach far an robh e, agus fhuair iad an cù a' feitheamh. Cha do ghluais an cù. So . . . tha a h-uile duine a' smaoineachadh gur e sin a thachair. 'S e sin an rud as miosa, nach robh sinn cinnteach. Tha e uabhasach dha teaghlach nuair nach eil . . . nuair nach eil corp ann. Duilich.

Bha a ghuth a' falbh rud beag, a' cuimhneachadh air. A' cuimhneachadh air an fheitheamh.

— Tha mi cho duilich, thuirt Helena. Chuir i a gàirdean timcheall air.

— Uill . . . tha e . . . bha an Sea Rescue a-muigh, a' heileacoptair, agus choisich daoine suas agus sìos an cladach. A' dèanamh cinnteach nach robh e dìreach air a ghoirteachadh neo rudeigin. Ach an uair sin, fhuair bàta e latha neo dhà an dèidh sin, bha e . . . uill, na shuidhe air creig, aig bonn creig, faisg air an àite far an robh sinn a' smaoineachadh a thuit e. Chan eil fhios agam dè bha e a' dèanamh. Bha mi cho feargach – bha e an-còmhnaidh ag iarraidh oirnn a bhith faiceallach shuas ann agus . . . uill . . .

Bha aige ri stad; bha sàl teth na shùilean, fliuch. Bha grèim aig Helena air.

— Tha mi cho duilich, thuirt i a-rithist.

— Tha e all right.

— Tha e math gu robh thu faisg air. Cha robh mise eòlach air m' àthair idir. Bha thusa fortanach ann an dòigh.

Tharraing Iain anail gu domhainn turas neo dhà.

— Tha mi duilich, cha robh mi ag iarraidh fàs troimh-a-chèile. Chan eil mi air an oidhche agad a mhilleadh?

— Chan eil.

— Chan eil mi cleachdte ri bhith bruidhinn mu dheidhinn.

— Uill, 's mathaid gun cuidich e rud beag.

— Tha mi cinnteach gun cuidich. Uill, thàinig mo bhràthair dhachaigh an dèidh na tubaist ud air an rig, Piper Alpha, air an t-samhradh a chaidh seachad. Cha bhruidhinn e idir air. Agus bha aig duine ri airgead a dhèanamh . . . agus 's e àm cruaidh a bh' ann dha mo mhàthair, agus thill mi dhachaigh. Tha mi air a bhith steigt' an seo on uair sin. Chan eil e a' cur cus dragh orm. 'S e àite all right a th' ann.

— 'S e àite snog a th' ann. Ach tha mi smaoineachadh gum bu chòir dhut a dhol air ais dhan Oilthigh, ma gheibh thu an cothrom.

— 'S mathaid gun dèan mi sin. Ma chumas e dòigheil thu.

— Dìreach!

Bha Iain a' faireachdainn an ìre mhath ceart gu leòr a-rithist.

— Dè cho fad 's a tha thu fhèin gu bhith an seo? dh'fhaigh nich e.

Smaoinich Helena air a seo airson mionaid.

— Tha rudan ag atharrachadh aig an taigh. Agus tha Natasha a' dol dhachaigh ann am mìos neo dhà. Bidh sin duilich.

Choimhead i ris an adhar, bainne blàth nan rionnagan os a cionn. Thionndaidh i ri Iain.

— Tapadh leat. Airson na h-oidhche.

— 'S e do bheatha.

Cha robh Iain airson gun crìochnaicheadh i.

— Am feum thu tilleadh an-dràst?

— Feumaidh mi a dhol air ais chun a' bhàta.

— Am faic mi a-rithist thu? dh'fhaighnich Iain.

— Chan eil fhios agam. A bheil thu ag iarraidh?

Dh'fhairich e a h-anail blàth, faisg air. Thàinig na lipean aca còmhla.

9

Bha John D a' dràibheadh agus a' smocadh, a' gabhail drags fhada bhon t-siogarait aige. A' coimhead timcheall, sùilean geur. Bha e a' coimhead a-mach airson cuideigin.

— Nuair a gheibh mi grèim air, tha mi a' dol ga chrochadh bho na rafters. Bastar beag tha e ann.

Thog John D Dòmhnall anns an t-seann phick-up aige, bhan le seann phìosan de lìon anns a' chùlaibh, seann oilisginean. Bha an oidhche dorch a-nis agus bha na sràidean dorch, dìreach duine neo dithis an siud 's an seo.

— Cionnas tha fios agad gu bheil fios aige air càil? dh'fhaighnich Dòmhnall.

— Tha fios agam.

Dh'fheuch Dòmhnall gun cus cheistean fhaighneachd; bha e a' faireachdainn gu robh John D air an oir. Bha fios aige cuideachd mar a bha Johan a' dèanamh a cuid airgid.

— Dè man a tha i?

— Tha an doctair ag ràdh gu bheil e dòchasach gum bi i all right . . . ach chan urrainn dha bhith cinnteach fhathast. Fhuair i màlaich a bha dìreach . . . Bidh i ann an Intensive Care airson latha neo dhà, airson gun cùm iad sùil oirr'.

— Cò dhèanadh seo air boireannach?

— Nuair a gheibh mi a-mach . . .

— Cha do rinn Jock seo, na rinn?

— Jock! Bhiodh Johan air deagh chic a thoirt dha nam feuchadh e, short-arse na mallachd. Chan e esan a bh' ann, ach bidh fios aige cò bh' ann. Tha mi cinnteach às a sin.

Bha iad a' dèanamh an cuid slighe chun an danns.

— Agus tha thu smaoineachadh gum bi e aig a' chèilidh? 'S cinnteach ma tha biot cèill aige . . .

— Bidh e ag iarraidh alibi, nach bi?

— Chan eil thu dol a dhèanamh càil . . .

— Tha mi dìreach ag iarraidh bruidhinn ris.

Bha fàileadh seann dheoch anns a' bhan. Bha na sèithrichean leathair aost agus reubte.

— Bheil thu sòbarr fhathast? dh'fhaighnich John D dha Dòmhnall.

— An ìre mhath.

— Chan eil e math dhut, bheil fhios agad. Bhith ag òl nad aonar.

— Tha feum aig duine air hobby.

— Aidh . . . uill . . . na bhruidhinn thu ri Leanne fhathast?

— Na bruidhinn rium mu deidhinn.

— Duilich.

Ghabh John D air a shocair airson mionaid, chunnaic e faileas chuideigin sìos sràid bheag dhorch. Ach chan e Jock a bh' ann.

Cha robh Dòmhnall ag iarraidh smaoineachadh air Leanne, ach cha b' urrainn dha stad a chur air fhèin bho bhith a' bruidhinn mu deidhinn.

— Cha chuala mi bhuaipe. Dh'fheuch mi ri message fhàgail dhi aig taigh a peathar ach . . . a' bhidse. Cha leig i dhomh bruidhinn rithe.

— Dè tha dol a thachairt, ma-thà?

— Chan eil fhios agam.

— Bheil i ag iarraidh divorce?

— Jesus, John.

— Duilich.

— Cha tubhairt i.

— Am faca tu an fheadhainn bheaga?

Ghluais Dòmhnall gu mì-chomhartail anns an t-suidheachan aige.

— Chan fhaca.

— Abair mess.

— Tha fios agam. Ach . . . 's e mo choire fhìn a th' ann, John. Mo choire fhìn.

— Tha fios agam.

Thionndaidh Dòmhnall airson sùil cheart fhaighinn air a charaid.

— Dè tha thu ciallachadh, tha fios agad?

— Tha mi dìreach . . . ag aontachadh leat . . .

— Uill, sguir.

— All right. No worries . . . no worries . . .

Shocraich Dòmhnall rud beag. Cha robh e airson bruidhinn air na fàilinnean aige. Cha robh seo math dha, a' smaoineachadh air Leanne.

— Fhuair mi a-mach cò às a thàinig am Bulgarian jam.

— An sileagan a fhuair thu ann am bedroom Sheumais bhig?

— Aidh. Cha chanadh e facal. Ach bha mise smaoineachadh, chan fhaigh duine seo ach . . . bho Bulgarian.

— Càit an d' fhuair e e, ma-thà?

— Aig na bùithtean an latha eile, thàinig am fear seo suas thuige, fear mòr. Brùideil. Thog e Seumas beag agus thuirt e — Sheumais! Mo charaid! agus thug e pòg dha air gach gruaidh. 'S e Andreyich an t-ainm a bh' air neo rudeigin . . . Caiptean air aon dha na bàtaichean Bulgarian. Bha Seumas air a bhith dol sìos ann an dèidh na sgoile, a' toirt stuth thuige a ghoid e bho na preasan agam fhìn! Lof agus briosgaidean agus rudan!

— Thalla!

— Bha dùil agams' gur e Leanne a bha ga ithe on the quiet. Tha i air rud beag cuideim a chur oirre, fhios agad? Cha robh i uabhasach chuffed nuair a dh'innis mi dhi dè bha tachairt.

— 'S e am Bulgarian a thug dha e?

— 'S e am Bulgarian a thug dha e.

— Agus a bheil e fhathast a' dol sìos chun nam bàtaichean? An tug thu am mì-shealbh dhaibh? dh'fhaighnich John D.

— Uill, thug mi dhaibh gu leòr sgeulachdan eagalach ach . . . nach robh sinn fhìn a' dèanamh an aon rud aig an aois sin?

— Tha mi creids . . . 'S e caractar a th' ann, Seumas beag. Resourceful. Chan eil fhios dè eile gheibh e dhut!

— Aidh, 's e balach beag snog a th'ann.

Thàinig sgòth dhorch air aghaidh Dhòmhnaill.

— B' fheàrr leam nach bithinn air a dhol faisg air a' bhoireannach eile ud. Gun chiall. Cha robh càil ann ach rud beag plòidh. Nach eil mi airidh air a sin, John? Nach do dh'fhuiling mi gu leòr?

— Tha thu ceart.

— Ach chan èist ise. Dè an seòrsa adhbhair tha sin pòsadh a bhriseadh. Pòsadh le clann.

— Cha bhi i fada mar sin, a Dhòmhnaill.

— Chan eil fhios agam. Cha ghabh inntinn Leanne atharrachadh uabhasach furasta.

— Nach tèid thu gu taigh a peathar? Mas ann an sin a tha thu a' smaoineachadh a tha i.

— Chan urrainn dhomh bhith cinnteach.

— Dè mu dheidhinn na sgoile?

— Chan eil mi ag iarraidh a cur droil. Tha fios agad fhèin, aithnichidh mi duine neo dithis a chaidh tro sgaradh. Tha e a' tòiseachadh ceart gu leòr, cùm thusa na CDs . . . O, cùm thusa iad. An uair sin tha an luchd-lagha a' nochdadh, agus bidh an diabhal anns an teant, agus an ath mhionaid chan fhaod thu a' chlann fhaicinn. Aon fhear . . . aithnichidh tu Tabby?

— Aidh.

— Cha b' urrainn dha an nighean aige fhaicinn ach aon turas san t-seachdain. Agus chan fhaodadh e a toirt chun an taigh aige. Sin an roghainn a bh' aige: fuireach anns an taigh aicese, ise ga phiobrachadh fad na h-ùine, neo coiseachd air na sràidean. Tha an leanabh a' fàs fliuch agus fuar. Tha an ex aige ag innse a h-uile seòrsa rud dhi co-dhiù, chan eil fhios aice fiù 's a bheil gaol aig a h-athair oirre. Tha iad ga dhèanamh cho duilich dhut 's as urrainn dhaibh.

— 'S e weapon a th' ann, nach e.

— Bidh sabaid aice mun dèan i sin ormsa, thuirt Dòmhnall.

— Sin man a tha iad, ge-tà. Sin an t-adhbhar nach eil mi dol faisg orra. Boireannaich.

— Bha dùil agams' gu robh thu gay, agus gum b' e sin an t-adhbhar.

Rinn John D gàire airson a' chiad uair an oidhche ud.

— Uill . . . feumaidh duine options!

Cha robh sgeul air Jock aig a' chidhe. Chaidh iad chun an taighe aige, a dh'fhaicinn an robh càil a' tachairt an sin. Dhèanadh iad a-mach a mhàthair an-àirde, a' coimhead telebhisean. Cha robh ach aon àite eile ri dhol: an danns.

Bha iad a' smaoineachadh gum biodh e an sin bho thùs. Ach chuidich e an dithis aca, a' dràibheadh timcheall. Bha feum aig an dithis aca air còmhradh. Bha Dòmhnall ann airson cuideachadh a thoirt dha John D; cha robh e airson gun dèanadh John D rudeigin gòrach. Sheall e air: bha John D a' smaoineachadh gu cruaidh air rudeigin.

— Dè tha ceàrr? dh'fhaighnich Dòmhnall.

— Bheil fhios agad cò às a tha am facal 'Tabby' a' tighinn? Tabby-cat?

— Chan eil. Tha thu a' dol a dh'innse dhomh, ge-tà.

— Ann an àite ann am Baghdad far am biodh iad a' dèanamh clò striopach. Tha sin gu math cool, nach eil?

— Uaireannan, John, chan eil càil a dh'fhios agam dè bhios a' dol air adhart nad cheann.

— Uill, bha sinn a' bruidhinn air Tabby . . . agus chunnaic mi cat . . .

— A bheil sin fìor?

— O, tha. Cho fìor ri fìor.

— Annasach.

Rinn John D gàire beag. Ach fon ghàire bha e teann.

Ràinig iad an danns. Bha gu leòr chàraichean ann, ged a

bha a' mhòr-chuid air coiseachd airson gum faigheadh iad air deoch a ghabhail. Bha daoine aig an doras, ag òl, a' smocadh, ag argamaid. An solas ann an sgueadhar bhon doras gam foillseachadh.

Thuirt duine neo dithis halò ri Dòmhnall agus John D is iad a' tighinn a-mach às a' bhan. Cha robh fhios aig na daoine carson a bha iad ann, agus mar sin chuir e iongnadh orra nuair nach do fhreagair an dithis iad ceart. Bha iad a' coimhead airson Jock – am faca duine e? Chan fhaca. Fuaim tana a' chòmhlain-chiùil a' tighinn tro na ballachan, fuaim ìosal an druma bass a' crathadh na potaidh anns na h-uinneagan. Ceistean a' tighinn thuca – an robh oidhche mhath air a bhith aca? – gan crathadh bhuapa man waterproofs, iad a' treabhadh tro na dannsairean.

Bha an danns fhathast a' dol full-out. Bha an còmhlan a' cluich ged a bha duine neo dithis a' gabhail rud beag fois. Bha balach neo dhà bhon bhaile a' cluich nan àite. Bha na Ruiseanaich fhathast ann, a' gabhail slàinte a chèile, air an dòigh.

Cha robh John D agus Dòmhnall fada gus am faca iad an dearbh dhuine aig a' bhàr. Jock. Bha e air tè neo dhà a ghabhail agus cha robh dùil aige gum faiceadh e an dithis aca, an oidhche an ìre mhath seachad. Bha e fhèin dìreach air a shlighe dhachaigh, agus a-nis seo. Bha Hector aig ceann eile a' bhàir, a' bruidhinn ri tè òg a dh'aithnicheadh e, a' ceannach deoch dhi.

Bha e duilich dha John D cumail air gu ciùin.

— All right, Jock.

— All right.

— Tha mi ag iarraidh facal ort.

— Steall ort.

Ghabh John D grèim air a' chòta aige.

— A-muigh, thuirt e.

Dh'fheuch Jock ri faighinn a-mach às a' ghrèim aige.

— Hoigh . . . dè tha thu a' dèanamh?

— Thuirt mi riut gu robh mi ag iarraidh facal ort.

— Cò mu dheidhinn?

Ghlèidh John D a nàdar, is fhiaclan aige teann ri chèile.

— Tha deagh fhios agad.

— Chan eil.

— Càit an robh thu a-nochd?

— Tha mi air a bhith an seo fad na h-oidhche.

Bha Dòmhnall ann gun fhios nach dèanadh John D rudeigin gòrach. Ach ann am mionaid dh'fhairich e faireachdainnean geur a' tighinn thuige, sgìth dha Jock agus a' bhidsigeadh aige. Ghabh esan grèim air seacaid Jock cuideachd.

— A bhastair bhig, sguir dha do bhidsigeadh! Cò rinn e?

Dh'èirich Jock bhon t-sèithear aige, rud beag feagail air.

— Chan eil fhios agam cò air a tha thu a-mach!

Stad duine neo dithis a bha faisg orra a choimhead dè bha tachairt: dìreach caraidean air rud beag cus òl, smaoinich iad. Cha robh John D airson gum biodh daoine a' coimhead.

— Gabh air do shocair mionaid, a Dhòmhnaill . . . thuirt John D.

— Tha am bastar beag seo a' dol a dh'innse a h-uile càil dhuinn neo tha mi a' dol a thoirt dha a dhiabhal.

— Dè tha ceàrr?

Bha Hector an dèidh a thighinn a-nall.

— Chan e do ghnothaich-s' e, thuirt Dòmhnall.

— Leig às e.

Leig Dòmhnall às e. Chaidh Dòmhnall suas gu Hector.

— Tha piuthar John D san ospadal agus tha fios aig Jock dè thachair.

Dh'atharraich seo rudan dha Hector. Cha robh e ag iarraidh pàirt ann. Bha Jock na aonar.

— Fair enough, thuirt Hector.

Bha fios aig Jock gu robh dìreach aon dòigh air faighinn a-mach às.

— A bheil Johan all right?

Chuir seo John D rudeigin droil.

— Aidh, tapadh leat airson faighneachd, Jock. Tha i cho dòigheil ri bròg, oidhche an-asgaidh anns an ospadal.

— Chan e mo choire-sa a bh' ann. Cha robh mise ann.

Mhothaich Dòmhnall gu robh daoine a' tighinn faisg orra a-nis, gun fhios nach biodh sabaid ann a dh'fhaodadh iad a choimhead. Thionndaidh Dòmhnall.

— 'G iarraidh rudeigin?

Leagh iad. Bha John D fhathast a' bruidhinn ri Jock.

— Dè thachair?

— Bha mise air an eathar. Dh'fhàg mi i air aon dha na bàtaichean, bha i a' cèilidh air cuideigin. Agus nuair a thill mi, bha dithis còmhla rithe a' coimhead às a dèidh, bha i anns an staid anns am faca tusa i. Thug mi dhachaigh i cho luath 's a b' urrainn dhomh.

— Dè am bàta a bh' ann?

Cha tuirt Jock càil.

— Bi faiceallach, Jock.

— Jesus, John . . . tha fios agad dè thachras dhomh ma chanas mi càil . . .

— Chan urrainn dhut càil a ràdh?

— Chan . . . an diabhal, John . . . chan eil fhios agam . . .

Thug John D dòrn dha mun pheirceall agus fear eile dìreach mun t-sròin, cho luath 's nach b'urrainn dha Jock càil a dhèanamh, loidhne fala thana a' tighinn bho shròin. Choimhead am barman orra airson mionaid, agus an uair sin thionndaidh e. Bha Jock a' cromadh sìos, grèim aige air a shròin.

— Chan e na Ruiseanaich a bu chòir a bhith cur dragh ort, Jock.

Fhuair Jock air seasamh an-àirde.

— 'S e bàta Shergei a bh' ann. 'S e Sergei a bh' ann.

Bha aghaidh thàireil air John D.

— Tha barrachd feagail ort bho Sergei na bhuamsa? Carson a tha sin? Dhòmhnaill, carson a tha sin?

— Chan eil fhios agam, John.

Dh'aithnich Dòmhnall gu robh John D faisg air màlaich a thoirt dha Jock, is sheas e eatarra feuch an socraicheadh e an suidheachadh rud beag mun tachradh càil.

— Feumaidh tu coimhead ri do bheatha, Jock. Mus tachair rudeigin dona dhut.

Chrath Jock a cheann, Bha iad an ìre mhath deiseil leis, smaoinich e. Dìreach mun do dh'fhàg e, thionndaidh John D agus thug e deagh phut dha sna clachan le a ghlùin. Thuit Jock air an làr, pian trom goirt, cha b' urrainn dha anail a tharraing ceart.

— Tha sin airson nighean fhàgail a-muigh air an steap. Bhastair bhig a tha thu ann.

Fhuair Jock air èirigh bhon làr; rinn e a shlighe cho luath 's a b'urrainn dha a-mach an doras, a chlachan na làimh.

Thionndaidh John D ris a' bharman.

— Dà phinnt agus dà thè mhòr, ta.

— Tha thu dràibheadh, thuirt Dòmhnall.

— Tha mi feumach air deoch.

— Bhris thu a shròin, tha mi smaoineachadh.

Dh'èigh John ris a' bharman.

— Hoigh, a dhuine! Tha pathadh oirnn an seo.

Thàinig e leis an deoch; thog John D tè, a làmh a' crathadh rud beag.

— Dè nì sinn mu Sergei, ma-thà? thuirt John D.

— Bu chòir dhuinn a dhol gu na poilis, 's mathaid.

— An diabhal, a Dhòmhnaill, chan e idea uabhasach math tha sin.

— Nas fheàrr na cogadh a thòiseachadh.

— Chì sinn. Seo, gabh deoch.

Rinn Dòmhnall sin. Sheall iad air na dannsairean a' danns treiseag. Sheas nighean òg a bha timcheall air fichead bliadhna a dh'aois airson òran a sheinn. 'S e seinneadair math a bh' innte. Shocraich a h-uile duine fhad 's a bha i a' seinn. Cha bu chòir dhaibh a bhith ag òl agus an dithis aca fhathast làn adrenalin. John D a' comhartaich ri duine sam bith a thigeadh faisg.

Gu h-obann dh'fhairich Dòmhnall cuideam os a chionn, trom, trom. Smaoineachadh air a dhol air ais gu taigh falamh, bha sin cus dha. Bha a' bheatha air a toirt às . . . Agus 's e coire a h-uile duine eile a bh' ann. Coire Leanne a bh' ann, coire na companaidh ola, am boireannach a bha e a' coimhead. Dh'fheumadh Leanne tilleadh. Cha robh càil eile air a shon. Bha feum aig a' chloinn air athair. Dhèanadh e rud sam bith airson a bhith faisg air a' chloinn.

Bha an danns deiseil. Na solais an-àirde a-nis, daoine len cuid aodaich bog fliuch le fallas, an làr làn ghlainnichean falamh. Na stiùbhartan a' toirt air daoine gluasad. Duilich daoine a ghluasad, tòrr còmhraidh, daoine fhathast a' coimhead dhaoine eile nach fhac' iad fhathast. Daoine a' cur phàrtaidhean air dòigh aig taighean a chèile.

— Thugainn, ma-thà, bheir mise lioft dhachaigh dhut, thuirt John D.

— Tha thu air a bhith ag òl.

— Tha mi all right airson dràibheadh.

Cha robh Dòmhnall cho cinnteach. — Bidh na poilis a-muigh a-nochd, leis an danns 's a h-uile càil.

— Bheir mi dhaibh Masonic handshake beag agus bidh sinn ceart gu leòr. Tha mi dol a dh'fhaighinn carry-out an toiseach.

Dh'èigh e ris a' bharman a-rithist.

— Sia canaichean làgair, a Sheonaidh. Agus leth-bhotal uisge-beatha.

Thionndaidh e ri Dòmhnall.

— Dè tha thus' ag iarraidh?

— Tha mise ceart gu leòr.

— Chan eil fhios agam am faigh mi mòran cadail a-nochd, fhios agad.

— Uill, faigh cana no dhà dhomh, ma-thà, thuirt Dòmhnall.

Rinn John D sin.

— An dòchas gu bheil do phiuthar all right, thuirt Dòmhnall.

Cha tuirt John D càil, dìreach chrath e a cheann. Shad e airgead air a' bhàr agus ghabh e am poca plastaig làn bhon barman. Rinn iad an slighe a-mach.

* * *

Bha Iain agus Helena dìreach a' tilleadh bhon chuairt aca. Bha iad air a' mhòr-chuid dhan danns a chall. Bha còta dubh Iain air Helena, iad a' coiseachd suas an rathad.

Cha b' urrainn dha Iain a chreids gun do thachair rud eatarra. Bho dheireadh thall bha aig Helena ri falbh, ach dh'aontaich iad gu robh iad a' dol a dh'fheuchainn ri rudeigin a dhèanamh, 's mathaid dràibheadh suas gu tuath, gu tràigh a dh'aithnicheadh e.

Ràinig iad an talla, chitheadh Helena duine neo dithis a dh'aithnicheadh i bhon bhàta aig an doras, dìreach a' dol a dhèanamh an slighe sìos chun a' chidhe. Bha iad a' gàireachdainn nam measg fhèin.

— An tèid mi sìos chun a' chidhe còmhla riut? dh'fhaighnich Iain.

— Cha leig thu leas, coisichidh mi còmhla ri Natasha, bidh gu leòr cheistean aice.

— Tha mi cinnteach . . .

— O, aidh, cha mhòr nach do dhìochuimhnich mi . . . a bheil cuimhne agad an tè a bha danns air a' bhàta an oidhch' ud? Mein Herr . . .

— Cò? O . . . Jean, an e? An Comhairliche?

— Tha i fhèin is Vitali an sàs ann an . . . ciamar a chanadh tu e . . . cultural exchange, tha mi smaointinn.

— Chan eil! Jean? A bheil thu cinnteach?

— O, tha.

Thug seo air Iain gàireachdainn. Thug i pòg bheag dha.

— O, siud mo bhràthair, thuirt e. Cha robh fios agam gu robh e gu bhith aig an danns.

Bha Dòmhnall agus John D a' tighinn a-mach às an talla. Cha

robh iad a' coimhead cho math, lèine John D air feadh an àite, rud beag fala air. E air leth-mhisg. Bha aon dha na Ruiseanaich na rathad.

— Sioftaig.

Thionndaidh an duine.

— Gabh mo leisgeul, thuirt an duine.

— Mach às an rathad, thuirt John D.

Leig an duine dha a dhol seachad, ach bhuail John D ann an cana leanna a bh' aig fear eile, is chaidh e air a' bhoireannach a bha còmhla ris. Mhaoidh an duine ann an Ruisis.

— Seall an rud a rinn thu.

— Bu chòir dhut a bhith air fuireach air an diabhal bàta agad, ma-thà, thuirt John D.

Thionndaidh an duine a-nis a choimhead ceart air John D. Bha e mòr, iasgair, agus cha robh e toilichte.

— Dè tha ceàrr ort?

— Tha thus', a Ruiseanaich na bidse. Carson nach tèid sibh dhachaigh – chan eil duine gur n-iarraidh an seo.

Bha John D a' bruidhinn ro àrd.

— Tha e air cus òl, thuirt an Ruiseanach ri aon dha na caraidean aige. Thuirt e seo ann an Ruisis; cha do thuig John D e.

— Dè thuirt thu?

— Thuirt mi nach urrainn dhut do dheoch a ghabhail.

Bhris rudeigin am broinn John D agus bhuail e an duine, an dòrn aige a' bualadh a shròin, bogha-frois fala a' tòiseachadh agus an duine lùbte. Ach cha robh e mar sin fada: thog e e fhèin agus bhuail e John D, a' beirtinn air mun amhaich. Dh'èigh John D ann am pian, agus an ath rud bha an dithis aca air an làr, a' sgròbadh, a' putadh. Cha b' fhada gus an robh daoin' eile a' sabaid cuideachd.

Cha b' urrainn dha Dòmhnall seo a chreids. Agus a-nis bha aige ri dhol an sàs anns an t-sabaid.

— O, uill, thuirt e ris fhèin, agus a-steach leis. Cha robh e dol a shabaid, ge-tà: ghabh e grèim air John D agus dhragh e bhon duine eile e, an duine eile às a chiall a-nis, a charaidean fhèin a' feuchainn ri stad a chur air.

— Leig às mi! dh'èigh John D.

— Gabh air do shocair!

Bha aig Dòmhnall ri suidhe air airson ùine mhòir mun gabhadh e air a shocair. Mu dheireadh thall leig Dòmhnall an-àirde e.

— Bastair Ruiseanach! Carson nach dèan sibh às dhachaigh!

Chùm e air ag èigheachd gus an robh a' mhòr-chuid dhiubh a-mach à sealladh, an Ruiseanach mòr a' sèideadh fuil a-mach às a shròin; cha robh e a' coimhead air ais.

— Tha an t-àite bhuaithe leotha, Dhòmhnaill. Tha an t-àite dìreach air a dhol bhuaithe leotha.

— Tha fios agam, John. Siuthad a-nis, thugainn dhachaigh.

Thog e John D fo achlaisean, bha e mar phiopaid lag, mar nach robh càil air fhàgail na bhroinn. Thòisich e a' rànail air a shocair: dh'fheuch e ri sin fhalachd.

— Tha iad lugh orm.

— Siuthad, faodaidh tu cadal san taigh agams' a-nochd. Cuiridh mi fòn gu do mhàthair a dh'innse dhi.

— Faigh a-mach dè man a tha Johan. Feumaidh sinn faighinn a-mach dè man a tha Johan.

Bha Dòmhnall an ìre mhath cinnteach gu robh John D

a' triopadh cuideachd – nach b' e dìreach deoch a ghabh e. Bha e cinnteach às a sin. Chuireadh e fòn gu a mhàthair, a' dèanamh cinnteach gu robh a h-uile càil all right aig an taigh. Dh'fhaodadh e an uair sin cadal san taigh aigesan: cha robh math dha a thoirt dhachaigh gu a mhàthair bhochd a-nochd. Bha an t-iasgair air rud beag millidh a dhèanamh air aghaidh John D, cha robh càil uabhasach dona, ach bha sgròban sìos a ghruaidhean, a shùil gorm.

Chunnaic Iain agus Helena na thachair. Cha b' urrainn dha Iain creids a shùilean. Mionaid neo dhà roimhe sin 's e oidhche mhìorbhaileach, romantic a bh' ann. Bha e air an oidhche a chur seachad còmhla ri boireannach àlainn. Nise bha a bhràthair agus a charaid a' sabaid ri na caraidean aice. Chunnaic e Natasha, ag èigheachd, a' coimhead na bh' air a beulaibh. Ruith i airson faighinn air falbh bhuaithe. Dh'fhairich e Helena a' fàs teann na corp.

— Tha mi duilich mu dheidhinn seo, thuirt Iain.

— Chan e do choire-sa a bh' ann.

Bha Iain a' faireachdainn gur e. Bha e air a nàrachadh, feagal air gum milleadh seo a h-uile càil. Mas e amadan a bha na bhràthair . . . uill . . . smaoinicheadh i gur e amadan a bh' annsan cuideachd.

Chunnaic iad Natasha a' ruith sìos an t-sràid, feuch am faigheadh i air falbh bhon t-sabaid.

— Bu chòir dhomh a dhol às a dèidh, thuirt Helena.

— Am faod mi d' fhaicinn a-rithist?

Thug i pòg bheag dha.

— Dè mu dheidhinn Disathairn? Faodaidh mi latha dheth a ghabhail. Bidh mi air a' chidhe aig . . . deich. Feuchaidh mi ri bhith ann cho faisg air deich 's as urrainn dhomh. Agus . . . tapadh leat a-rithist: chòrd an oidhche rium uabhasach math.

— Chòrd i riums' cuideachd, thuirt Iain.

Dh'fhalbh Helena às dèidh Natasha, agus choimhead esan i gus an robh i a-mach à sealladh. Agus abair òcrach air a bheulaibh, a bhràthair agus John D air an còmhdach ann an dust glas pàirc nan càraichean, sgròban agus fuil. Bha an dithis aca gan cur fhèin ceart, speuradairean slaodach.

— Oidhche shàmhach agaibh, ma-thà? dh'fhaighnich Iain.

Sheall Dòmhnall suas, a dh'fhaicinn a bhràthar air a bheulaibh.

— Dìreach rud beag teilidh agus pizza, thuirt Dòmhnall.

— Dè 'n diabhal a bha sibh a' dèanamh?

— Innsidh mi dhut a dh'aithghearr. Thoir dhomh na h-iuchraichean, John.

Bha John a' coimhead na phòcaidean, an lùths air a dhol às, casan agus gàirdeanan luaidhe.

— Chan eil thu dol a dhràibheadh, a bheil? dh'fhaighnich Iain.

— Tha.

— Thoir dhomh na h-iuchraichean. Cà 'il sibh a' dol?

— An taigh agams'. Chan eil mi airson tuilleadh hassle a thoirt dha mhàthair a-nochd.

— Dè tha thu ciallachadh?

— Innsidh mi dhut a dh'aithghearr.

Bha John D a-nis air ais na shuidhe air an làr, an èadhar air a dhol às. Chuidich iad e a chùlaibh na bhan. Doile bhriste: cha robh fhios aige càit an robh e. Chaidh iad seachad air a chèile air an t-slighe gu taobh an dràibheir is taobh an t-suidheachain eile.

— Dè ghabh e?

— Chan eil fhios agam. Chan eil ach mionaid neo dhà bho chaidh e mar seo . . . chan eil fhios agad air an recovery position, a bheil?

Sheall Iain air John D. Bha e air dealbhan fhaicinn, ach . . .

— Um . . . chan eil fhios agam, really.

— Tha e all right, tha sinn còmhla ris co-dhiù. Mess an diabhail: fhuair Johan màlaich a-nochd air aon dha na bàtaichean.

— A bheil i gu bhith all right?

— Chan eil sinn buileach cinnteach fhathast.

Thòisich Iain an càr.

— Tha deagh shiner agad an sin.

Sheall Dòmhnall anns an sgàthan-cùil. Gealach ghorm timcheall air a shùil.

— Rug am balgair ud orm.

Chunnaic an dithis aca am mullach dathach, an striop jam a' dol seachad orra. Na poilis. Tha fhios gu robh iad a' dol a dh'fheitheamh airson dràibhearan ann an lay-by air choreigin.

— Na teirg seachad air an limit, 's e na poilis a bha siud, thuirt Dòmhnall.

— All right, Captain Sensible.

Thòisich iad sìos an rathad, an dithis aca sàmhach, ag èisteachd ri anail shocair John D anns a' chùl agus a' coimhead an t-striop thana air am beulaibh, an t-aon dath a bha ri fhaicinn ann am bobhla dorch na h-oidhche.

10

Bha an taigh dorch nuair a ràinig iad. Chuir Iain dheth am motair, John D, an doile anns a' chùl, an dorch cho dorch nuair a thèid na solais dheth.

— Feumaidh sinn a bhith sàmhach, tha a h-uile duine nan cadal, thuirt Iain.

— Chan eil duine eile ann.

Thionndaidh Iain anns an t-seat aige airson sùil a thoirt air Dòmhnall.

— Ciamar?

— Dh'fhàg Leanne.

Guth Iain, iongnadh air, sgàthan orains an dashboard an t-aon solas.

— Dè tha thu a' ciallachadh?

— Dhuine bhochd, Iain, tha fios agad dè tha mi a' ciallachadh.

Thug e dheth an crios aige agus dh'fhosgail e an doras.

— Tha mi dol a chur fòn gu màthair John, a dh'innse dhi gu bheil e ceart gu leòr. Air ais ann am mionaid.

Shuidh Iain anns a' char. Bha fiamh-ghàire neònach air aghaidh John D.

— Chan eil fhios agams' carson a tha thu a' gàireachdainn, thuirt Iain ris fhèin.

Cha robh dùil aige gun crìochnaicheadh an oidhche mar seo, Bha i air a dhol cho math. Smaoinich e air Helena, na sùilean, am beul ud. 'S mathaid gu robh e gòrach a bhith as a dèidh. Ach . . . 's e Ruiseanach a bh' innte. Bha e romantic. Bha e exciting. Agus 's e mess an diabhail a bh' ann. A' tighinn timcheall còrnair agus siud a bhràthair agus an clown ud a' sabaid. Feagal air Natasha. Mhill e an oidhche aca. Cha chuireadh e iongnadh air mura biodh i airson fhaicinn a-rithist.

Chunnaic e faileas dorch Dhòmhnaill a' tilleadh bhon taigh. An doras cùil a' fosgladh.

— Siuthad ma-thà, John. Thìd' agad a dhol innte.

John D na leth-chadal, a' gluasad man nathair air mhisg. Fhuair iad mu dheireadh thall e dhan taigh. A bhrògan dheth, seòrsa de recovery position. Blàth, an ìre mhath dòigheil, a' suain fo quilt is flùraichean air.

— A bheil e gu bhith all right? Cinnteach nach bu chòir dhuinn doctair fhaighinn?

— Bidh e ceart gu leòr. 'S iomadh turas a chunnaic mi mar seo e. Bidh e ann am fonn nas fheàrr na duine againn anns a' mhadainn.

— Tha do shùilean air bòcadh. Bu chòir dhut baga peas fhaighinn airson am bòcadh a chumail sìos, thuirt Iain. — Feumaidh cuideigin fuireach leis-san cuideachd. Mun tachair càil ris.

— Iain, ma tha thus' ag iarraidh fuireach an-àirde leis a' chlown seo fad na h-oidhche, dèan sin. Tha feum agams' air deoch.

Dh'fhàg iad an doras fosgailte, an leth-sholas a' dèanamh v air an làr. Closach John D anns an leabaidh.

Am fuaim cruinn tiona, Dòmhnall a' fosgladh a' bhotail uisge-beatha. Dà ghlainne air a bheulaibh, tèile làn uisge.

— 'G iarraidh tè? Dhòirt e tè mhòr dha fhèin.

— Chan eil, ta. Tha mi dol a dh'fhalbh. Tha thu tighinn airson do dhiathad a-màireach?

— Eh?

— Tha Mam a' smaoineachadh gu bheil. Sunday lunch.

— Tha e cho math dhomh, tha mi creids.

— Bheil thu coimhead às do dhèidh fhèin all right?

Shocraich aghaidh Dhòmhnaill an dèidh balgam uisge-beatha.

— Iain, dìreach thalla dhachaigh.

— Dè an diabhal tha ceàrr ort!

Sheall Dòmhnall air agus thòisich e a' gàireachdainn.

— Tha mi duilich . . . feumaidh . . . feumaidh duine gàireachdainn. Cha robh mise ann an scrap air taobh a-muigh an talla bho bha mi sia deug. Hoigh, an robh thu còmhla ris an tè Ruiseanach ud a-nochd?

— Bha.

— Bu tu am balach. Tha i a' coimhead snog. Bidh holiday romance beag glè mhath, eh?

— 'S mathaid nach e dìreach holiday romance a bhios ann.

— Tha thu gluasad dhan Ruis?

— Chan eil, ach . . . chan eil fhios aig duine dè thachras.

— Tha sin fìor.

A' ghlainne ga lìonadh a-rithist, i falamh mu thràth.

— Uaireannan tha mi smaoineachadh gum bu chòir dhomh an aon rud ri Uncle Dan a dhèanamh. A-mach à seo, landaigeadh ann an New Zealand. Rud beag obrach fhaighinn a' dèanamh rudeigin. Caoraich. Rudeigin sìmplidh. A h-uile càil fhàgail air mo chùlaibh.

— Am bi duine a-chaoidh a' fàgail a h-uile càil air a chùlaibh?

— 'S mathaid nach bi. 'S mathaid nach bi.

Dh'fhosgail Iain an doras: an t-adhar dubh dorch, bha e anmoch.

— Feum agad air toirdse neo càil?

— Chan eil.

— All right, ma-thà. Uill, thèid mis' a-null a-màireach.

Bha Iain letheach slighe a-mach an doras.

— Tapadh leat airson dràibheadh, eh, thuirt Dòmhnall.

— 'S e do bheatha, chì mi a-màireach thu.

Agus le sin, cha robh sgeul air. Bha e ciùin a-muigh, solt, cadalach. 'S e cuairt fada gu leòr a bh' ann dhachaigh, bheireadh e dha tìde smaoineachadh. Dhùin Iain a sheacaid timcheall air airson am fuachd a chumail a-mach.

Shuidh Dòmhnall anns an t-sèithear aige, a ghlainne làn a-rithist. Cha robh e còrdadh ris a bhith ag òl. Carson a bha e ga dhèanamh? Airson e fhèin a chumail na dhùisg. Airson dìochuimhneachadh. Magaid, 's mathaid. Rudeigin a dh'ionnsaich e. Chuidich e, na bheachd-san. Sheall e timcheall an taighe. Dh'fheumadh e Leanne fhaicinn a-màireach. Dh'fheumadh iad còmhradh, cho robh iad air bruidhinn bho dh'fhàg i. Dh'fheumadh e bhith ann am form math airson sin.

An-dràst bha an coltas air gu robh e air a bhith a' sabaid agus ag òl agus a' rànail. Ach cha robh e dol a rànail a-nochd. Cha robh gu leòr air fhàgail na bhroinn airson sin.

* * *

'S e an aon rud a bha a' tachairt a h-uile Latha Sàbaid anns an taigh. Dhùisgeadh Iain fadalach, ged a bhiodh e ag iarraidh èirigh tràth. Bha am biadh an ìre mhath deiseil. The works. Fiù 's nuair nach robh ach dìreach an dithis aca ann, e fhèin agus a mhàthair.

— Iain! Thìd' agad èirigh!

Fàileadh gaoth an earraich a' gluasad nan cùirtearan 's tu feuchainn ri dùsgadh. Fàileadh bìdh, blast teth a' shower.

Seo an taigh far an robh Iain air fàs suas. A' chiad chuimhne a bh' aige an seo a' ghlasach, suas gu ghlùinean air latha teth, am baile mar map air a' bheulaibh. Bath air beulaibh an teine mhòir. Carpaid de neòineanan buidhe geal.

Bha a mhàthair Peigi air a bhith anns a' chidsin airson treis mhath a-nis. Cha robh e cho furasta dhi cadal na làithean sa, thuirt i.

Bha i daonnan ann. Cha robh sin ag atharrachadh.

'S e slat-iùil a bha na mhàthair an treis seo a chaidh seachad, dhan a h-uile duine. Gu h-àraidh an dèidh na thachair dha Dòmhnall air na rigichean. Thàinig atharrachadh oirre an dèidh sin, thàinig i air ais an dèidh bàs an duine aice. Chuimhnich i gu robh ise fhathast beò. 'S ise a fhuair an teaghlach troimhe. Tormod. A' cuimhneachadh air Tormod.

Air latha an tiodhlaicidh, an teaghlach ga ghiùlain, loidhne dhubh a' giùlain an eileatroim tron bhaile bho aon taobh chun an taoibh eile. Frèam flat an eileatroim a' suidhe air an rathad, an dà undertaker, starragan dubha. An bucas òrach fiodh air muin an eileatroim, na flùraichean a' gluasad anns an èadhar fhuar. Bha e fuar an là ud. Agus chaidh èigheachd air na h-ochdnar, na daoine a b' fhaisge, airson na ciad thogail, daoine a' gabhail an cuid àite.

An dà loidhne chaol. Take the lift. Sia ceumannan an duine agus an uair sin a' tionndadh air falbh gus an deigheadh a h-uile duine eile seachad ort. Am màthair aig an taigh, a' coimhead. Na boireannaich eile ga cuideachadh gus an t-uallach a ghiùlain. Bha i air seo fhaicinn roimhe, agus seach gu robh e air tòiseachadh, cha deigheadh a stad. Seo an deireadh.

Bha Iain agus Dòmhnall aig gach ceann dhan chiste, cords aca, aon aig a' cheann agus aon aig na casan. Còmhradh socair agus còtaichean a' gluasad, 's na daoine ag atharrachadh an grèim, an dust ga ghiùlain air adhart. Daoine a' còmhradh air an socair, halòs bheaga neo "Tha mi duilich".

Bha a' ghaoth aig a' chladh a' gearradh trod aodach, a' ghlasach ghainmhich fo do chasan agus am bìod a-mach às an talamh. Am ministear a' bruidhinn air Dia agus air beatha agus air toileachas agus air peacadh. Lan-làimhe de dh'ùir bhàn a' buiceil air mullach na ciste, air a shadail le na balaich agus an uair sin le na caraidean. Agus fuaim uabhasach na ciad spaid de dh'ùir. Daoine a' gabhail grèim air spaidean, tiorna mu seach an ùir a chur dhan toll bhàn, gus mu dheireadh thall gu robh e seachad. An talamh air fhuaigheal ri chèile a-rithist, an toll air falbh, an uaigh uabhasach sin agus gach fear a' coimhead agus ag ràdh riutha fhèin, "Sin mo charaid", "Sin m' athair" agus "Aon latha sin far am bi mi fhìn."

Rubha is a' mhuir air fàire agus am fuachd a' gearradh sìos gu cnàmhan dhaoine. Agus an uair sin sàmhchair. Tha daoine a' coiseachd gu diofar àiteachan, na teaghlaichean aca fhèin. Seasaidh iad ri taobh chlachan airson treis agus smaoinichidh iad air daoine agus tòisichidh càraichean aig a' gheata agus thèid daoine air ais dhan taigh airson teatha agus uisge-beatha. Chan eil iad a' faireachdainn ceart a' chòrr dhan latha ged a shuidheas iad ri taobh teine fad an latha.

Agus an uair sin, rud neònach, ged a smaoinicheas tu nach tig crìoch air an latha dhubh seo agus gu bheil e air do shlugadh agus gu bheil do chridhe ann am bucas anns an ùir, tha rudeigin mu dheidhinn a' chòmhraidh shocair. Beatha ga do thoirt air ais, daoine a' tairgsinn bìdh. Boireannaich a' còmhradh agus fiù 's gàire beag socair a' tighinn bhuapa agus iad a' dèanamh cinnteach gu bheil a h-uile duine ceart gu leòr. Agus ged a tha thu a' faireachdainn nach fhairich thu slàn a-rithist, tha thu a' faireachdainn rud beag blàiths a' tighinn air ais nad anam. 'S mathaid nach eil thu fiù 's ag iarraidh seo fhaireachdainn fhathast. Ach tha e ann. Agus tha thu a' mothachadh gu bheil beatha a' dol air adhart timcheall ort. Tha thu ag ith rudeigin. Tha am fuachd a' fàgail do chnàmhan. Tha a' chlach throm na do chom a' gluasad rud beag.

Dh'fhàg Iain an t-Oilthigh. Cha tuirt a mhàthair mòran mu dheidhinn. Cha do dh'aontaich i leis. Cha robh e cinnteach mun adhbhar a dh'fhàg e. 'S e cuideachadh a bhiodh ann, tha fhios, leis a' bhàta. Agus le Dòmhnall a bhith aig an taigh air an leabaidh, bha gu leòr ri dhèanamh timcheall air an taigh. Ach bha athair 's a mhàthair air obrachadh cho cruaidh airson a chur dhan Oilthigh sa chiad àite. Agus mar sin dh'aontaich Iain gun tilleadh e ann am bliadhna, agus cha tuirt e rithe gu robh e a' smaoineachadh air fàgail 's gun dol air ais. Cha robh miann aige airson na h-obrach. Cha robh diofar leis.

Agus mar sin, bha an latha seo cudromach, Latha na Sàbaid, bhlàthaich iad an taigh a-rithist, shluig an taigh am blàths airson nach bàsaicheadh e, oir bha esan air srucadh anns a h-uile duilleig de leabhar, a h-uile doras, a h-uile sgian anns an taigh. Rinn ise tòrr obrach gus an taigh a chumail beò. Chùm i na rituals bheaga a' dol, agus gu slaodach thàinig an taigh beò a-rithist.

Tormod, athair Iain. 'S e duine gu math solt a bh' ann. Bha daoine dèidheil air. Bha Dòmhnall air an spionnadh aige fhaighinn bhuaithe. Dheigheadh an dithis aca dorch anns a' ghrèin. An gàire aige, a shròin. Uaireannan bha daoine cinnteach gur e Tormod a bh' ann nuair a bhruidhneadh iad ri Dòmhnall. Chùm Dòmhnall a dheisean: bha iad fiot dha.

Bha Iain coltach ris a thaobh cho sàmhach 's a bha e, a shùilean, cho dèidheil 's a bha e air leabhraichean. Bha fiù 's an dithis ac' dèidheil air marag. An nàdar aithghearr aige, fhuair e sin bho mhàthair.

Bha an athair air tòrr obraichean a dhèanamh. Chùm e a' chroit a' dol agus rinn e gu leòr airgid aiste airson a cumail a' dol. Bha e dèidheil air na caoraich aige, ach bha e na bu dèidheile buileach air a' chù aige, Dìleas. Bha e ag obair anns an leabharlann. Bha e fighte a-staigh ann am beatha a' bhaile.

Bha e air a bhith anns a' Mherchant Navy roimhe sin. Chòrd a' bheatha aig muir ris. Cha robh cur-na-mara air idir, is 's e rud math a bha sin. Bha e ag ionndrain na mnà. Agus bha na mìltean fhada de mhuir duilich. Bha e eadar-dhealaichte ri a bhràthair

Dan. Chan iarradh Dan an còrr; rinn e turas an dèidh turais. Ach bha Tormod aig muir airson speileag math e fhèin. 'S e an turas a b' fheàrr leis costa an ear Ameireagaidh. Bho New York, sìos gu Rio de Janeiro. Buenos Aires. Deagh ghaoth. Ach thill e.

Cheannaich e bàt'-iasgaich. Rinn e deagh airgead aiste. Reic e an t-iasg ri bhan beag a bhiodh a' dol timcheall a' bhaile. Na bh' air fhàgail, chuireadh e air falbh dhan Fhraing 's dhan Spàinn e.

Chòrd e ris a bhith toirt a-mach nam balach nuair a bha iad aost gu leòr. Dh'ionnsaich iad mar a dhèanadh iad iasgach, a' tòiseachadh le dorgh beag agus an uair sin slat agus clèibh-ghiomach agus lìon.

Ghlacadh e fhèin rionnach cuideachd bho àm gu àm, ach cha robh duine gan iarraidh. Trosg cho fada ri do ghàirdean. Airgead math an sin. Sin a bha e ag iarraidh. 'S ann mar sin a bha gus an tàinig na Ruiseanaich. Agus an uair sin thàinig airgead ceart. Cha mhòr nach d' fhuair e cuidhteas na caoraich, ach aig a' cheann thall cha b' urrainn dha. Bha feum aig duine air cur-seachad. Agus bha e dèidheil air a bhith coiseachd leis a' chù. Chòrdadh e ris poca beag sandwiches a thoirt leis agus falbh le Dìleas air a' mhòintich gan lorg. Chòrd na cuairtean seo ris. A' mhòinteach. Na creagan. Chòrdadh e ris a bhith na shuidhe aig na creagan, a' smaoineachadh air na h-àiteachan a chunnaic e, Sugarloaf mhòr Rio neo drochaid Shydney, agus chanadh e gach uair a thilleadh e — Tha, tha mi glè dhòigheil a bhith air ais.

Agus 's ann faisg air seo a ghabh e a' chuairt mu dheireadh aige ri oir nan creagan agus a' ghrian a' dol fodha man pluma mòr òir anns an adhar.

* * *

A mhàthair a' cur cheistean.

— Am faca tu Dòmhnall? Tha e tighinn, nach eil? Cha do fhreagair e am fòn. An tuirt thu ris a thighinn?

— Thubhairt. Thuirt e gum biodh e an seo.

— Airson diathad? Tha e dol a ghabhail biadh?

— Tha mi smaoineachadh gu bheil.

— Glè mhath. A bheil Leanne a' tighinn còmhla ris?

— Chan eil fhios a'm.

— Nach fhaca tu i?

— Chan fhaca.

Cha robh Iain airson innse dhi; cha robh e ach air èirigh. Rudeigin selfish, 's mathaid. Ach b' fheàrr leis na ceistean fhàgail aig Dòmhnall.

— Cearc a th' ann an-diugh?

— Ròst, thuirt a mhàthair.

— O. Math.

Bha glainne bheag fìon aice fhad 's a bha i a' còcaireachd, ag èisteachd ris an rèidio.

— An cuala tu mu dheidhinn Johan?

Cionnas a bha fios aice cho luath?

— Chuala.

— Uabhasach, nach eil. Tha i gu bhith all right, ge-tà, tha iad ag ràdh.

— A bheil? 'S math sin.

— Tha i ann an staid, ge-tà. Bheil fhios agad dè thachair?

— Chan eil.

— Bha i ann am fight. Cha bu chòir dhi . . . cha bu chòir dhi bhith dol faisg air na Ruiseanaich ud. Bha sabaid aig an talla a-raoir cuideachd, chuala mi. Am faca tu i?

— Cha robh mi ann aig an àm. Cha robh ann ach scrap bheag, tha mi smaointinn.

— Bhithinn faiceallach, ma-thà, ma tha rudan mar seo a' tachairt.

— Tha mi faiceallach.

Bha e an dòchas nach bruidhneadh i air a' bhàta. Bha i daonnan iomgaineach mu dheidhinn.

— Cuin a thu a' dol a-mach air a' bhàta a-rithist?

— Cha do bhruidhinn mi ri Dòmhnall mu dheidhinn fhathast.

— Dè man a bha an triop mu dheireadh?

— All right.

— Bha John D modhail gu leòr?

— Air bàta chan urrainn dha gun a bhith.

— Hm. Sin a shaoileadh tu co-dhiù.

Sin aon rud a dh'ionndrain e bhon Oilthigh, an t-saorsa. Dh'fhaodadh e rud sam bith a bha e ag iarraidh a dhèanamh. Bha e diofraichte aig an taigh: bha a mhàthair a' fuireach an-àirde gus am biodh e air ais. Cha b' urrainn dha fuireach a-muigh fad na h-oidhche gun fònadh. Agus cha robh i toilichte nan tigeadh e dhachaigh is an deoch air.

— Cà' il Dòmhnall? Tha e fadalach. Cuiridh mi fòn thuige.

Fuaim a' chàir aige air a' mhorghan a-muigh. Fuaim leisg an dorais a' dùnadh agus an ath mhionaid bha e anns an doras, glainnichean-grèine air.

— Hi, Mam.

— Hi, a ghràidh.

Thug i cudail beag dha.

— Tha thu a' coimhead rud beag rough, thuirt i.

— Bha oidhche mhòr againn.

— Dh'fheuch mi fòn a chur thugad.

— Bha mi a-muigh.

Bha i toilichte gu robh an dithis aca ann.

— Uill, ròst a th' ann.

— Bidh sin sgaiteach.

Thug e dheth a sheacaid agus shad e air an t-sèithear i. Bha na glainnichean aige a' falach nam patan beaga gorm. Thug e dheth iad.

— Bha thu a' sabaid?

— A' cur stad air daoine a' sabaid.

— Hmph.

Chaidh i air ais chun an t-sinc, a' dèanamh deiseil: na truinnsearan, na panaichean, a h-uile càil air dòigh. Chuir i mach glainne fìon dhan a h-uile duine.

— A bheil dragh air Leanne gu bheil thu an seo? A bheil i aig taigh a màthar? Cha robh fios agam dè bha tachairt, dè bha daoine a' dèanamh, cha robh duine a' freagairt a' fòn . . .

— Dh'fhàg Leanne mi.

Thuit sàmhchair air a' chidsin. Na peasairean a' goil ann am pana.

— Dè tha thu ciallachadh?

— Dh'fhalbh i. Thug i leatha a' chlann.

Shuidh Peigi aig a' bhòrd, a' coimhead air.

Cha tuirt Dòmhnall càil.

— A bheil thu all right?

— Chan eil.

Chuir Dòmhnall na glainnichean air ais air.

— Dè rinn thu?

— Dè rinn mise? Carson a tha thu a' smaoineachadh gur e mo choire-sa a th' ann?

— Uill, tha Leanne gu math solt. Carson a rinn i sin? An e affair a bh' agad?

Bha an reudar aice gu math geur.

— Chan eil mi airson bruidhinn mu dheidhinn.

— Càit a bheil i an-dràst?

— Aig taigh a peathar. Neo a màthar. Chan innis iad dhomh. Nise, fàg e.

— Iain, cuidich mi leis a' bhuntàt'.

Dh'èirich Iain agus chaidh e a-null chun na stòbha. Thaom e an t-uisge a-mach às a' phana, an ceò timcheall air.

— Am faca tu John D? dh'fhaighnich a mhàthair. — Tha Johan gu bhith all right, tha iad ag ràdh.

Bha i trang a' deasachadh a h-uile càil. Bhiodh an naidheachd mu Johan a' dol timcheall iomadach bòrd an-diugh. Còmhradh gu math sàmhach nach cluinneadh a' chlann, air an rud a bha i a' dèanamh, gur mathaid gu robh dùil gun tachradh rudeigin mar sin, ach fhathast, nach robh e uabhasach?

— Tha John D gu math pissed-off, thuirt Dòmhnall.

— Na bi a' bruidhinn mar sin aig a' bhòrd.

Chuir i sìos na truinnsearan.

— Tha mi 'n dòchas nach dèan e càil gòrach, thuirt i.

— Tha mi 'n dòchas.

Shuidh iad uile aig a' bhòrd. Ghabh Peigi an t-altachadh air a socair agus thòisich iad ag ith.

— Tha girlfriend ùr aig Iain, thuirt Dòmhnall.

Uill, tapadh leats', smaoinich Iain, a' coimhead ri bhràthair.

— O? Cò?

Seo an seòrsa naidheachd a bha i ag iarraidh a chluinntinn. Cha deigheadh ogha neo dhà eile a dhìth.

— Cò i?

Bha seo a' còrdadh ri Dòmhnall.

— Ruiseanach a th' innte.

— O.

Sàmhchair.

— Barrachd buntàt? dh'fhaighnich i dhan dithis aca.

— Chan eil . . . tapadh leibh.

— Nuair a tha thu ag ràdh "Ruiseanach", dè tha thu ciallachadh dìreach? . . .

— 'S ann às an Ruis a tha i, thuirt Iain.

— Ceart.

Bha Dòmhnall a' faireachdainn gu faigheadh e mileage às a seo.

— Tha i ag obair air aon dha na cannery boats, nach eil, Iain?

— Tha.

— Tha i brèagha. Tha i a' coimhead . . . gu math Ruiseanach.

— A bheil Beurla aice?

Bha a thìde aig Iain e fhèin a dhìon.

— Tha, tha Beurla gu leòr aice. Tha i a' dol ga dèanamh san Oilthigh.

— O? Dè cho aost 's a tha i? Tha i òg, ma-thà? Chan eil clann aic', a bheil?

— Timcheall air fichead . . . Chan eil clann aice.

— Tha i brèagha, thuirt Dòmhnall a-rithist.

Spìon Peigi vegetable eile; chuir i air an truinnsear aice e. Seo an seòrsa rud nach robh a' còrdadh rithe. Cuckoo in the nest.

— Uill, chan eil thu ag iarraidh a bhith messing about cus,

gun fhios nach caill thu an teans le tè cheart.

Bha dòigh aice air rudan a ràdh.

— Chan eil mi 'messing about'. 'S caomh leam i.

— Ach chan urrainn dhi fuireach an seo, an urrainn? Agus chan urrainn dhuts' fuireach san Ruis. 'S mar sin . . .

— Cò aig' tha fios dè thachras?

— Uill . . . ach, Iain . . . Tha mi dìreach airson gum bi thu dòigheil, agus tha sin a' faireachdainn rudeigin complicated.

— Chan eil sinn ach a' cur rud beag tìde seachad còmhla.

— An ann air a' bhàta a tha i a' fuireach?

— 'S ann.

Bha i toilichte le seo.

— O, uill, tha sin duilich, chan fhaic thu na tha sin dhith, ma-thà: tha a' chlann-nighean sin gu math trang.

— Tòrr èisg. Smaoinich am fàileadh, thuirt Dòmhnall.

— Dhòmhnaill, dùin do chab, thuirt i. — Dè an t-ainm a th' oirr'? dh'fhaighnich i.

— Helena.

— Ainm snog a tha sin.

Bha seo a' toirt losgadh-bràghad air Iain. Carson as e esan a bha faighinn nan ceistean an àite Dhòmhnaill? Cha robh e fèar!

— A bheil am biadh all right? dh'fhaighnich Peigi.

— Math dha-rìribh, thuirt na balaich.

Bha iad ag ith airson treis gun chòmhradh.

— Bidh cùisean ceart gu leòr le Leanne, ge-tà, nach bi?

Dh'ith Dòmhnall pìos mòr feòla airson nach biodh aige ri càil a ràdh.

— Bidh e ceart gu leòr an dèidh dhi gluasad a-staigh a-rithist, thuirt Peigi.

— Tha teagamh agam am bi mise is i fhèin anns an taigh aig an aon àm.

— Uill . . . feumaidh a' chlann dachaigh – càit eile a bheil iad a' dol a dh'fhuireach? Feumaidh i gluasad air ais. Chan urrainn dhi do shadail a-mach air an t-sràid.

Chìte sùilean Dhòmhnaill air cùlaibh nan glainnichean.

— Tha na sunglasses sin cool, thuirt Iain.

— Reactolite Rapide, thuirt Dòmhnall. — Mar as motha grian a th' ann, 's ann as duirche a tha iad a' fàs.

— Tha sin gu math cool.

— Tha. Fuirichidh mi air bàta treis bheag mura bi cùisean rèidh.

— Air a' bhàta? Air a' bhàt'-iasgaich?

— Aidh.

— Chan urrainn dhut cadal air bàt'-iasgaich.

— Tha mi air cadal air a' bhàta ud mìle turas.

— Aidh, aig muir.

— Chan eil e gu bhith airson uabhasach fada.

— Carson nach fuirich thu an seo?

Bha e ag iarraidh a ràdh gun cuireadh e às a chiall e, ach cha tubhairt. Chùm e air ag ithe.

— Tha an t-acras ort an-diugh, thuirt Peigi.

— Tha. Bheil pioc feòla air fhàgail?

— Tha, gu leòr.

Bha Dòmhnall an dòchas gun stadadh na ceistean mu Leanne a-nis.

— Cuin a tha sibh a' dol a-mach a-rithist?

— Chan fhada. An ath sheachdain, Iain? Tha an t-iasgach math an-dràst, tha e coltach.

— Am bi sinn air ais ro Dhisathairn?

— Carson?

— Tha mi ag iarraidh a bhith air ais airson Disathairn.

— Ma thèid sinn a-mach a-màireach, faodaidh sinn tilleadh oidhche Haoine. Dè tha tachairt Disathairn?

— Tha mi a' dol a-mach.

— Còmhla ri Helena?

— Aidh.

— Tha e faireachdainn gu math serious, nach eil, Mam.

Cha robh e a' còrdadh ri Peigi fiù 's spòrs a dhèanamh air rud mar sin.

— Bidh a-màireach all right.

— Chì mi a bheil John D airson a dhol a-mach.

Cha mhòr nach robh iad deiseil dhan cuid bìdh. Cha tug iad fada ga ith. Lìon Dòmhnall na glainnichean fìon a-rithist. Mus canadh a mhàthair càil, thuirt e rithe gu robh e ceart gu leòr, bha e air ithe, b' urrainn dha tèile a ghabhail. Chlìoraig Iain na truinnsearan, Dòmhnall a' cagnadh cnàimh.

— 'S e aon de chlann-nighean an iasgaich a bha na do sheanmhair.

Stad Dòmhnall airson mionaid.

— Seo a-nis, Iain. History repeats itself, thuirt Dòmhnall.

— Bha i ag obair sa h-uile àite. Wick. Great Yarmouth. Steòrnabhagh. Bha iad cho luath. Chutadh iad sgadan a h-uile diog. Tha sin luath, nach eil?

Dh'aontaich na balaich. Ghabh iad am pudding aca, a-nis a' còmhradh air ais 's air adhart mu rudan eile. Chòrd seo rim màthair. An teaghlach còmhla. Mu dheireadh thall bha iad deiseil a dh'ith.

— A-màireach, ma-thà, Iain?

— Ceart gu leòr leams'.

— Cho math dhuinn rud beag airgid a dhèanamh fhad 's as urrainn dhuinn. Cuiridh mi fòn gu John D a dh'fhaicinn an dèan e a' chùis. Cuiridh mi fòn thugad a-nochd.

Pòg dha mhàthair agus siud e a-mach an doras. Cha robh Dòmhnall ag iarraidh a dhol dhachaigh. 'S mathaid gun deigheadh e cuairt.

Laigh Iain man cat air an t-sòfa. Bha tòrr rudan aige ri dhèanamh, an stuth aige a dhèanamh deiseil airson a dhol a-mach, aodach glan a shadail ann am baga. Ach an-dràst dh'fhuiricheadh e an seo. Cha dèanadh e càil. Agus bhiodh sin math.

11

Bha fios aig Dòmhnall gu robh e rud beag ro thràth airson a bhith ag òl. Ach bha e coma. 'S ann a dhèanadh e feum dha. 'S co-dhiù, cha ghabhadh e na bha sin. Bha e airson dràibheadh a dh'àiteigin air an fhionnairidh. Gu far an robh Leanne a' fuireach.

Bha e air trì a ghabhail aig taigh a mhàthar. Bha e faiceallach gan cunntadh. Co-dhiù, 's e dràibhear math a bh' ann an dèidh deoch neo dhà, cha do chuir e dragh air. Cha bhiodh na poilis timcheall, agus bhiodh na ròidean sàmhach.

Agus mar sin fhuair e e fhèin na sheasamh air taobh a-muigh taigh piuthar Leanne, ag èigheachd. Ag èigheachd air Leanne.

Bhuail e an doras a-rithist. Bha e air a bhith gu math modhail an toiseach, a' cleachdadh an door-knocker beag neònach a cheannaich an duine aice aon bhliadhna anns a' Phortagail. Bha fios aige gu robh iad a-staigh, ged nach robh duine a' freagairt. Gnog neo dhà eile, agus an uair sin thòisich an èigheachd. Dh'fhosgail an doras gu bras, Sandra na seasamh air a bheulaibh.

— 'S tu fhèin a th' ann, a Dhòmhnaill.

— Cà 'il Leanne? Carson nach robh thu a' freagairt?

— Bha mi cur na tè bige dhan leabaidh. Tha i na dùisg a-nis.

— Tha mi ag iarraidh bruidhinn ri Leanne.

— Chan eil i airson bruidhinn riuts' fhathast.

—Tha mi dol a bhruidhinn rithe ge b' oil leat.

— Feuch sin agus gheibh thu fraidheapan mu chùl a' chinn. Gabh air do shocair.

Dh'fhosgail aon dha na h-uinneagan. Leanne.

— Dhòmhnaill! Gabh air do shocair!

— Gabhaidh ma thig thusa sìos an seo a bhruidhinn rium.

Bha fios aice gun tachradh seo. — Fuirich an sin. Thèid mi sìos, thuirt i.

Chaidh Sandra air ais dhan taigh, a' fàgail an dorais fosgailte. Deàlradh tana orains bhon t-solas anns an lobaidh a' deàrrsadh dhan eadar-sholas. An ath mhionaid bha Leanne air a bheulaibh.

— Hi, thuirt Dòmhnall.

— Hi.

— 'G iarraidh a dhol cuairt?

— Aidh.

— A bheil Seumas agus . . .

— Tha iad nan cadal.

Choisich iad air an socair suas an staran. Cionnas a thòisicheadh iad?

— Litir bheag air a' bhòrd. Tha mi airidh air a sin, a bheil? thuirt Dòmhnall.

— Uill, an diabhal, tha aghaidh ort, an dèidh an rud a rinn thusa. Leanne geur, luath.

— Cha do rinn mise càil.

— Sguir dha do chuid bhreugan!

— Leanne, gabh air do shocair.

Bha Leanne feargach, a' feuchainn ri i fhèin a chumail rèidh.

— A' dèanamh òinseach dhìom air beulaibh a h-uile duine.

— Chan eil mi dol faisg oirr' a-nis.

Rinn Leanne gàire beag.

— O, mòran taing.

— Leanne, cha do thoill mi seo, falbh leis a' chloinn 's a h-uile càil. Gan cumail air falbh bhuam.

— Thoill thu. Bheil fios agad cò ris a bha e coltach a' ghreis ud? A' coimhead às do dhèidh. Mìosan. Ag obair airson rud beag airgid a dhèanamh. A' feuchainn ri do mhàthair a chumail toilichte. Tha e air a bhith dìreach diabhalt'. Agus an uair sin tha thu a' dèanamh seo . . .

— Cha robh . . . cha robh fios agam dè bha mi a' dèanamh. Chan eil cùisean air a bhith a' dol . . .

— Chan eil leisgeul agad a-nis.

Ruith Dòmhnall a làmh thairis air aghaidh. Dà latha de dh'fheusaig. A shùilean dearg.

— Robh thu ag òl? dh'fhaighnich i.

— Rud beag.

— Bha dùil agam nach robh thu a' dol a dh'òl tuilleadh.

— Chan eil mi.

Choisich iad treis eile. An còmhradh a' dol timcheall is timcheall . . .

— Tha mi ag iarraidh ort a thighinn air ais.

Bha Leanne sàmhach nuair a thuirt e sin. Dh'fhairich i pian ag èisteachd ri na facail. Bha pàirt dhith ag iarraidh sin a dhèanamh. Pàirt eile dhith a bha cho feargach ris an diabhal.

— Nach tig thu air ais, agus faodaidh sinn an uair sin ar tìde a ghabhail a' còmhradh air rudan.

— Bha dùil agam gu robh cùisean a' fàs na b' fheàrr, thuirt Leanne.

— Bha. Tha iad.

— Chan eil mi cho cinnteach.

Stad i. Seo cho fad' 's a dheigheadh e.

— Feumaidh mi barrachd tìde, smaoineachadh air.

— Nach eil gu leòr tìde air a bhith agad? Cò mu dheidhinn eile a dh'fheumas tu smaoineachadh?

— A bheil sinn a' dol a dh'fhuireach còmhla neo nach eil.

Dh'fhairich Dòmhnall snaidhm na stamag.

— Na can sin, Leanne.

— Carson? Nach eil fhios agad mar a tha thu air mo ghoirteachadh?

— Ach chan e càil serious a bh' ann.

— 'S e! 'S e rud serious a bh' ann! Cionnas a b' urrainn dhut seo a dhèanamh orm!

Bha deòirean a' tòiseachadh na sùilean.

— Tha mi duilich. All right, Leanne. Tha mi duilich.

Bha Leanne cho troimh-a-chèile 's nach b' urrainn dhi bruidhinn ceart.

— Am faod mi a' chlann fhaicinn co-dhiù? dh'fhaighnich Dòmhnall.

— Faodaidh tu am faicinn turas neo dhà san t-seachdain an dèidh na sgoile.

— Dè? Cuin? Turas neo dhà? Leanne . . .

— Chan eil mi airson arrangements a dhèanamh an-dràst, a Dhòmhnaill.

— Carson nach eil?

— A Dhòmhnaill . . .

— Agus dè cho fad' 's a tha an carry-on seo a' dol a sheasamh? thuirt e.

— Cho fad' 's a tha mi ag iarraidh.

— Dhuine bhochd, Leanne . . . dìreach . . . thig air ais dhachaigh. Chan urrainn dhomh bhith beò às d' aonais. Tha seo gòrach. Gheibh sinn thairis air. Nì mi rud sam bith.

Bha iad faisg air an taigh. Bha aon deur a' ruith sìos a gruaidh, sàl teth. An ciont ga ithe. Dòmhnall a' bruidhinn, a' feuchainn ri toirt air Leanne a beachd atharrachadh.

— Chan atharraich. Tha e nas fheàrr mura bi sinn còmhla an-dràst.

Bha aig Dòmhnall ri suidhe. A cheann na làmhan. Dh'fhairich e deòirean blàth a' ruith sìos aghaidh.

— Mas e sin a tha thu ag iarraidh.

— 'S e.

Dh'fheuch e ri stad a chur air an rànail.

— Bhiodh e na b' fheàrr nam biodh an taigh agads', ma-thà. Rud beag stability a thoirt dhan chloinn.

Sheall Leanne air, amharas oirr'.

— Cà 'n tèid thusa?

— Gu taigh mo mhàthar. Neo am bàta.

— Uill, ceart gu leòr. Bhiodh e na b' fheàrr dhan chloinn.

— Ok.

Shuidh Dòmhnall air an starsaich airson treis. Bha seo goirt.

Nas miosa na càil eile. Bha an oidhche a-nis a' fàs dorch. Blàths an taighe, an solas anns na h-uinneagan.

Dh'atharraicheadh i a beachd. Dhèanadh e cinnteach às. Ach dh'fheumadh e gabhail air a shocair an-dràst.

— Tha mi a' fàs rud beag fuar, thuirt Leanne.

— Am faod mi bruidhinn riut treiseag eile?

— Uaireigin eile, 's mathaid.

Dòmhnall briste. Agus an uair sin, pòg bheag air a ghruaidh bho Leanne. Doras fuar a' chàir. Chunnaic e i a' dol a-steach, le smèid bheag. Agus an ath mhionaid cha robh sgeul oirre. Thionndaidh e suids a' chàir, ag iarraidh falbh às an àite ud. Bha e ag iarraidh faighinn dhachaigh. An telebhisean a chur air. Bha e ag iarraidh fuaim timcheall air. Bha e airson an càr a dhràibheadh dìreach a-steach a bhalla agus a' windscreen fhaireachdainn a' briseadh timcheall air a cheann agus a' falbh leis a' phian. Bha e ag iarraidh a bhith ann an àite eile. Ach cha robh fhios aige cionnas a dhèanadh e sin.

Srianag thiugh solais a' chàir. Sheall Leanne air an taigh-sholais bheag a' tionndadh agus an uair sin a' falbh. Dh'fhairich i uallach. Shuidh i agus thòisich i a' rànail.

* * *

Siud am baile.

Faileas an talaimh dhuibh, agus conntraigh air an uisge. Tha an èadhar fuar, a' cur dragh air an uisge, agus chì thu boillsgeadh beag de gheal an-dràst 's a-rithist air a' mhuir. Tha am bàta a' fàgail a' chidhe, dìosgail nan taidhrichean a shàbhaileas a cliathaich bhon choncrait. Fàileadh an diesel. Na daoine air a' bhàta ag obair, lùbte, a' dèanamh deiseil, a' cur ròpaichean an òrdugh, a' stobhaigeadh biadh, a' dèanamh cupan teatha teth, milis.

Agus an uair sin tha am bàta a' dol a-mach leis an tràigh, seachad air na putan, seachad air faileas dorch a' chladaich, agus a-mach gu far a bheil a' mhuir ag atharrachadh. Chì thu a-nise striop bheag dhearg air fàire, agus tha pàtrain anns an adhar, na sgòthan, agus chì thu a' mhuir a' gluasad. Chan eil iad buileach a-muigh aig muir fhathast, ach tha robhla ann, an t-adhar liath man gunna. Trì uairean a thìde gan cuideachadh, a' mhuir a' tràghadh. Bàtaichean eile a-nis cuideachd. An t-suaile cho mòr a-nis is nach eil iad a' faicinn nan dotagan eile seo nuair a tha iad anns an amar.

Agus tha an latha an seo. Na daoine air bòrd a' faighinn rids dhan chadal. Tha an coire air a-rithist, an-còmhnaidh a' goil an uisge ruaidh charamail air an stòbh chritheanach. Leabhraichean. A h-uile càil na àite. Copanan agus truinnsearan. Sròin àrd a' bhàta man currach seann mhanaich, air a còmhdach, na cliath-aichean striopach aice gu math maol an-diugh. Chan eil an solas a' buiceil bhon uisge. Tha an t-adhar trom. Tha an dearg air falbh. Tha an latha an seo. Chan fhada gus an tòisich an obair. An obair chruaidh. Seallaidh iad ri na h-ionnsramaidean. Bruidhnidh iad air an àite as fheàrr. Caidlidh iad tiorna mu seach.

Dòmhnall. Iain. John D.

Dòmhnall. A shùilean mar ghealach chruinn. Chan eil e air a nighe fhèin neo air seubh fhaighinn. Chan eil e ag ràdh mòran. Tha John D sàmhach cuideachd. Chan eil Iain dèidheil air a bhith ag èirigh madainnean tràth. Chan eil e na sheòladair cho math ris an dithis eile. Tha e a' faireachdainn rud beag tinn; bidh sin a' tachairt dha nuair a dh'fhàgas iad tràth anns a' mhadainn.

A' coimhead ri charts agus sgrìobhadh beag. Robhla a' bhàta. Fàileadh an diesel mun ith iad càil.

Chan eil duine a' faighneachd dha Dòmhnall dè tha ceàrr. Tha fios aca. Tha a thrioblaidean fhèin aig John D cuideachd. Tha e ag iarraidh dioghaltas. Tha seo ga ithe, agus chan eil e ag iarraidh a bhith air bàta airson còig latha, gu h-àraidh nuair a tha rudan rin dèanamh aig an taigh.

Chan eil Iain a' smaoineachadh air mòran. Uaireannan smaoinichidh e air Helena. Carson a tha e a' smaoineachadh oirre uiread nuair nach aithnich e i? An e gu bheil e cho dèidheil oirr', neo an ann air an ìomhaigh aice a tha e dèidheil?

Agus obraichidh iad, gun smaoineachadh. Sin an t-adhbhar a tha iad ann. Tha iad a' ruighinn àite math, nam beachd-san. Tha iad fada air falbh bho thìr, rud a tha a' còrdadh riutha a-nis. Tha iad a' dìochuimhneachadh nan trioblaidean aca rud beag. Chan eil càil ann ach an clàr beag air a bheil iad, a h-uile càil a' gluasad timcheall orra. Seall air na sgòthan, èist ris a' forecast, a' ghaoth a' tionndadh, a' cur oilisginean orra, agus gan toirt dhiubh.

Tha iad trang ag obair. An druma mòr a' gluasad, an lìon a' dol sìos. Faoileagan gan cuairteachadh. A' coimhead orra. Tha gu leòr deigh anns an toll airson na ghlacas iad a chumail gus am faigh iad dhachaigh. Na h-èisg air an sonar, cuibhle mhòr dholairean. An lìon a' tighinn suas: tha e làn. Tha iomadach seòrsa èisg ann, ach chan eil iadsan ag iarraidh ach rionnach, agus sadaidh iad gu leòr air ais. Agus 's e seo a bhios iad a' dèanamh, latha an dèidh latha.

Chan eil iad a' dèanamh mòran bruidhinn air an turas seo. Chan eil Dòmhnall a' faireachdainn uabhasach dòigheil. Feumaidh tu air pìos fiodh de mheudachd a' bhàta seo daoine fhàgail nan aonar mas e sin a tha iad ag iarraidh. Tha e a' smaoineachadh air Leanne fad na h-ùine. Tha e diabhalt nuair a tha cuideigin eile nad cheann. Gun càil as urrainn dhut a dhèanamh mu dheidhinn. Bha e a' smaoineachadh gum biodh an turas seo math dha, agus uaireannan, nuair a tha e trang ag obair, 's e faochadh a th' ann nach eil aige ri smaoineachadh mu deidhinn. Ach an ath mhionaid thig smaoin thuige a tha ga fhàgail trom. Tha e ag obair nas cruaidhe 's nas cruaidhe.

Bha banais gu bhith ann air an deireadh-sheachdain. Ann an àite ris an cante Sgùrr Mòr; bha dannsaichean mìorbhaileach ann daonnan. Bha a' choimhearsnachd a bh' ann gu math annasach, 's e àite inntinneach a bh' ann. Hangover bho na Trì Ficheadan. Triùir hippies a chaidh ann an toiseach.

Beag air bheag lìon toll a' bhàta. Agus mu dheireadh thall dh'aontaich iad gum bu chòir dhaibh a dhol dhachaigh. Stobhaig iad a h-uile càil airson na slighe air ais, am forecast math. Cha toireadh e fada stiomaigeadh dhachaigh; bhiodh iad aig an taigh tràth madainn Dihaoine. Bàtaichean gu leòr a' dèanamh an slighe dhachaigh, suas am bàgh, na faoileagan faisg air an cùlaibh.

Thug iad an t-iasg chun na fishmart, chaidh a chothromachadh, a chur ann am bucais, a reic. Bha tòrr dha na bàtaichean Ruiseanach a' coimhead às dèidh a' chatch aca fhèin, bhiodh iad ga ghiullachd air a' bhàta, agus e a' falbh air na bàtaichean a dheigheadh air ais 's air adhart eadar am baile agus an Ruis. Bha e eadar-dhealaichte dha na bàtaichean às an àite fhèin. An souk dorch làn fuaim bucais phlastaig air an làr, daoine ag èigheach òrdughan, fàileadh airgid san èadhar. Na làraidhean mòra deiseil airson an turais fhada.

Agus chaidh na balaich dhachaigh. Bhruidhinn iad mun an ath thuras a choinnicheadh iad, ciamar a gheibheadh iad chun na bainnse. Cò bhiodh ann.

Bha Dòmhnall air a bhith dèanamh tòrr smaoineachaidh mu dheidhinn a bhith air ais sa bhaile. Càit am fuiricheadh e nuair a thilleadh e? Bhiodh Leanne air gluasad air ais dhan taigh gu ruige seo. Cha robh e airson fuireach air a' bhàta an oidhche sin co-dhiù. Dheigheadh e gu taigh a mhàthar, gheibheadh e biadh teth na bhroinn. Sheasadh e fo abhainn theth a' shower agus dh'fhaodadh an t-uisge faighinn cuidhteas an obair agus an salchar. Chaidleadh iad uile, gun robhla a' cur dragh orra, gun na h-uilinnean aca a bhith steigt' ann an còrnairean neònach airson an cumail rèidh. Chaidleadh iad.

12

Chaidh Iain dhan leabaidh cho luath 's a fhuair e dhachaigh; bha e ann an neul an còrr dhan latha. Bha e ro sgìth airson fuireach na dhùisg, ach bha e airson faighinn an routine aige a dhol cho luath 's a b' urrainn dha. An jetlag neònach seo. Chùm e air falbh bho bhràthair, a bha a' fuireach còmhla riutha. Bha e man cù beag, mì-thoilichte, deònach gu leòr cuideigin a bhìdeadh nan tigeadh iad faisg. Cha b' urrainn dha Iain a bhith air a bhodraigeadh leis. Agus bha e ag iarraidh a bhith ann an sunnd math airson an ath latha.

Disathairn tràth. An t-adhar tràth gorm. Tha e ag èirigh. A' gabhail seubh faiceallach agus a' cur air an aodaich as fheàrr a th' aige. Tha an càr aige air iasad bho Dhòmhnall: bha e fiù 's air rud beag sgioblachaidh a dhèanamh air an latha roimhe sin. Ruith e a' Hoover timcheall air, wash beag, agus cheannaich e rud sna bùithtean airson gum biodh fàileadh snog bhuaithe. Cha mhòr nach do chuir e seachad barrachd tìde air a' chàr na air fhèin.

Agus 's ann a fhuair e e fhèin na sheasamh air a' chidhe, an dòchas gun nochdadh Helena. An robh e soilleir gu leòr dè an Disathairn a bha iad a' ciallachadh? Dè 'n uair? Bha e ga chur fhèin tuathal.

Bha Iain a' coimhead feadhainn dha na supply boats bheaga a bh' aig na Ruiseanaich a' dol air ais 's air adhart. Làn gu sgogadh le bagaichean de rus, measan agus lusan, a h-uile càil a dh'iarraidh duine. Agus an uair sin chunnaic e i a' tighinn bho bhàta aig ceann eile a' chidhe. Bha froga aotrom samhraidh oirre, geal le pàtran fhlùraichean. Ghabh i ceumannan faiceallach, a' coimhead timcheall air a shon. Rinn e gàire nuair a chunnaic e i.

— Thàinig thu, thuirt i.

— Nach eil fhios agad gun tàinig, thuirt Iain, ged nach robh fhios agam an robh thusa a' dol a thighinn . . .

— Uill, cha robh mi cho cinnteach . . .

Thug i dha pòg bheag, a' gàireachdainn.

— Tha càr agam, thuirt Iain. — Bha mi smaoineachadh gur dòcha gum b' urrainn dhuinn a dhol airson spin bheag suas an costa. Tha tràighean snog ann agus dh'fhaodadh sinn picnic beag fhaighinn. Ach ma tha thu airson rudeigin eile a dhèanamh . . . bhiodh sin ceart gu leòr . . .

— Chan eil – bhiodh sin math. Tha mi air a bhith coimhead air adhart ris fad seachdain.

— A bheil?

— Tha!

Bha iad rud beag diùid le chèile an toiseach; cha robh iad buileach cinnteach dè bu chòir dhaibh a bhith dèanamh. Cha robh iad air a chèile fhaicinn airson treiseag. Cha robh iad cinnteach am bu chòir dhaibh pòg cheart a thoirt dha chèile neo dè.

Bha baga beag aice a thog Iain, agus rinn iad an slighe chun a' chàir. Chùm i grèim air a ghàirdean fhad 's a bha iad a' coiseachd.

— Tha mi duilich mun rud a thachair an oidhche eile, air taobh a-muigh an talla, thuirt Iain.

— Bha e rudeigin neònach. Chan eil fhios agam cò mu dheidhinn a bha e.

Chuir Iain am baga beag aice dhan t-seata-chùil agus dh'fhosgail e an doras dhi bhon taobh a-staigh.

— Dè th' anns a' bhaga? Tha e trom.

— Rudan girly.

Shuidh i ri thaobh, a' tarraing an fhroga aice sìos rud beag.

— Daoine ag òl cus, 's mathaid.

— An robh thu eòlach orra?

— Um . . . bha . . . am balach a bha a' sabaid . . . dh'fheuch mo bhràthair ri stad a chur air. Bha am balach – bha a phiuthar air a goirteachadh gu dona le . . . fear bho aon dha na bàtaichean.

— Bàta Ruiseanach?

— Seadh.

— O. Tha sin uabhasach. A bheil i ceart gu leòr?

— Tha i air ais aig an taigh a-nis. Tha i gu bhith ceart gu leòr, tha mi smaoineachadh.

Ghluais Helena rud beag anns an t-suidheachan aice.

— Tha thu ag innse na sgeulachd gu lèir dhomh, a bheil?

— Uill, 's e 'working girl' a bh' innt'. Tha mi creids gur e obair chunnartach a tha sin.

— Working girl?

— Bidh i a' dol dhan leabaidh còmhla ri daoine airson airgid.

— Hm, thuirt Helena. Tha mi cinnteach nach e obair shnog a th' ann, ach chan eil i airidh air a sin.

— Dha-rìribh.

— Tha fir neònach, nach eil? Carson a bhios iad a' dèanamh sin? A' pàigheadh chlann-nighean. Cha thuig mi a-chaoidh e.

— Tha mi creids gu bheil feadhainn dhiubh aonaranach, 's mathaid.

— Hm . . . chan fhaic thu boireannaich a' dèanamh an aon rud, agus bidh a cheart uiread dhiùbhsan aonaranach.

Cha b' e seo an seòrsa còmhraidh a bha e ag iarraidh. Bha e ag iarraidh rudeigin na bu romantic. 'S mathaid nam faigheadh iad air falbh bhon chidhe gun tòisicheadh an romance. Chuir e an t-einnsean gu dol.

— Robh seachdain ceart gu leòr agad?

— Bha!

Bha i excited mu dheidhinn rudeigin. Bha i ag iarraidh rudeigin innse dha.

— Dè rinn thu?

— Bha e cho exciting! Air oidhche Haoine bha sinn deiseil a dh'obair agus chuala sinn fuaim mòr a-muigh, daoine ag èigheachd. Ruith mi suas chun an deic airson faicinn dè bh' ann. O, bha e mìorbhaileach!

— Dè bh' ann?

— Bha bàta beag ri ar taobh, agus air a' bhàta bha string quartet a' cluich, agus a h-uile duine le deiseachan orra agus bow-ties, agus chluich iad composers Ruiseanach! Chluich iad Shostakovich. Agus an uair sin rud beag Rachmaninov. Bha e dìreach sgoinneil. Agus an uair sin, an dèidh dhaibh crìochnachadh, shad sinn flùraichean thuca agus . . . fhios agad . . . rud beag de bhualadh bhoisean modhail mar a gheibheadh tu aig cuirm-chiùil chlasaigeach, agus a-mach à seo leotha gu bàta eile a chluich dhaibhsan. Bha e math dha-rìribh.

— Tha sin a' faireachdainn math.

Rinn Helena gàire beag.

— Tha! Agus bha mi ann an deagh fhonn an còrr dhan t-seachdain. Agus a-nis an triop seo leatsa – tha mi smaoineachadh gur e seo an t-seachdain as fheàrr a bh' agam airson ùine mhòir, mhòir.

Bha e a' còrdadh ris a bhith ga coimhead cho toilichte. Bha i toilichte a bhith bhon bàta ud.

— Seòclaid? thuirt e.

— Please! O, tha mi air a bhith coimhead air adhart ri seo, thuirt Helena a-rithist. — Tapadh leat.

Thug i pòg cheart dha agus sheatlaig i na suidheachan. Bhris i pìos beag seòclaid bhon bhàr mhòr.

Bha an rathad gu math sàmhach a-mach às a' bhaile. Lean na beanntan an rathad suas chun a' chosta, agus air fàire uaireannan mòinteach fhada. Flùraichean buidhe, rudhadh purpaidh dìreach a' bàsachadh.

Cha robh Helena cleachdte ri farsaingeachd mar seo; bha a sùilean a' gabhail a h-uile càil a-steach. Rinn i osna turas neo dhà an dèidh tighinn timcheall còrnair agus sealladh mòr farsaing air am beulaibh. Chanadh i facail bheaga rithe fhèin ann an Ruisis.

Stad iad an càr ann an àite air leth brèagha.

— Dè do bheachd?

— 'S e dùthaich bhrèagha a th' ann.

— Cho brèagha ris an Ruis?

— Uill, tha an Ruis uabhasach, uabhasach mòr, agus mar sin chan urrainn dhomh a ràdh. Ach . . . tha e ga mo dhèanamh rud beag brònach.

— Carson?

— Uill. Tha e duilich an dèidh a bhith ann an àite mar seo a dhol air ais chun a' bhàta. Tha e brèagha, ach . . . bidh e duilich tilleadh a dh'obair . . .

— Uill, faodaidh sinn coinneachadh cho tric 's a tha thu ag iarraidh.

Sheall i a-mach air an uinneig, a' smaoineachadh.

— Ach dè thachras?

— Dè tha thu ciallachadh? thuirt Iain.

— Dè thachras? 'S caomh leam thu ach . . . chan fhada gu feum mise a dhol dhachaigh, agus bidh e seachad. Agus ma chumas seo a' dol, thèid mo ghoirteachadh.

— 'S mathaid nach bi e seachad.

— Tha rud mìorbhaileach agad na do phòcaid a leigeas dhuinn a bhith còmhla?

— Chan eil, ach . . .

— Uill, 's mathaid gu bheil seo rud beag gòrach, ma-thà, ged a tha e a' còrdadh rinn. 'S mathaid gum bu chòir dhuinn rudan fhàgail mar a tha iad.

Dh'fhosgail Iain an uinneag: bha an èadhar blàth, ach blas a' gheamhraidh ann.

— 'S mathaid gum bu chòir dhuinn faicinn dè thachras. Neo fiù 's dìreach rud beag tìde a chur seachad còmhla. Bhithinn duilich mura b' urrainn dhomh d' fhaicinn a-rithist, thuirt Iain.

— Uill . . . chì sinn, thuirt i. — Ach tha fios agad gun tig an latha, gu feum mi tilleadh dhan Ruis.

— Tha.

— Uill . . . faodaidh latha math a bhith againn an-diugh co-dhiù.

— Faodaidh.

Stad iad a chòmhradh airson treis, a' coimhead ris an t-sealladh air am beulaibh. Bha e cho brèagha 's a ghabhadh. Na sgòthan mòra a' gluasad os cionn loch mara, creagan àrd air gach taobh. Air fàire chitheadh tu cròileagan de dh'eileanan beaga, trì còmhla, leathad àrd. Fàinne de chop geal timcheall orra. Ìne bheag de ghainmhich.

— Tha a' mhuir a' coimhead rudeigin dona a-muigh an sin an-diugh, thuirt Helena.

Ghabh Iain grèim air a làimh; shuidh Helena air a bheulaibh, a ghàirdeanan timcheall oirre. A corp bog mar sgàile dha chorp-san. Chùm e grèim teann oirre.

— Sin na Fir Ghorma.

— Dè tha sin?

— Seòrsa de bhiastan air choreigin . . . chan eil fhios agam . . . Co-dhiù, 's e an coire-san gu bheil sruth cho dona a-muigh an sin. Agus mas e droch sheòladair a th' annad, falbhaidh iad leat.

— Chan eil sin cho math.

— Chan eil. Tha aon sgeulachd ann mu dheidhinn fear. Ailean Donn. Bha e a' dol a phòsadh tè, Anna Chaimbeul. Ach air an t-slighe chun na bainnse chaidh a bhàthadh. A h-uile latha às dèidh sin choisich Anna a' feuchainn ri a chorp fhaighinn, shìos aig an tràigh, a cridhe briste. Bhàsaich i treiseag an dèidh sin le cridhe briste – agus pneumonia, chanainn-s' – agus nuair a bha iad a' giùlain an dust air bàta, thòisich stoirm uabhasach, agus chaidh a' chiste a-mach air a' chliathaich. Treis an dèidh sin chaidh an dithis aca fhaighinn nan laighe còmhla air an eilean sin . . . ga fhaicinn? Dh'fhàg a' mhuir iad mar sin. Agus chaidh an dithis aca a thiodhlaiceadh air an eilean sin, agus tha craobh a-nis far a bheil an uaigh.

Thionndaidh Helena ris. — Sgeulachd gu math romantic a tha sin, thuirt i.

— Agus na Fir Ghorma . . . uill, 's iadsan a dh'adhbhraich a h-uile càil. Ailean bochd.

— O, uill, thuirt Helena. — Sgeulachd bhrònach.

Shuidh iad còmhla a' coimhead nan eileanan beag air fàire, blàths a cuirp a' ruith troimhe.

13

Air an fhionnairidh, mìle neo dhà gu tuath air far an do stad Iain agus Helena, bha Jock a' feitheamh, a' feuchainn ri e fhèin a chumail blàth.

Bha e air a bhith feitheamh airson uairean mòra a thìde, agus cha b' fhada gu fàsadh e dorch. Cha robh e buileach cinnteach cuin a bha na daoine a' nochdadh. Cha robh iad air am fiosrachadh mionaideach gu lèir a thoirt dha. Bu lugha air a bhith ag obair le daoine mar seo.

Bha e a' feitheamh ann an geodha beag, bàgh air a chuairteachadh le eileanan agus sgeirean a bha ag atharrachadh leis an t-sruth. Bha e fosgailte ri suaile mhòr a' Chuain Sgìth, agus le tòrr chaolas bha am muir a' ruith luath agus cunnartach ann an àiteachan. Sheall Jock ris a' mhuir. Bha a' ghaoth an aghaidh an t-sruth. Bha fios aig a h-uile duine gu robh muir garbh anns an àite ud. Cha robh Jock a' coimhead air adhart ri dhol a-mach ann idir, idir.

Ach sin a dh'fheumadh e a dhèanamh. Bha e an dòchas nach tachradh an aon rud dhàsan 's a thachair dha iomadach bàta eile a chaidh air na creagan anns an àite seo. Cha b' e bàta dona a bh' anns an RIB a fhuair Hector dha. Ach cha robh e cho cinnteach à bàta mar sin anns an t-seòrsa mara seo, le cargu.

Bha Jock a' faireachdainn lag a' smaoineachadh air. Thionndaidh e suids na bhan airson an teas a chur a dhol a-rithist: bha e dìreach ag iarraidh rudeigin a dhèanadh e. Bu chòir dha a bhith anns an RIB a' feitheamh, a' feitheamh a-muigh air a' bhàta airson a' bhàta eile, ach bha e dìreach ro chunnartach a bhith a-muigh air a' mhuir. Bha suailichean a' briseadh air sgeirean eagarra air aon taobh, agus air an taobh eile suaile mhòr.

Bha e a' faighinn deagh phàigheadh airson seo. Deich mìle nota. Deagh chosnadh airson latha neo dhà de dh'obair. Bha Hector air a ràdh gu robh a h-uile càil an òrdugh. Nach deigheadh càil ceàrr. Dh'fheumadh e dìreach rendezvous a dhèanamh leis a' bhàt'-iasgaich. Cha tuirt Hector ris cò bhiodh air a' bhàta ach bha fios aige, bhon aithris a rinn e ris, gum b' e bàta Shergei a bh' ann.

'S e 'need to know' a bh' ann, thuirt Hector. Chuireadh duine earbsa ann a Hector, ach fhathast cha robh Jock a' faireachdainn cho math mu dheidhinn seo. Bha rud beag cus an seo dha. Agus bha e a' faireachdainn gu robh cus cumhachd aig Hector: bha e na phòcaid. An-dràst 's a-rithist bha e airson am fòn a thogail, ach an ath mhionaid bha e a' smaoineachadh ris fhèin gum biodh an t-airgead math; chuidicheadh e e gus faighinn gu a cheann-uidhe na bu luaithe. Jock's Pizzas.

Leum a chridhe nuair a sheirm am fòn a' chiad uair. Air ais

's air adhart, gus bho dheireadh thall gun do chuir e roimhe gu robh e a' dol a dhol ga dhèanamh. Cha robh e eòlach air na ceanglaichean anns an t-slabhraidh de dhaoine a bha os a chionn. Ann an dòigh, 's e rud math a bha sin, gun fhios nach deigheadh rudeigin ceàrr. Nan deigheadh rudeigin ceàrr . . . bha e ag iarraidh falach anns a' ghlove compartment a' smaoineachadh air. Cha bhiodh daoine às a dhèidh nan deigheadh, ge-tà – sin aon rud.

Bha e neònach, ge-tà, mar a bha thu a' cur earbsa ann an daoine, uaireannan gun a bhith eòlach orra ann an dòigh sam bith. Air neo mar a thòisicheadh tu air rud agus gun fhios agad ciamar a chuireadh tu stad air; bha na bha an dàn dhut a' dol a thachairt. Ach cha robh na smaointean seo a' tighinn gu Jock ann an dòigh choileanta idir; bha iad dìreach a' toirt dha faireachdainnean neònach coltach ri losgadh-bràghad, àiteigin faisg air a' mhoral centre aige.

'S e rud eile a bha a' cur dragh air an danns a chall ann an Sgùrr Mòr. 'S mathaid gun dèanadh e a' chùis air a dhol ann na b' anmoiche, smaoinich e. An dèidh dhan hassle seo a bhith seachad.

Bha an solas a' falbh, na dathan a' leaghadh, nuair a chunnaic e an rud a bha e a' feitheamh. Loidhne làidir na suaile-toisich aice agus an-dràst 's a-rithist i a' dol à sealladh eadar na suailichean. Bha na suailichean uaireannan a' briseadh, balla geal a' ruith air a beulaibh. Cha robh Jock cho math aig muir. Chuir e air a sheacaid agus dh'fhàg e a' bhan. Seacaid-teasairginn. Ad bhlàth. Na teirg gu muir a-chaoidh às aonais ad bhlàth, smaoinich e.

Bha e duilich an RIB fhaighinn dhan uisge na aonar. Agus carson, smaoinich e, a fhuair iad bàta orains dha. Chitheadh duine sam bith a bha faisg e. Smaoinich e air a mhàthair a' tighinn timcheall a' chòrnair, ga fhaighinn an sin. Chuir e sin às inntinn. Chleachd e a bhith tighinn an seo tric gu leòr le athair airson rud beag iasgaich a dhèanamh, rud beag creagaich. Bha e ag ionndrain sin.

A' smaoineachadh air an airgead na làimh. Dè dhèanadh e leis uile? Sguireadh e a ruith a-mach gu bàtaichean Ruiseanach. Sin a chùm a' dol e, e a' dèanamh a shlighe a-mach tro na suailichean bristeach. Bha iad dona faisg air a' chladach, am bàta a' leumadaich agus an geal a' ruith foidhpe. Thug Jock rud beag throttle dhi nuair a bha e smaoineachadh gu robh e iomchaidh. Mar a b' fhaide mach a fhuair e, 's ann bu mheasgaichte a bha na suailichean, a' tighinn bho gach taobh. Bha Jock ga chac fhèin.

Bha am bàt'-iasgaich a-nis faisg. Bha i mòr; bha e eòlach gu leòr orra bho bhith dol a-mach thuice anns a' chala. Choimhead e suas an cladach. Cha robh sgeul air bàta sam bith eile, gu h-àraidh tè liath nan Customs & Excise. Bha e eòlach air Customs & Excise. Bha barrachd cumhachd aca na bha aig na poilis. Bha seachdain bho thuirt e ri Hector gun dèanadh e an obair, agus bha e air a bhith coimhead tarsainn air a ghualainn bhon àm sin. Chitheadh e aghaidhean dhaoine a bha e a' smaoineachadh a bha e ag aithneachadh. Turas neo dhà bha e air rudeigin a ràdh, ach 's e luchd-turais a bh' annta, bha e cinnteach. Bhruidhneadh e ri daoine nach fhac' e a-riamh, a' faighneachd dhaibh dè a bha iad a' dèanamh anns a' bhaile. A' coimhead airson obair? Ann an November? Dhèanadh e gàire. Nuair a bhiodh e a' dràibheadh a dhiofar àiteachan, bhiodh e cinnteach gu robh càr air a chùlaibh. Stadadh e ann an siding agus dh'fhuiricheadh e airson càr a dhol seachad, ghabhadh e na ròidean cùil, dheigheadh e slaodach.

Smaoinich e gu robh e ga chall fhèin rud beag. An rud air nach robh fios aige, 's e nam biodh an Customs & Excise an dèidh duine gum biodh iad ag atharrachadh an càr gu math tric. Agus bha deagh eòlas aca air Jock a-nis.

Bha Frank London ga h-àraidh lugh air Jock. Cha robh fhios aige carson. Cha robh fios aig duine fiù 's an robh e ag obair dhan taobh eile. Ach dhearbh e e nuair a chual' e gum bruidhneadh e Ruisis. Bha e an-còmhnaidh a' feitheamh airson London, a' sùileachadh gun nochdadh e. Le snorkel agus fins anns an uisge. Ann an cùlaibh a' chàir aige. Bhiodh e anns an adhar le hang-glider is 'Customs & Excise' sgrìobhte air a cliathaich. Bha London a' nochdadh anns na bruadaran aige. Bhiodh daoine às a dhèidh anns na bruadaran sin. Còtaichean purpaidh orra agus iad a' seinn.

Bha suailichean a' tighinn a-steach dhan bhàta. Bha am bàt'-iasgaich coltach ri spaceship mhòr dhathach, tunnag bheag phlastaig a' plobadaich suas agus sìos. Chunnaic e daoine air deic. Tòrr gluasaid air bòrd. An e siud Sergei a chunnaic e?

Bha fios aig Jock gu robh tòrr dhrogaichean a' tighinn dhan dùthaich mar seo. Uaireannan gheibheadh daoine bèilichean air na tràighean, an dèidh dha rudeigin a dhol ceàrr. Seo crìoch an rathaid a thòisicheadh ann an Afganastan, uaireannan ann an Colombia. Agus siud e fhèin. Jock. An lynchpin.

Bha e faisg a-nis, ann am fasgadh a' bhàta mhòir airson faighinn a-mach às a' ghaoith rud beag. Chunnaic e aghaidh Shergei, e ag èigheachd, a' faighneachd dè man a bha e. Bha a h-uile càil a' tachairt gu math luath a-nis. Shad iad sìos a' chiad bhèile, landaig e le fuaim trom am broinn an RIB. Cha robh seo idir a' còrdadh ri Jock. Cha tuirt duine ris gum biodh iad a' sadail bhèilichean dhan bhàta bheag rubair aige. Fear eile. Agus an uair sin fear eile. Ach cha do ràinig am fear mu dheireadh an targaid agus thuit e dhan uisge.

— Dè an diabhal a tha thu dèanamh? dh'èigh Jock.

— Tha am muir ro dhona! dh'èigh an duine air ais.

Bha e gu math duilich dha Jock am bàta a làimhseachadh, ach dh'fheuch e ri a shlighe a dhèanamh a-null gu far an robh am bèile, trom le uisge a-nis. Ach cha b' urrainn dha an dà rud a dhèanamh, am bàta a stiùireadh agus a' bhotag a chleachdadh. Bha i cho trom 's nach b' urrainn dha a làimhseachadh.

— Fàg e! dh'èigh an duine.

Cha robh Jock idir cinnteach gum bu chòir dha sin a dhèanamh. Dheigheadh Hector às a chiall. Ach an uair sin dh'fhairich e gluasad neònach, suaile mhòr, agus cha mhòr nach do rinn am bàta beag car a' mhuiltein, agus smaoinich Jock, Taigh na bidse, mach à seo! Cha robh e tuigsinn cionnas a chaidh iad ceàrr. Ach cha d' fhuair iad fiù 's faisg air leis an fhear mu dheireadh. Rudeigin neònach.

Smèid an duine, am bàt'-iasgaich a' falbh bhuaithe a-nis. Ghabh Jock comhairle an duine agus dh'fhàg e am bèile. Thionndaidh e am bàta. Dh'fhairich e cho trom 's a bha na bèilichean: ann an dòigh 's ann a b' fheàrr e – 's e seòrsa de bhalaist a bh' annt'. Ach cha robh am bàta cho aotrom air an stiùir a-nis. Uaireannan bhiodh i a' plobhdraigeadh timcheall aig bonn suaile, agus chuireadh e iongnadh air nach do rinn i car a' mhuiltein.

Bha e a' dèanamh a shlighe air ais gu tìr. Cha robh e ag iarraidh a bhith air a bhàthadh. Dhuine bhochd, cha robh e ag iarraidh a bhith air a bhàthadh. A' sabaid airson am bàta a chumail a' dol an taobh a bha e ag iarraidh. Shleamhnaich cùl a' bhàta, suaile air a cùlaibh, agus chaidh an t-sròin aice sìos, a' cladhach sìos fon uisge. Airson mionaid shuidh Jock, am bàta man faileas muic-mhara orains fodha. Agus air a socair rinn i a shlighe air ais suas, leth-làn uisge, Jock a' guidheachdainn. Siud an caolas beag eadar dà chreag gu sàbhailteachd. Bha e cinnteach gu robh e anns an àite cheart. Mura robh, bhiodh e steigte anns na sruthan agus na suailichean.

Agus an ath mhionaid, sàmhchair. Cha chreideadh tu gur e an aon mhuir a bh' ann. Chitheadh e a' bhan aige: cha robh e fad' às a-nis. Ruith e am bàta suas air a' chladach; cha robh mòran dragh aige dè thachradh dhan bhàta – cha b' ann leis a bha i. Bha e dìreach ag iarraidh a bhith air tìr a-rithist. Cruaidh fo a chasan.

Cha robh siud cho dona, smaoinich e. Tha mi beò co-dhiù. Bha obair aige ri dhèanamh. Thug e dheth an lifejacket aige – 's beag feum a bhiodh i air a dhèanamh. Am biodh na Ruiseanaich air a chuideachadh nam biodh càil air tachairt? Dè b' urrainn dhaibh a dhèanamh anns an t-seòrsa mara a bha siud? Co-dhiù, bha e beò agus bha e air tìr.

Dhragh e na bèilichean mòra suas chun na bhan. Carson nach robh Hector ga chuideachadh? Chailleadh e tòrr airgid nan deigheadh rudeigin ceàrr. Dhragh e am bàta suas cho fad' 's a b' urrainn dha, ga falach fo tarpaulin dath sglèat.

Leum e dhan bhan. 'S ann nuair a dh'fheuch e ris an suids a thionndadh a mhothaich e gu robh a làmhan a' critheadaich. Thug e a-mach flasg beag teatha a bh' aige, ged a bha feagal air gu leumadh London a-mach à àiteigin. Bha e coma. Bha e ag iarraidh srùbag. Smaoinich e air an airgead. Math. Rinn e deiseil airson an turais a Ghlaschu. Cha robh e ag iarraidh stad. Bha e a' fàs anmoch agus cha bhiodh na ròidean cho làn. Agus nan cumadh e air an speed limit cha chuireadh na poilis stad air. Bha Glaschu a' faireachdainn fad' às. Bha e airson a bhith coiseachd timcheall nan sràidean, saor bhon bhan, bhon chuideam seo. 'S ann a bu chòir dhàsan a bhith faighinn barrachd airgid: 's e a bha dèanamh na h-obrach. Smaoinich e gur mathaid gum bu chòir dha tòiseachadh air a' charry-on seo e fhèin. Ach an uair sin smaoinich e air na daoine a bha an sàs ann. Cha b' iad an seòrsa clientele a bhiodh e ag iarraidh airson na bùtha pizza aige.

Smaoinich e air a' bhèile eile a bu chòir a bhith aige. 'S mathaid gum faigheadh cuideigin air tràigh an àiteigin e, na caoraich rudeigin stoned. Sgeulachd bheag ann am pàipear ionadail an àiteigin. Bhiodh daoine a' smaoineachadh gu robh e air tuiteam bho bàta am badeigin anns a' Charibbean, an t-àite dìreach shuas an rathad. Chan fhaca e dè rinn am bàta Ruiseanach, an d' fhuair iad grèim air a' bhèile neo an robh e a-nis air a' ghrunnd.

Dh'fheumadh e fòn a chur gu Hector. An robh sin ciallach? Ma bha duine ga choimhead, nach fhuiricheadh iad gus an deigheadh am bèile suas am food chain rud beag? Am bu chòir dha tadhal air Hector e fhèin, an àite fònaigeadh? Dh'fheuchadh e am fòn an toiseach. Chuir e crìoch air an teatha agus aon dha sgonaichean a mhàthar agus rinn e a shlighe gu bucas-fòna.

Ach cha robh freagairt aig taigh Hector. Bha e airson innse dha an rud a thachair. Dh'fheumadh e a dhol dhan bhaile, ga lorg. Bha fios aige cà 'm bitheadh e co-dhiù. Bha e an dòchas nach robh cus fàileidh bhuaithe; bha aodach eile air a-nis, aodach tioram, ach fhathast bha coltas air gu robh e air a bhith a-muigh an àiteigin ann am bàta beag. Bha e a' coimhead rud beag hysterical, agus dòigheil gu robh e fhathast beò.

Bha e ann an sunnd rud beag na b' fheàrr nuair a ràinig e an taigh-òsta. Nam biodh na poilis a' dol a chur stad air, bhiodh iad air sin a dhèanamh, smaoinich e. 'S mathaid gum biodh tìde aige pinnt beag a ghabhail fiù 's, blàths a' phuba ga thàladh. Chaidh Jock a-staigh.

Rinn aghaidh Hector dannsa beag neònach nuair a chunnaic e Jock. Shuidh Jock ri thaobh agus dh'òrdaich e pinnt.

— Dè 'n diabhal a tha thu a' dèanamh an seo? dh'fhaighnich Hector mu dheireadh thall.

— Feumaidh mi bruidhinn riut.

— Cà 'il a' bhan?

Corrag Jock a' sealltainn na bhan dha Hector, na suidhe air taobh a-muigh an taigh-òsta air an t-sràid.

— Dh'fhàg thu air an t-sràid i? Ann am meadhan an latha?

— Uill . . . chan e meadhan an latha a th' ann buileach . . .

— Tha mi dèanamh mo dhìchill cumail an ìre mhath steady an-dràst, Jock. Dè tha thu ag iarraidh fhaighinn a-mach? Agus feumaidh e a bhith cudromach.

Fhuair Jock a phinnt. Dhìochuimhnich e a sporan a thoirt leis an dèidh dha aodach eile a chur air, agus bha aig Hector ri pàigheadh airson na deoch.

— Slàinte, thuirt Jock. Cha tuirt Hector càil.

Ghabh Jock balgam. Bha e math. Cho math ri leann a dh'fheuch e a-riamh. Rìgh nam pinnt.

— Chaidh aon dha na bèilichean air chall.

Dh'atharraich aghaidh Hector a-rithist. Ghabh e grèim teann air oir a' bhàir.

— Cionnas a rinn thu sin?

Cha robh Jock uabhasach dòigheil leis an dòigh anns an tuirt Hector seo.

— Cha b' e mo choire-sa a bh' ann. Agus an toiseach bu chaomh leam rud beag taing airson na rinn mi a-nochd. Cha robh e furasta, bheil fhios agad. Chuir e feagal mo chac orm. Suailichean . . . Whew! Cho àrd ri taigh.

Sheall Jock cho mòr 's a bha na suailichean le a làmhan. Chùm e air a' bruidhinn, Hector a' toirt air a bhith bruidhinn na bu shocaire an-dràst 's a-rithist.

— Co-dhiù, cha b' e mo choire-sa a bh' ann. Bha a' chiad dà bhèile ceart gu leòr. Ach an ath fhear . . . cha robh e fiù 's faisg. Agus an dèidh dhomh faighinn thuige bha e trom le bùrn. Cha b' urrainn dhomh . . . Dè an carry-on a tha seo – cut-backs? Bhiodh cuideigin eile air a bhith gu math feumail a-muigh an siud.

— Tòisich union, ma-thà.

— Uill . . . bha a' mhuir rudeigin . . . uabhasach. Cha do dh'fhuirich na Ruiseanaich a bharrachd. Bha dùil agam gur e siud a' chrìoch. Deireadh na slighe dha Jock bochd. Co-dhiù, bha mi airson bruidhinn riut mus ruiginn Glaschu. Cha robh mi airson gum biodh trioblaid sam bith ann, bèile a dhìth 's a h-uile càil.

Bha am pinnt a' còrdadh ris. Am biodh tìde aige airson fear eile, smaoinich e. Bhiodh an rathad sàmhach a-nis. Ach 's mathaid nach còrdadh sin ri Hector.

Sheall Hector ris airson mionaid.

— Chan eil thu cho mòr às do chiall 's gun goideadh tu fear, a bheil?

— Eh? An ann às do chiall a tha thu?

— Sin a bha mi smaoineachadh. Agus tha thu ag ràdh nach robh na Russkies fiù 's faisg?

— Cha robh na. Pinnt math a tha seo, eh. Czech. Tha iad

a' dèanamh leann math, na Czechs. Nach ann às a sin a thàinig e anns a' chiad àite?

Ach bha Hector ro thrang a' smaoineachadh. Bha e eòlach gu leòr air Sergei, agus cha robh e cinnteach am bu chòir dha earbsa a chur ann. Ach uaireannan cha robh cothrom aig duine. 'S e na Ruiseanaich neo na Basgaich an roghainn a bh' aige, agus 's e rud gu tur eadar-dhealaichte a bh' anns na Basgaich. Chanadh daoine nan coinnicheadh tu ri fear Basgach air staidhre nach biodh fhios agad an robh e a' dol suas no sìos.

— Tha am balgair ud, Sergei . . . tha rudeigin nach eil ceart . . . Bha Hector a' cur crìoch air an deoch aige, leth-phinnt agus nip bheag.

— Dè nì mise? dh'fhaighnich Jock.

— Cùm ort a Ghlaschu. Bruidhnidh mise ri Sergei: gheibh mi a-mach dè thachair.

— Bha mi airson faighneachd dhut . . . thuirt Jock, dìreach mu dheidhinn a' mhapa . . . am b' urrainn dhuinn a dhol thairis air a-rithist?

— Jock, dùin do chab.

— Ceart.

Halò luath ri John am Barman agus bha iad a-muigh.

— All right, ma-thà, thuirt Hector, agus le sin dh'fhàg e Jock. Rinn e a shlighe sìos chun a' chidhe, na solais bhuidhe dìreach air a thighinn air, na bàtaichean-iasgaich man iseanan foighidneach air an ceangal ris a' choncrait fhliuch. Choimhead Jock e a' coiseachd. Cha robh e a' faireachdainn math mu dheidhinn seo. Leum e dhan bhan agus thòisich e air an t-slighe fhada a Ghlaschu, a' feuchainn na phòcaidean airson mint airson am fàileadh agus an iomagain a thoirt bho anail.

14

Mun àm sin bha Dòmhnall a' feitheamh. Bha e a' feitheamh airson lioft chun na bainnse. Bha e an dùil gum biodh oidhche mhath aige a-nochd agus bha fadachd air gus an tigeadh John D.

Nochd John D, an càr aige a' sgapadh chips air feadh an àite. Bha Dòmhnall faiceallach nach deigheadh na chips faisg air a bhrògan. Chosg iad tòrr, na brògan. Gucci.

— Sgeul air Iain fhathast? dh'fhaighnich John D. An uinneag leth-fhosgailte.

— Tha e dèanamh a shlighe fhèin a dh'aithghearr.

Dh'fhosgail John D an doras bhon taobh a-staigh. Shuidh Dòmhnall. Thug John D sùil air a bhrògan.

— Dè tha ceàrr ort? dh'fhaighnich Dòmhnall.

— Tha iad rudeigin fancy, nach eil?

— Tha mi 'n dòchas gu bheil: chosg iad gu leòr.

— 'S e bòtannan a tha dhìth ort a-nochd.

Bha Dòmhnall sgìth de cheistean: bha gu leòr air a bhith aig a mhàthair na bu tràithe. Cà robh Iain? Carson nach robh taidh air? Cha robh a mhàthair cinnteach mun àite ud, làn weirdoes. Hippies a bh' annt' – an robh fhios aige? Thòisich Dòmhnall a' smaoineachadh air cadal air a' bhàta a-rithist. Na b' fheàrr na bhith ceithir-deug a-rithist.

Ghabh John D balgam beag bhon hipflask aige an-dràst 's a-rithist fhad 's a rinn iad an slighe. Bhiodh John D an-còmhnaidh a' dràibheadh ro luath. Chan èisteadh e ri Dòmhnall nuair a chanadh e ris gabhail air a shocair.

— Cuin a tha na bàtaichean a' stad? dh'fhaighnich John D.

— Chan eil fios agam. Bha dùil agam gu robh fios agads' air a h-uile càil tha sin.

— Um . . . chan eil. Ach aithnichidh mi an tè tha pòsadh.

— In the Biblical sense?

— Eh? O . . . nighean shnog a th' innt'. Uill . . . bha nòisean aice dhomh aig aon àm, ach cha do thachair càil.

Bha John D an-còmhnaidh ag ràdh rudan mar sin: bha e cinnteach gu robh nòisean aig a h-uile boireannach air thalamh dha, pòst' no eile.

— A bheil Johan a' tighinn a-mach a-nochd? dh'fhaighnich Dòmhnall.

— Chan eil. Tha i a' fuireachd a-staigh. Chan eil i faireachdainn coltach ris.

— Dè man a tha i?

— Chan eil i dona. Tha i a' smaoineachadh air a dhol gu colaist. Airson ionnsachadh teagasg a dhèanamh. Tha sin ga cumail a' dol.

— Tha sin math. Chan fhaca tu Jock bhon uair sin?

— Chan fhaca.

— Saoil am bi e an seo a-nochd?

— 'S mi tha coma. Amadan na bidse.

Bha Dòmhnall a' coimhead air adhart ris an danns a-nis. Bha e eòlach air a' chòmhlan a bhiodh ann, salsa band a bh' annt, Salsa Escocia. Ghabhadh e tè neo dhà agus dhìochuimhnicheadh e a h-uile càil.

— Fhathast a' fuireach le do Mhamaidh?

Cha do fhreagair Dòmhnall. Ghabh e balgam beag bhon hipflask.

— Cà 'il Iain, ma-thà?

— A-muigh leis an nighinn ud, an tè Ruiseanach. Helena. Tha e gu math keen oirre.

— O, aidh? Tha i snog ceart gu leòr. Bìdeag. Nach math dha.

— 'S aithne dhut Iain. Closet romantic na mallachd. Cuimhnich a' chlann-nighean ud a bheireadh e dhachaigh bhon Oilthigh: dhèanadh e rud sam bith a bha iad ag iarraidh. An uair sin thòisicheadh iad a' gabhail brath. Sin mar a tha boireannaich, eh. Agus co-dhiù, chan eil e practical. 'S mathaid gu bheil an nighean sin a' falbh air an ath bhàta a Mhosgo: chan eil fhios agad.

— Tha i a' còrdadh ris, ge-tà, a bheil?

— Ghlan e an càr.

— O. Tha e serious, ma-thà.

— Cha do rinn mise sin dha Leanne fiù 's.

— Am faca tu fhathast i? Leanne.

— Aidh. Ach. Chan fhaca ceart.

Cha tuirt e an còrr. Bha iad a-nis faisg air a' chidhe. Bha eathar beag ann a bha a' toirt dhaoine air ais 's air adhart. Bhuail sprideag neo dhà a' windscreen.

Bha iad a-nis air rathad beag morghain a bha faisg air a' bhreakwater. Bha duine neo dithis a' feitheamh ann, dotag neo dhà, bàtaichean a' dol air ais 's air adhart tarsainn air a' chaolas thana.

— An diabhal, b' fheàrr leams' a dhol tarsainn ann am baraill. Seall air na rudan sin, thuirt John D.

Bha bonn flat air na bàtaichean. Uaireannan na suailichean a' briseadh agus uisge a' dol nam broinn. Bha fear òg anns a' bhàta a' dèanamh a dhìchill le peile. Chunnaic iad aois a' bhalaich.

— Dhuine bhochd, chan eil an duine beag sin ach deich bliadhna dh'aois. Clann! Clann air na bàtaichean!

Ghabh John D drag eile bhon roll-up aige. Thog iad na carry-outs aca sìos chun a' chidhe bhig. Cha do dh'aithnich iad duine eile a bha a' feitheamh. Chitheadh iad air an taobh thall teintean, biadh, fuaim, an còmhlan dìreach a' tòiseachadh.

— Tha mi coimhead air adhart ri seo, thuirt John D. — Smoc beag. Stuth math aca thall an siud. Rud beag bìdh. Sgaiteach.

— Cho fad 's a tha biadh aca, nì sin a' chùis, thuirt Dòmhnall.

Choimhead John D ris.

— Fhios agad, bu chòir dhut a dhol a-steach airson eating contests. Dh'itheadh tu baidhsagal nan cuireadh cuideigin fear air do bheulaibh. Chan fhaca mi càil coltach ris a-riamh.

— Feumaidh duine ithe.

Phronn e an t-siogarait fo bhròig.

— Cha bhi càil a dhìth ort an seo, cuiridh mi geall . . . O . . . seo sinn a-nis.

Bha an t-eathar ceangailte ris a' bhreakwater agus bha bagaichean gan cur innte. Bagaichean, rucksacks, biadh, daoine . . . bha tòrr dhaoine a' fuireach thall airson na h-oidhche, a' campadh. Bha John D agus Dòmhnall dìreach a' dol a dh'fhuireach gus am biodh an còmhlan deiseil. Bha bàtaichean a' dol air ais 's air adhart, bho eathraichean beaga gu RIBS. Gheibheadh iad lioft air ais gun cus trioblaid.

Bha John D na sheasamh man caora fhliuch air a' chidhe.

— Chan eil mise dol a shuidhe san toiseach. Spot bog fliuch, eh?

Bha càch nan suidhe comhartail am measg nam bagaichean 's nam bucas. 'S e John D an t-aon duine a bh' air fhàgail air a' chidhe.

— Siuthad, a dhuine, tha thu ga mo nàrachadh, thuirt Dòmhnall. Fàgaidh mi an seo thu.

Cha robh e ro dhèidheil air an eathar bheag.

— All right, ach tha thusa a' suidhe air mo bheulaibh, thuirt John D.

Leum e a-steach, am bàta a' robhlaigeadh bho thaobh gu taobh. Daoine ag èigheachd ris suidhe, ach cha shuidheadh e gus am faigheadh e àite Dhòmhnaill. Mu dheireadh thall bha aige ri suidhe san aon àite a bha air fhàgail dha.

— Tha mi 'g innse dhut, bidh sinn fortanach tighinn à seo beò. Leanabh beag aig an stiùir.

Roilig e siogarait eile airson rudeigin a dhèanamh.

Mionaid neo dhà an dèidh sin, bha e ag iarraidh a bhith air ais air tìr. Bha suailichean a' briseadh air toiseach a' bhàta agus a' bualadh air John D bochd. Briogais fhliuch. Siogarait lùbte na bheul, blas feamad. A h-uile turas a dheigheadh am bàta faisg air suaile, chluinnte èigh bheag bho John D.

Bha fasgadh aig Dòmhnall bhon uisge, a chasan suas air baga chuideigin. Ràinig iad an taobh eile an dèidh an dodgem trip.

— Welcome to fecking Woodstock, thuirt John D, is e a' leum a-mach às a' bhàta, a bhrògan a' dèanamh fuaim beag fliuch is e a' coiseachd. Leum Dòmhnall bhon bhàta às a dhèidh, cho tioram ri prìne.

Bha an tè a bha a' pòsadh a' feitheamh riutha. Bha froga geal oirre agus paidhir bhòtannan. Thogadh i ìochdar an fhroga aice nuair a choisicheadh i tro lòin. Falt fada bàn; cha robh e air a cheangal air ais. Bha i a' coimhead dòigheil.

— John D. Bha dùil agam gun cuala mi thu air an taobh thall.

— Hello, Angela. Thug John D pòg bheag dhi.

— Seo Dòmhnall, thuirt e. Thuirt iad halò.

— Cionnas a tha sibh eòlach air a chèile? dh'fhaighnich Dòmhnall.

— Aithnichidh a h-uile duine John D, thuirt i.

Phut John D Dòmhnall air a shocair. Bha e fhathast a' faireachdainn dòigheil, ged a bha a bhriogais fliuch.

— O, aidh, meal do naidheachd, cà 'il e fhèin?

— A' coimhead às dèidh a' bhìdh.

Bha teintean beaga air feadh an àite, a' blàthachadh dhaoine. Fàileadh a' bhìdh. Truinnsearan pàipeir aig daoine, bòrd làn chanaichean agus botail dighe. Chunnaic an duine ùr aice i agus smèid e. Bha sruth dhaoine a-nis a' tighinn bho na bàtaichean. Bagaichean aca. Bha àite shuas an leathad far an robh na teantaichean a' dol, man creag làn fhaochagan.

— Cuidichibh sib' fhèin, thuirt i. Tòisichidh an danns ann an uair a thìde neo mar sin.

Bha John D a' coiseachd man cowboy, a' bhriogais a-nis a' fàs mì-chomhartail.

— Cà' il na bridesmaids?

— Fada air falbh bhuatsa, thuirt i. — Hoigh, a bheil sibh fuireach a-nochd?

— Chan eil.

— Tha RIB aig fear a dh'aithnicheas mi a tha dol air ais an dèidh an danns ma tha sibh ag iarraidh lioft?

— Bhiodh sin math.

Thuirt i riutha gum faiceadh i iad aig an danns, agus an ath mhionaid bha tiùrr dhaoine eile timcheall oirre, a h-uile duine ag iarraidh bruidhinn rithe a-nochd. Bha i a' coimhead sona, blàth. Bha seo a' còrdadh rithe, a h-uile duine timcheall.

— Cinnteach gur e banais tha seo? dh'fhaighnich Dòmhnall, a' dèanamh siogarait le tombaca John D.

— Tha i rudeigin bizarre ceart gu leòr. Bha banais eile aice a bharrachd air an tè seo, ge-tà. Tè nàdarrach. 'S e ministear a tha na h-athair. Sheall Dòmhnall timcheall: daoine a' smocadh joints, dreadlocks, bòtannan, danns, biadh, èigheachd, deoch, clann a' ruith mun cuairt.

— A bheil a h-athair aig an tè seo, saoil?

— 'S e a tha a' dèanamh na hash cookies. Dè tha thu smaoineachadh?

— Cha chuireadh e iongnadh orm.

Rinn iad an slighe suas an leathad. Bha seada bhàtaichean aig a' mhullach far an robh an danns gu bhith. Seo far an robh a' mhòr-chuid de dhaoine. Bha an staran suas thuige man trèiceil. Clann a' ruith air feadh an àite, a' dèanamh fuaim.

— 'S e baby factory a th' anns an àite seo, eh? thuirt John D.

Cha mhòr nach do sheas e air fear eile.

— Chan eil mòran eile a nì duine an seo a bharrachd air a sin, thuirt Dòmhnall.

— Càil ceàrr air.

— Ceannaich taigh ann! Hoigh, dè mu dheidhinn rud beag bìdh?

Bha Dòmhnall gan toirt a-null gu far an robh am biadh ga dheasachadh.

— All right, ma-thà.

Chunnaic iad RIB ceangailte ris a' bhreakwater, Ruiseanaich a' leum dhith. Dh'aithnicheadh tu iad gun trioblaid sam bith, an seòrsa aodaich a bh' orra. Coltas na Nèibhi orra.

Bha Vitali air an RIB. Leum e gu h-aotrom bhon bhàta agus ghabh e grèim air làimh a' bhoireannaich a bha còmhla ris. 'S e Jean a bh' ann, an Comhairliche. Cha robh fhios aig John D agus Dòmhnall dè chanadh iad. Cha robh sgeul air a' bhun, càil ach falt fada bàn sìos a druim, rud beag make-up agus top ìosal, briogais theann dhubh.

— An diabhal orms', thuirt John D. Olivia Newton John. Dè thachair dhi?

Bha Vitali a' coimhead cho dòigheil 's a ghabhadh is e a' coiseachd suas an staran leatha. An criutha aige le bucais botail bhodca fon cuid achlaisean. Thuirt na balaich halò riutha.

— John D! dh'èigh Vitali. Mo charaid! Tha mi toilichte gu bheil thu an seo.

— Hi, Jonathan, thuirt Jean gu h-aotrom.

Cha robh fhios aige dè chanadh e: cha robh e smaoineachadh gu faiceadh e Jean an seo.

— Abair surprise, Jean! thuirt John D.

— O, cha chuir duine stad orm ma tha danns a' dol.

Rinn John D gàire.

— Uill, ma tha thu ag iarraidh dance partner comasach . . .

Rinn Vitali gàire. Chuir e a ghàirdean timcheall air gualainn John D.

— Trobhad, John D. Tha mi airson bruidhinn riut mionaid.

Sheas iad còmhla airson mionaid. Bhruidhinn Vitali air a shocair.

— An trioblaid a bh' agad. Tha mi cho uabhasach duilich mu dheidhinn seo. Ach. Cha leig a leas iomagain a bhith ort. Cuiridh sinn ceart e.

— Tha e math sin a chluinntinn.

— Agus dè man a tha do phiuthar? A bheil i nas fheàrr?

— Tòrr nas fheàrr.

— Glè mhath. Glè mhath. Fàg agams' e. Nis, tha mi 'n dòchas gum bi deagh oidhche agad.

Chaidh Vitali a-null gu Jean agus chuir i a gàirdean tron ghàirdean aigesan. Choisich iad suas an staran an dèidh tìoraidh a ràdh.

— Smaoinich . . . thuirt John D.

— Jean . . .

— Tha fios a'm. Tha nòisean beag agam fhìn dhi a-nis.

— Air do shocair, a dhuine. Na caill thu fhèin.

— Tha mi ag innse dhut: I've got chills, they're multiplying . . .

Bha Dòmhnall air a tholladh agus bha e aig iarraidh biadh fhaighinn mun coinnicheadh iad ri duine eile. Dh'fheumadh John D a dhìcheall a dhèanamh le briogais fhliuch. Bha e an dòchas nach biodh cus de bhiadh vegetarian ann.

Leth-uair a thìde an dèidh sin, bha iad nan seasamh ann an seada nam bàtaichean. Bha tarsannain bhàna nam bàtaichean air an gluasad gu na cliathaichean, an làr fhathast làn min-sàibh. Clann fhathast a' ruith timcheall, ach bha an t-àite a-nis làn, an còmhlan a' cluich. Bha timcheall air deichnear anns a' chòmhlan, a' cluich ceòl Ciùbanach, brass agus drumaichean. Bòtannan air a' mhòr-chuid dhiubh. Bha an sluagh ag èisteachd ris a' cheòl, a' danns; bha faireachdainn mhath anns an àite. Bha joints a' dol air ais 's air adhart, seann charaidean a' coinneachadh a-rithist, daoine a' coinneachadh às ùr. An dà theaghlach a' measgachadh. Bha e a' fàs teth a-nis agus bha daoine a' danns, na h-uinneagan fosgailte. Angela fhathast anns a' ghùn-pòsaidh aice a' danns leis an duine aice, a' gàireachdainn.

Thug John D cana neo dhà a-mach às a' phoca phlastaig a bh' aige. Thug e fear dha Dòmhnall. Cha robh bàr anns an àite, ach bha bòrd làn carry-outs ann, gu leòr ann dhan a h-uile duine. Bha John D fiù 's a' danns rud beag. Chunnaic e nighean a dh'aithnicheadh e agus thòisich e a' bruidhinn rithe. Cha b' fhada gu robh iad a' danns còmhla: leisgeul math a bh' anns a' cheòl.

Sheas Dòmhnall ri taobh aon dha na puist mhòra a bha cumail suas mullach an àite. Cha robh e a' faireachdainn coltach ri danns. Bha an ceòl math ceart gu leòr, is daoine às an àite a' dol suas air an àrd-ùrlar uaireannan agus a' cuideachadh a' chòmhlain. Cha do stad iad agus cha robh an coltas orra gu stadadh fad na h-oidhche. Thaom daoine eile a-steach dhan àite nuair a dh'fhàs na h-uinneagan dorch. Bhruidhinn Dòmhnall air ais 's air adhart ri daoine a dh'aithnicheadh e, dh'òl e cana neo dhà eile. Bha e a' còrdadh ris ceart gu leòr. Smaoinich e air ciamar a gheibheadh iad dhachaigh. Cha robh coltas ann gu robh am pàrtaidh a' dol a stad airson latha neo dhà fhathast. John D a' buiceil faisg air.

— 'S e dannsair diabhalt a th' annad, John D, thuirt Dòmhnall.

— Chan e mise tha danns le balla.

Thug e leis dà chana, aon dha fhèin agus fear eile dhan nighinn. Bha ceò ìosal marijuana anns an t-seada.

Agus an uair sin chunnaic Dòmhnall rud nach robh e ag iarraidh fhaicinn. Sergei.

Choimhead e timcheall a dh'fhaicinn cà 'n robh John D. Siud e, aig taobh thall na seada far an robh an còmhlan a' cluich. A cheann sìos, a' danns. 'S mathaid gum b' urrainn dha John D fhaighinn a-mach às an àite. Dh'fhaodadh iad a dhol sìos chun a' chidhe – gheibheadh iad lioft air bàta no eathar gu math luath. Dh'fheumadh e leisgeul: 's mathaid gun canadh e gu robh bàta a' fàgail. 'S mathaid gu robh e air gu leòr deoch a ghabhail 's nach biodh dragh aige dè thachradh. Cò an nighean ud . . . bhiodh e duilich John D fhaighinn air falbh.

Sheas Sergei anns an doras airson mionaid, am faileas mòr dorch aige. Bha dà charaid còmhla ris – bhon bhàta cuideachd, bha sin follaiseach. Bha iad a' coimhead a cheart cho serious. Thàinig iad a-steach, a' toirt dhiubh an cuid sheacaidean.

Bha rudeigin eadar-dhealaichte mu dheidhinn Shergei, bha e a' coimhead rudeigin rag. Bha faileas sabaid air an aghaidh aige. Fitheach a' coimhead timcheall. Cha robh e cho làn dhe fhèin 's a b' àbhaist. Agus bha e a' bruidhinn ri charaidean gu h-ìosal mu dheidhinn rudeigin. Cha robh iad dòigheil mu dheidhinn rudeigin. Chunnaic Dòmhnall aon dhiubh a' toirt botal bhodca a-mach às a sheacaid agus trì glainnichean beaga. Shuidh iad sìos air being.

Bha fios aige dè thachradh nam faiceadh John D iad. Dh'fheumadh Dòmhnall rudeigin a dhèanamh. Dh'fheumadh e John D fhaighinn a-mach às an àite ud.

Ach bha e ro anmoch sin a dhèanamh.

Chunnaic Dòmhnall John D a' coimhead ris an triùir a bha nan suidhe. Cha robh e a' gluasad. Cha robh e a' cluinntinn a' chiùil. Stad an rùm a ghluasad. Chan fhaca Sergei fhathast e, ach nam bitheadh e air fhaicinn, chitheadh e na sùilean gunna-chruaidh. Bha coltas air John D gu robh e airson Sergei a mharbhadh.

Bha Dòmhnall a-nis ri thaobh, a' dèanamh a shlighe tro dhaoine fliuch, uilinnean biorach, canaichean leann.

— Thugainn, thuirt e.

— Dè an diabhal a tha esan a' dèanamh an seo?

— Na gabh dragh mu dheidhinn. Siuthad, fhuair mi lioft dhuinn, ach feumaidh sinn a dhol sìos chun a' chidhe an-dràsta fhèin.

Cha robh John D ag èisteachd.

— Chan eil mi a' fàgail.

— Siuthad, John: na tòisich sabaid aig banais.

— Dhòmhnaill, dùin do chab, eh.

— Siuthad. Thuirt thu rium gu robh Vitali a' dol a dhèiligeadh ris.

— Uill, chan eil an coltas air gun rinn e sin.

Chuir Dòmhnall a làmh air gàirdean John D: bha i teann. Chaidh làmh John D na phòcaid. Chan fhaiceadh Dòmhnall dè a bha e a' lorg. Dh'fheuch John D ri faighinn seachad air, Dòmhnall anns an rathad.

— Mach às mo rathad, thuirt e.

— Na bi cho gòrach, John.

— A bheil thu tighinn còmhla rium? Mura bheil, gabh a-mach às mo rathad.

Cha robh càil ann a b' urrainn dha Dòmhnall a dhèanamh. Chaidh e seachad air, a' dèanamh a shlighe mar nathair tro na dannsairean. Chaidh Dòmhnall còmhla ris, ged a bha fios aige dè bha dol a thachairt. Fuaim, duilich càil a chluinntinn ceart. Daoine ga phutadh, e a' feuchainn ri faighinn seachad orra, aon nighean a' feuchainn ri dannsa còmhla ris, ach bha esan a' coimhead ri druim John D, a' dèanamh a shlighe air a shocair tro na daoine. An ath mhionad bha iad ann.

Bha John D air beulaibh Shergei. Choimhead Sergei air; cha robh fios aige cò bh' ann.

— Tha aghaidh an diabhail ort, a' tighinn an seo.

Cha tuirt Sergei càil. John D teann man cat. Sheas Sergei: bha e tòrr na b' àirde na John D, leathainn. Dh'fhairich a charaidean gu robh rudeigin a' tachairt; cha robh seo a' còrdadh riutha. Chuir aon dhiubh sìos a ghlainne. Chùm John D air a' bruidhinn.

— Dùil agam gum biodh tu ro thrang a' toirt màlaich dha boireannaich airson a dhol gu danns.

Thuig Sergei cò a bh' ann, a' coimhead sìos a shròin ris.

— Dè an diabhal a tha thusa ag iarraidh? dh'fhaighnich Sergei.

Ach mum faigheadh e na facail a-mach, thug John D rud a-mach às a phòcaid, rudeigin caol, geur, fuaim beag rudeigin a' fosgladh, agus dh'fheuch e air stamag Sergei leis.

Ghluais Sergei gu math luath; fhuair e grèim air làimh John D. Ach fhathast, dh'fhairich John D an sgian a' dol tro aodach agus a' ruighinn craiceann bog. Dh'fheuch e ri bhruthadh, ach bha grèim aig Sergei a-nis air a làimh agus fhuair e air gluasad air ais agus a-mach às an rathad. Rinn e fuaim ìosal nuair a bhuail an sgian e. Bha e fhathast na sheasamh, ge-tà; cha robh i air a dhol a-steach ro dhomhainn. Cha robh fhios aige an robh e dona, ach dh'fhairich e an stàilinn fhuar.

Lùb Sergei, a' cromadh, a' feuchainn ri faighinn a-mach às an rathad. Thog e a dhòrn, a bhualadh na cuileig seo, ach mum b' urrainn dha, bha John D air a shròin a bhriseadh le cheann. Cha robh e àrd, neo cho làidir ri sin, John D, ach bha e fhathast cunnartach ann an sabaid.

Na Ruiseanaich eile a-nis a' tuigsinn dè bha tachairt, a' bheing ga leagail air an làr. Daoine a' coimhead a-null, a' smaoineachadh gur e sabaid bheag a bh' ann am measg charaidean. Chaidh iad air ais a dhanns.

Dh'fhairich Sergei a shròin a' briseadh, loidhne thana fala a' ruith, agus cha robh a shùilean ag obair. Bha an nathair sgeine fhathast ann an làimh John D, agus dh'fheumadh e faighinn air falbh bhuaipe. Chuir aon dha na caraidean aige stad air làimh John D mun dèanadh e a-rithist e, buille a' bualadh amhaich John D. Mar fhreagairt fhuair an duine peansail de dh'fhuil air a ghruaidh, pian geur saillt. Ghabh e ceum air ais, a làmh a' faireachdainn blàths na fala aige fhèin.

Bha John D às a chiall a-nis. Ghabh Dòmhnall grèim air, a' feuchainn ri ghluasad, ach cha chuireadh càil stad air a-nis. Bha e airson an sgian a shàthadh dhan duine seo airson gum fairicheadh e pian ceart. Bha e airson gum fairicheadh e am pian aigesan, gus nach biodh càil air fhàgail dheth. Ann an inntinn John D sin an aon rud a chuidicheadh e, a bheireadh faochadh dha. An aon rud. An aon rud. Cha chluinneadh e guthan nan daoine eile, bha an fhuil a' ruith cho luath na cheann 's nach cluinneadh e càil ach a' bhreabadaich sin.

Mum faigheadh an treas Ruiseanach faisg air, fhuair

Dòmhnall grèim ceart air John D agus fhuair e air falbh e. Dh'fhairich Dòmhnall breab anns na dubhagan a bu chòir a bhith aig John D. Thionndaidh e agus thug e deagh bhrag dhan duine air a chùlaibh. Cha mhòr nach robh e airson cumail a' dol, ach chùm e grèim air fhèin ann an dòigh air choreigin. Fhuair e a-mach às an àite le John D. Chunnaic e an sgian na làimh, drudhag fala oirr', an sgian mar gu robh i air a thighinn a-mach à bucas, cho ùr 's a ghabhadh.

Bha daoine air mothachadh dè bha tachairt, a' cur stad air an t-sabaid. Aghaidh-choimheach Shergei, an Ruiseanach eile is tattoo dearg a' ruith sìos a ghruaidh, a' feuchainn ri faighinn faisg air John D. Ach bha cus dhaoine timcheall a-nis, feadhainn a' feuchainn ri rudan a rèiteach, feadhainn eile mì-thoilichte gu robh daoine a' sabaid. An còmhlan fhathast a' cluich, a' mhòr-chuid de dhaoine fhathast a' danns: cha robh fios aca dè bha tachairt.

Bha druim Dhòmhnaill goirt far an d' fhuair e a' bhuille. Bha John D airson a dhol air ais, chitheadh e Sergei air taobh eile an t-sluaigh a bha eatarra. Ach mu dheireadh thall fhuair Dòmhnall air falbh e.

— Carson an diabhal a rinn thu siud! dh'èigh Dòmhnall.

Bha John D fhathast làn teine bhon t-sabaid: cha robh e a' cluinntinn càil.

— Bha e airidh air.

— Tha thu air rudeigin a thòiseachadh a-nis. Cionnas a chuidich siud? Amadain an diabhail.

— Bhiodh tusa air an aon rud a dhèanamh.

Bha iad a' dèanamh an slighe sìos an leathad, lèig shleamhainn fon casan. A' ghealach a' sealltainn an starain dhaibh, faileasan airgid. Bha daoine shìos aig a' chidhe. Bha Dòmhnall an dòchas gu robh cuideigin ann a bheireadh tarsainn iad. Bha e airson a bhith air falbh bhon seo, mun tachradh rudeigin eile.

Leth-uair a thìde eile agus bha iad a' dràibheadh. Sàmhach eatarra. Air an turas tarsainn a' chaolais bha Dòmhnall ag èisteachd airson fuaim einnsean an RIB Ruiseanaich, ach cha robh duine air a' mhuir ach iad fhèin. Bha Dòmhnall ainmeineach: bha John D air an oidhche a mhilleadh. An diabhal, agus bha Dòmhnall feumach air aon oidhche mhath an dèidh na bha air tachairt dha. Agus a-nis seo. Agus aig Dia a bha fios dè thachradh a-nis. Bha aon rud cinnteach: 's e duine a bh' ann an Sergei a dhèanadh rudeigin.

Sàmhchair. Meanganan fada nan craobhan os cionn an rathaid. Solais a' chàir a' soilleireachadh an rathaid. Bha e a' fàs anmoch ceart gu leòr. Ach bha iad sàbhailt, sin aon rud.

Bha iad air ais sa bhaile, faisg air a' chidhe.

— Siud am bàta aige, thuirt John D, a' guidheachdainn.

Bha bàta Shergei air acair aig a' chidhe. Bha i na bu mhotha na na bàtaichean eile.

— Cheek a' mhuncaidh aig an diabhal Russki sin.

Bha Dòmhnall ag iarraidh dhachaigh, ag iarraidh a bhith na aonar.

— Cà 'il thu 'g iarraidh a dhol? A bheil thu ag iarraidh a dhol dhachaigh neo . . . a dh'àiteigin eile? dh'fhaighnich Dòmhnall.

— Carson?

— Mus nochd na poilis aig an taigh agad.

Rinn John D gàire. Falamh.

— Thèid mi dhachaigh. Cha bhi dragh aig na poilis. Co-dhiù, cha do rinn mi càil ach srucadh ann.

— Uill, mas e sin a tha thu 'g iarraidh.

Cha do bhruidhinn iad an còrr dhan t-slighe. Bha John D ainmeineach a-rithist an dèidh bàta Shergei fhaicinn. 'S mathaid gum bu chòir dhaibh falbh airson treiseag. Turas eile. Thuirt Dòmhnall seo ris.

— Eh?

— Dh'fhaodadh sinn triop eile a dhèanamh, mun tig an seusan gu crìoch.

— Chan eil feagal orms'.

— Jesus, John, tha seo serious. Carson a tha sgian agad co-dhiù?

— Uaireannan tha feum aig duine air tè.

— Tha mise smaoineachadh gum bu chòir dhut triop eile a dhèanamh. Dìreach gus am fàs rudan sàmhach a-rithist.

Bha Dòmhnall sgìth a-nis; cha robh na facail a' tighinn a-mach ceart. Bha e air a leòr fhaighinn. Agus bha rud beag dhan deoch air.

— Dhòmhnaill, tha thu dìreach man boireannach a-nochd. Dìreach . . . leig dhomh.

Sàmhchair a-rithist. A' dràibheadh suas an staran chun an taighe, chitheadh e planaid ghorm an telebhisean tro oir nan cùirtearan. Bha cuideigin fhathast an-àirde. Johan, 's mathaid. Nuair a stad an car, fuaim eagarra na handbrake a' dol air, chunnaic e na cùrtairean a' gluasad agus aghaidh Johan air a soilleireachadh anns a' ghorm. Dhùin an cùrtair a-rithist agus cha b' fhada gus an robh an doras fosgailte.

— Air ais mu thràth?

Chaidh John D seachad oirr' gun mòran a ràdh.

— Aidh, thuirt Dòmhnall . . . bha cuideigin a' tairgse lioft dhuinn, so thàinig sinn air ais. Bha mi duilich nach robh thu fhèin ann.

Bha Dòmhnall a' coimhead oirr', a' smaoineachadh gu robh i a' coimhead math. Bha loidhne bheag phinc air a h-aghaidh: cha mhòr gum mothaicheadh duine dhi. An t-seann Johan.

— Aidh, an ath thuras, thuirt i.

— Bha John D ag ràdh gu robh thu smaoineachadh air teacher training.

— An robh a-nis?

— Bhiodh sin math, eh?

— Cha bhiodh e dona. Ciamar a tha cùisean leat fhèin?

Bha Johan agus Dòmhnall an dèidh a dhol a-mach le chèile nuair a bha iad òg, agus bha fhathast sradag eatarra. Bha i dèidheil air a bhith fliortadh leis.

— Tha mise all right. Same old, same old.

— Tha John ag ràdh gu bheil thu singilte an-dràst.

— Tha beul air John man beul an latha.

— Dìreach.

Chaidh i faisg air.

— O, uill, tha fios agad cà bheil mi . . . fiamh gàire air a lipean.

— Promises, promises, thuirt Dòmhnall. Bha i an-còmhnaidh a' tarraing às mar seo, cha b' e càil serious a bh' ann. Cha thachradh càil eatarra, ged a bha Dòmhnall uaireannan dèidheil air an smaoin. Gu h-àraidh aig a' mhionaid ud, a' dol dhachaigh gu rùm falamh ann an taigh a mhàthar. Cha robh e airson cadal air a' bhàta a-nochd. Chòrdadh e ris tuiteam ann an leabaidh le corp blàth ri thaobh, duine sam bith cho fad' 's gum biodh i blàth agus faisg agus coibhneil.

— Uill, 's fheàrr dhòmhs' falbh.

— Cinnteach nach gabh thu deoch air choreigin? Leann. Neo tè bheag. Tha mise gu bhith an-àirde airson treis a' coimhead teilidh.

Smaoinich Dòmhnall mu dheidhinn treiseag: bhiodh e glè mhath an dèidh na h-oidhche a bh' aige.

— Uill, bhiodh cupan teatha glè mhath, thuirt e. Neo Irish coffee beag. Rinn Johan gàire agus dh'fhosgail i an doras dha. Thàinig e tarsainn na starsaich agus mhothaich e gu robh a bhrògan làn lèig, dà fhaileas dubh air a' charpet.

— Cac.

— Na gabh dragh. Tha na brògan sin a' coimhead snog cuideachd.

— Gucci.

— Nach math dhut fhèin.

Cha robh e airson smaoineachadh mu dheidhinn. Thug Johan air a dhol dhan sitting room; chaidh ise dhan chidsin airson an coire a chur air. Cuidichidh teatha rud sam bith. Fuaim nan copanan air an cur air sàsaran, an coire a' dùsgadh. Na ceistean a' dol air ais 's air adhart: dè na bha e ag iarraidh, briosgaidean agus dè cho làidir.

Thuit Dòmhnall air an t-sòfa, taingeil a chasan a chur suas. Bha an teilidh anns a' chòrnair, sàmhach, film saor air choreigin air, letheach troimhe. Thàinig Johan a-staigh leis an teatha, dà mhuga. Chuir i pacaid bhriosgaidean sìos air a' bhòrd agus thug i air Dòmhnall a chasan a thogail, agus chuir i na h-uchd iad. Sealladh domestic a chitheadh tu eadar cupall sam bith. Dh'òl iad an teatha, an teas gam blàthachadh, a' còmhradh an-dràst 's a-rithist, a' coimhead air an sgrion sa chòrnair, soilleir agus an còrr dhan rùm san dorchadas.

'S e boireannach àlainn a bh' innte, smaoinich Dòmhnall. Nach neònach an rud a bha i a' dèanamh. 'S mathaid nach robh cothrom aice rudeigin eile a dhèanamh, ge-tà. Cha robh duine sa bhaile a' dol faisg oirre a-nis: cus fhathannan. Cha do dh'fhaighnich e dhi carson a rinn i e. Cha robh e airson gum milleadh càil seo, am blàths seo. Bha iad faisg air a chèile, blàth. Bha e a' còrdadh ris an dithis aca a bhith còmhla ri cuideigin nach robh ag iarraidh càil; bha an dithis aca goirt. Chuir Johan a ceann air a ghualainn; cha robh diofar leotha cò mu dheidhinn a bha am film. Cha do dh'innis Dòmhnall dhi dè thachair aig an danns; cha robh e ag iarraidh smaoineachadh mu dheidhinn.

Mu dheireadh thall chaidh an teilidh dheth; cha robh càil eile air. Thuirt Dòmhnall gu robh e duilich a cumail an-àirde, agus thuirt ise gu robh e a' còrdadh rithe a bhith còmhla ri cuideigin. Agus mar sin dh'fhalbh Dòmhnall: bha i rud beag cadalach, mar a bha e fhèin. Bha e fhathast mothachail air a' bhlàths bhuaipe. Thug i pòg bheag dha aig an doras, an èadhar fhuar a' tighinn a-staigh, a' toirt oirr' critheadaich rud beag.

Bha e ag iarraidh fuireach. Agus 's mathaid gum biodh i air leigeil leis. Bha e ag iarraidh. Fiù 's airson a bhith faisg oirr' is i a' cadal. Ach aig a' cheann thall, mar an iomadach suidheachadh eile, cha tuirt iad càil, agus dh'fhàg dithis dhaoine a chèile a-rithist gun innse dha chèile dè bha iad a' smaoineachadh.

Bha taigh a mhàthar dorch nuair a ràinig e. An solas a-muigh fhathast air. Bhiodh a mhàthair na dùisg fhathast: cha b' urrainn dhi cadal ma bha duine aca a-muigh. An robh i na dùisg an-dràst? Bha e an dòchas gu robh Iain air fòn a chur thuice a dh'innse dhi càit an robh e. Cha robh sgeul air a' chàr aige. Bhiodh e còmhla ris an nighinn Ruiseanaich ud. Faireachdainn bheag, Dòmhnall ag iarraidh rudeigin sìmplidh na bheatha mar sin. Oidhche le nighean bhrèagha. A' fuireach còmhla. A' gàireachdainn.

Thug e dheth a bhrògan a-rithist. Bha a cheann fhathast a' dol turabadan mun chuairt le ceistean. Dh'fheuch e ri cadal cho math 's a b'urrainn dha.

* * *

Oidhche dhorch. Talamh dorch. Gun sgeul air solas bhon ghrèin a bha fhathast fad' às. Craobhan aig fois uaine air falbh, àm sàmhach na h-oidhche. Fuaim socair nan craobhan agus fuaim fad' às na mara daonnan ann.

Fuaim geur a' gearradh an dorchadais, às dèidh fuaim coltach ri uiseag a' sgèith. A' ghlainne a' tuiteam gu làr agus daoimean a' dòrtadh air an starsaich. Block. Olag sgueadhar a shad cuideigin, agus ruith iad sìos an t-sràid air an socair. Teachdaireachd.

An taigh a' dùsgadh. An toiseach, aon solas. Agus an uair sin, fear eile. Èigheachd, cuideigin agus fios aca gu bheil rudeigin ceàrr. Doras a' fosgladh agus ceumannan beaga mìn air a' charpaid. Cuideigin ag èigheachd: — Cuir ort brògan. Bi faiceallach. Feagal air daoine.

'S e John D a th' aig an doras an toiseach, a' cur air an t-solais a-muigh, a' coimhead na glainne briste air feadh an làir. Pìosan fhathast steigte anns an doras, an solas gam bualadh. Tha e air briogais agus brògan a chur air. Tha e a' ruith a-mach air an t-sràid, às a chiall. Tha e airson beirtinn air an duine a rinn e agus a mharbhadh. Tha Johan ga choimhead a' ruith a-mach. Chan eil i a' tuigsinn. Tha seo rud beag cus mas e fealla-dhà a th' ann.

Tha John D na sheasamh gun fheum air an staran, a' coiseachd air ais 's air adhart. Chan eil sgeul air duine. Tha an oidhche a' toirt fasgadh dhaibh. Tha Johan a' faighneachd an tig e a-steach. Tha iomagain oirre gun tachair rudeigin eile: tha i airson a h-uile duine fhaighinn a-steach, dorsan dùint', an drawbridge suas. Chan eil càil eile as urrainn dhi a dhèanamh, càil ach sguab fhaighinn airson sgioblachadh. Feumaidh i bruidhinn ri a màthair, feumaidh i faighinn a-mach carson a thachair seo. Tha John fhathast anns a' ghàrradh, mì-chinnteach, ainmeineach.

Tha e a' cluinntinn glainne gha togail. Ceist bho Johan: am bu chòir dhaibh a' bhreige a chumail gun fhios nach bi lorgan mheuran oirre? Tha fios aig John D nach bi. Tha fios aige cò rinn e. Tha i a' stad airson mionaid. Cionnas a tha fios aige?

John D sàmhach.

— Cò rinn e? Cionnas a tha fios agad?

— Sergei a bh' ann.

Chan eil fios aig Johan dè chanas i.

— Carson a dhèanadh Sergei seo?

— Chunnaic mi na bu tràithe e. Bha sinn a' sabaid. Cò eile bh' ann?

Tha Johan a' coimhead suas dhan adhar. Na rionnagan beaga. Ag iarraidh smaoin a thighinn thuice bho àiteigin. Tha feum aice air stad a chur oirre fhèin.

— Bha dùil agam gu robh thu gu bhith ciallach.

— Bha e airidh air.

An gàrradh a-muigh a-nis an ìre mhath mar a bha e mun do thachair càil, sàmhach ach fuaim duilleagan nan craobh. Na dìtheanan nan cadal. Sgian an t-solais a' gearradh a-mach dhan ghàrradh.

— Thig a-staigh, John. Tha e fuar.

— Marbhaidh mi am bastar an diabhail.

Trobhad 's cuidich mi. Thalla 's faigh pìos maide airson na h-uinneig. Nì e a' chùis gu madainn.

John D a' faireachdainn, gun fheum, ainmeineach, ciontach: chan urrainn dha a chuideachadh, tha cus na cheann. Ceò dearg. Johan a-nis air a sàrachadh rud beag, ged nach eil i ag iarraidh a bhith faireachdainn mar seo, a guth a' fàs àrd. Tha iad ag argamaid. Cà 'il an càr? Dh'fhalbh Dòmhnall leis, smaoinich e, agus tha fearg air, oir tha e airson dràibheadh sìos chun a' chidhe. An dèidh treis, an dèidh argamaid agus sgìths agus fuachd, tha iad a' dol a-staigh. Dhòirt Johan dà dhrama dhaibh. Tha i a' dèanamh cinnteach gu bheil a màthair ceart gu leòr, ged a tha fios aice nach caidil i a-nis. Tha i a' steigeadh cardboard tiugh air an uinneig le sellotape airson a' ghaoth a chumail a-mach. 'S e oidhche shocair a th' ann; nì e a' chùis gu màireach.

Tha John a' dòrtadh dram eile. Tha cùisean nas sàmhaiche a-rithist, agus tha e tràth sa mhadainn; chan e àm math a th' ann dha duine, tha cadal gad iarraidh. Chan fhada gu bheil Johan a' mèaranaich a-rithist. Tha i a' smaoineachadh nach caidil i a-rithist, ach siud i, faisg air cadal. Chan eil fearg oirr' a-nis. Ged a bha i feargach, a' chiad oidhche a bh' aice airson ùine mhòir a chòrd rithe, cha b' urrainn fiù 's sin fantainn slàn. Cha robh i ag iarraidh a bhith na dùisg, a' smaoineachadh. Thug i cudail beag dha John air an t-slighe suas an staidhre, ro sgìth airson càil eile fhaighneachd dha. Dh'fhàg i an siud e. John D na dhùisg. Inntinn a' dol 's a' dol, a chorp cho teann ri fiodh. Uidheam nach gluais. An cadal air a ruaigeadh. A' smaoineachadh.

* * *

Cha robh duine beò a-muigh. Na bàraichean dùinte. Daoine nan cadal. Fuachd ceòthach a' laighe air an àite. Sàmhchair. A' chiad bhlas de ghrian a' tilleadh anns an adhar.

Ach chitheadh tu anail chuideigin air an èadhar agus fuaim a bhrògan air leacan cruaidh a' chidhe. Chitheadh tu ceò air anail, siogarait na làimh ga chumail blàth. Rud beag uisge-beatha air a lipean teth. Stad e, agus choimhead e timcheall.

Air a bheulaibh, bàta.

Thug e a-mach botal beag a bha na phòcaid, a' dèanamh cinnteach a chumail sàbhailte ann an clobhd beag. An ath mhionaid shad e am botal air deic a' bhàta. Bhris e ann am pìosan beaga daoimein air stàilinn an deic, air na ròpan, air an fhiodh. Shad e an t-siogarait aige às a dhèidh, agus nuair a shruc i anns a' ghlainne, ghabh i sa bhad. Blàth san dorchadas. A' gabhail grèim. A' dèanamh a slighe dhan chèabain.

Choisich an duine air falbh air a shocair. Aon mhionaid bha e ann, agus an ath mhionaid cha robh càil ann ach dorchadas air a bhriseadh le solas na gealaich, a bha nis a' fàs fann. An dealt a' laighe air an talamh, agus sàmhchair a' bhaile.

15

Bha an cidhe làn dhaoine goirid an dèidh dhan ghrian èirigh. Daoine a' clìoraigeadh. Daoine ag obair. Bha e air a bhith mar sin uairean mòra a thìde a-nis. Fhuair iad air an teine a chur às faisg air a' chamhanaich.

A' chiad rud air an robh fios aig daoine, 's e gu robh ceò a' tighinn a-steach fo dhorsan nan cèabainean aca. Chual' iad daoine ag èigheachd fad' às, is dhùisg seo tuilleadh dhiubh. Bha an criutha air an dùsgadh gu h-obann, critheadaich ghualainn-ean, èigheachd. Bha iad a-mach às na buncaichean cho luath 's a ghabhadh, a' ruith suas na gangways, an t-iarann teth. An uair sin a-mach air deic tro thrannsa eile, an companionway na theine agus gu leòr rudan air an deic a' cuideachadh an teine.

Fhuair a h-uile duine aiste gu sàbhailt, ged a bha gu leòr dhiubh air ceò a shlugadh nan sgamhanan. Thàinig na smàladairean, agus an dèidh dhaibhsan na hòsaichean aca a chur air, cha robh mòran air fhàgail ach gual dubh agus iarann meirgeach.

Sheas Sergei air a' chidhe, fearg a' ruith tro chorp. Bhruidhinn e air a shocair ri duine neo dithis a bh' anns a' chriutha. Bha daoine bhon bhaile a' cuideachadh leis an sgioblachadh, ach cha robh coltas air na Ruiseanaich gu robh iad ag iarraidh bruidhinn riutha. Cha robh faireachdainn mhath anns an èadhar, fath-annan a' sgèith timcheall. Bha iad a' faighinn timcheall cho luath ri falaisgeir anns an àite. Gu h-àraidh rudeigin mar seo. Cha b' fhada gus am biodh fios aig a h-uile duine mu dheidhinn, am baile a' dùsgadh air madainn na Sàbaid. Timcheall nam bòrd man ceò bho siogarait, an sgeulachd ag atharrachadh agus daoine a' cur rithe.

Thàinig na poilis. Bha iad air a' chidhe a' coimhead timcheall. Cha robh mòran phoileas ag obair anns a' bhaile agus cha robh iad dèidheil air a bhith an-àirde cho tràth air madainn na Sàbaid. Dè a' chabhaig a bh' ann? Agus nach robh na smaointean aca ceart co-dhiù, na Ruiseanaich ag ràdh rudeigin mu dheidhinn electrics agus na locals ag ràdh nach robh fios aca air càil: a' chiad rud air an robh fios acasan, 's e an èigheachd. Cha robh duine ag iarraidh na poilis pàirt a ghabhail, a bhith snòtaich timcheall.

Cha robh fios iag Iain agus Helena air càil gus an tàinig iad timcheall air còrnair faisg air a' chidhe. Bha iad air oidhche a chur seachad ann an taigh-òsta agus bha ise airson faighinn air ais air a' bhàta tràth. Bha Iain air a dhol sìos chun a' chidhe leatha; b' urrainn dha fhèin lioft a thoirt dhi mura biodh duine eile ann. Cha robh i cinnteach nuair a dh'fhaighnich Iain dhi am fuiricheadh iad ann an taigh-òsta, ach mu dheireadh dh'aontaich i. Bha i toilichte gun do dh'aontaich.

Cha robh uiread a' dol air a' chidhe a-nis, daoine nan seasamh a' còmhradh air a' chùis. Duine neo dithis ag innse cho faisg 's a bha iad, gu robh iad fortanach nach robh an teine air grèim ceart fhaighinn, smaoinich nam biodh e air na tancaichean peatrail a ruighinn. Smaoinich dè a dh'fhaodadh a bhith air tachairt . . .

Bha Iain air a bhith ann am fonn math dha-rìribh an dèidh na h-oidhche a bh' aige. Bha iad air fuireach còmhla anns an taigh-osta a b' fheàrr anns a' bhaile; ghabh iad biadh snog agus chaidh iad tràth dhan leabaidh. Bha iad air uairean beaga na maidne a ruighinn mun d' fhuair iad a chadal. Cha tuirt iad mòran air a' chuairt dhachaigh, ach bha Iain air faighneachd an robh i airson coinneachadh a-rithist agus thuirt i gu robh. Nach robh fios aige gu robh.

Cho luath 's a ràinig iad an cidhe, chunnaic Helena supply boat beag a bheireadh air ais i chun a' bhàta aice. Pòg bheag luath, agus bha oidhche mhath aice, agus dh'fhalbh i. Choimhead Iain i a' falbh: bha e airson cuimhneachadh air a h-uile càil, am falt fada dubh sìos a druim, airson cuimhneachadh a h-uile lùb na corp, mar a bha i a' coiseachd. Mus deach i a-mach à sealladh thionndaidh i agus smèid i. Agus an uair sin dh'fhalbh i. Bha Iain ga h-ionndrain anns a' bhad. Cha robh esan ag iarraidh an leabaidh bhlàth fhàgail. Blàths a cuirp timcheall air is e a' dùsgadh agus i a' cumail faisg air tron oidhche. An solas a' tighinn a-steach an uinneag agus a' laighe oirre is i air na plaidichean a chur gu aon taobh. Bha Iain na dhùisg cho fad' 's a b' urrainn dha bhith, dìreach a' coimhead oirre.

Sheall e ris an eathar aca fhèin, ceangailte ri cidhe eile faisg air a' chidhe mhòr, trì bàtaichean a' bruthadh a chèile air an socair. Na dathan measgaichte, na ròpannan measgaichte, a' putadh a' choncrait gu socair leis an t-suaile. Cha b' fhada gu feumadh iad an t-eathar a thoirt a-mach airson a' gheamhraidh, cha mhòr nach robh an seusan seachad, an aimsir dìreach rud beag ro dhona. Bhiodh daoine fhathast ag iasgach, ach dhaibhsan bhiodh e dìreach ro mhì-chinnteach a dhol a-mach. Bha dàibhearan nan creachan air falbh mu thràth, na bàtaichean aca air a' chladach fo tharpaulins.

Bha an *Dawn Rose* ceart gu leòr: cha robh an teine air a dhol cho fada. Chunnaic e fear a dh'aithnicheadh e air a' chidhe, iasgair òg ris an canadh iad Doll. Smèid e ri Iain. Bha iomagain air Doll air adhbhar air choreigin.

— Dè thachair? dh'fhaighnich Iain.

— Chan eil fhios aig duine. Chan eil na Ruiseanaich ag ràdh.

Sheall Iain air an òcrach air a bheulaibh.

— Bàta Shergei a bh' ann?

— Aidh. Bha Vitali air tìr. Chuala mi gu robh e a' coimhead airson John D agus do bhràthar.

— Carson?

— Chan eil fios agam.

Bha aige ri faighinn dhachaigh a dh'innse seo dha Dòmhnall. Gu h-àraidh ma bha daoine a' bruidhinn mu dheidhinn. 'S cinnteach nach do rinn John D seo. Bha fios aig Iain air dè thachair dha Johan, ach bha dùil aige gu robh cùisean air an rèiteach bhon uair sin.

Bha Dòmhnall an-àirde nuair a ràinig e an taigh aige. Bha Iain air a dhol air ais dhan taigh-òsta airson càr Dhòmhnaill a thogail. Chuir e dheth an suids, shuidh e mionaid anns a' chàr. Mu dheireadh thall chaidh e steach dhan taigh.

Bha Dòmhnall ann, muga cofaidh aige air a bheulaibh anns nach robh e air srucadh.

— Tha thu coimhead rough, thuirt Iain. Banais mhath a bh' ann, ma-thà?

— Cha d' fhuair mi cadal uabhasach math.

— An cuala tu mu na tha tachairt air a' chidhe?

— Chuala. Chuir Vitali fòn thugam.

Chaidh Iain a-null chun a' chafetière agus lìon e muga cofaidh dha fhèin, dà làn spàin siùcar geal. Bha e rudeigin sgìth e fhèin.

— Cha do rinn thusa càil, na rinn?

— Cha do rinn.

Thug seo rud beag faochaidh dha Iain.

— Ach tha mi smaoineachadh gur mathaid gur e John D a bh' ann, thuirt Dòmhnall.

Bha a shùilean dearg, sgìth. Bha e air John D a chuideachadh iomadach uair roimhe seo, ach bha seo rud beag cus.

— Chan eil thu dol a dh'innse dha duine an rud a tha mi dol a dh'innse dhut, all right? thuirt Dòmhnall.

— All right.

Guth Dhòmhnaill a-nis ìosal, mar gu robh feagal air gun cluinneadh duine e.

— Tha Vitali ag ràdh . . .

— Vitali?

— An diabhal, Iain, leig dhomh bruidhinn.

— Duilich.

— 'S e aon dha na high heid yins a th' ann a Vitali am measg nan Ruiseanach. Agus tha e gu math càirdeil rinn – sin aon rud. Tha e ag ràdh nach eil an taobh aca, na Ruiseanaich, uabhasach dòigheil. Tha iad ag ràdh gur mathaid gun stad iad a ghabhail nan catches bho feadhainn dha na bàtaichean. Agus bha e fad na maidne a' cur stad air tiùrr dhiubh a bha 'g iarraidh a dhol timcheall gu taigh John D airson bonfire a thòiseachadh.

— Tha seo diabhalt, thuirt Iain. Ghabh e balgam cofaidh eile, a' feuchainn ri smaoineachadh. Bha an cofaidh làidir. An dèidh sin, cha do chuidich e. Cha robh na ceanglaichean a' tighinn còmhla dha.

— Chan eil mi dìreach cinnteach an e sin an seòrsa rud a dhèanadh John D, thuirt Iain. Dè tha e fhein ag ràdh mu dheidhinn?

— Tha mi dìreach a' dol thuige. Cò eile bhiodh ann? Bha e fhèin agus Sergei a' sabaid aig an danns a-raoir. Bha sgian aig John D. Sgian! Tha John D air a bhith às a dhèidh bho . . . bho thachair an rud ud le Johan. Cò eile bhiodh ann?

— Càit a bheil e an-dràst?

Chrath Dòmhnall a cheann.

— Chan eil fios agam. Ma tha ciall sam bith aige, bidh e ann am Morocco.

Dh'èirich Dòmhnall às an t-sèithear aige gu h-obann. Phaisg e an dressing-gown aige timcheall air.

— Feumaidh mi bruidhinn ris, thuirt Dòmhnall.

— An tig mi còmhla riut?

— Cha tig, tha thu all right. Cuiridh mi fòn thugad a dh'aithghearr. 'S mathaid gum feum sinn faighinn a-mach às a' bhaile, triop eile a dhèanamh.

Choimhead Iain air: cha robh e cinnteach.

— Bha dùil agam gu robh sinn a' dol a thoirt a' bhàta a-mach airson a' gheamhraidh.

— Needs must, Iain. Ma dh'fhuiricheas e an seo, aig Dia tha fios dè thachras. 'S e mess a th' ann.

Chaidh Dòmhnall suas an staidhre dhan t-seòmar-cadail, fuaim trom a chasan. Bha Iain sàmhach, na shuidhe anns a' chidsin. Bha an t-àite cho neònach, sàmhach bho dh'fhàg Leanne agus a' chlann. Agus cha robh an coltas ann gun tilleadh i. Craiceann air a' chofaidh. Thàinig Dòmhnall air ais sìos an staidhre, aodach air. Bha fios aige dè bha e a' dèanamh a-nis. Fhalt aige air a fhliuchadh air ais, aftershave a' measgachadh le fàileadh nan siogaraits. Thog e an stuth aige, a chuid smaointean air rudeigin eile. A' wallet aige. Iuchraichean.

— Cuiridh mi fòn thugad cho luath 's a bhios fios agam dè tha tachairt. Ma dh'fheumas sinn a dhol a-mach, thuirt Dòmhnall.

— Tha thu ag iarraidh orms' a thighinn còmhla riut?

— Nach eil fhios agad gu bheil. Tha cus obrach ann dha dithis.

— Dè ma tha planaichean eile agam?

— Iain, na dèan prick dhìot fhèin.

Cha do chòrd seo ri Iain. Bha fios aig Dòmhnall nach bu chòir dha bhith air càil a ràdh. Ro anmoch a-nis.

— Prick? Tha thu toirt orm seo a dhèanamh agus 's mise am prick?

Dòmhnall duilich.

— Tha mi duilich, Iain. Tha mi dìreach . . . cus nam inntinn. Cuiridh mi fòn a dh'aithghearr, all right?

Dòmhnall a' feuchainn ri faighinn a-mach an doras ann an aon phìos.

— Latha na Sàbaid, cuimhnich: chì mi aig diathad thu? dh'fhaighnich Iain.

Bha Dòmhnall air dìochuimhneachadh mu dheidhinn.

— À . . . mura bi mi ann, dìreach tòisichibh, innis dha Mam gu bheil rudeigin agam ri dhèanamh.

Rinn e a shlighe a-mach gu càr John D. Bha e fhathast aige bhon oidhche roimhe. Thug e sùil luath am broinn a' chàir aige fhèin: a h-uile càil an òrdugh. Cha robh làrach shàilean àrda air an dashboard co-dhiù, smaoinich e. An dèidh sin, smaoinich e, nach ann air a thàinig an dà latha, a bhràthair beag a' faighinn barrachd ghirlfriends na e fhèin. Dh'ith an càr feadhainn dha na chips air an staran, gan sadail suas dhan èadhar, is e a' smaoineachadh air a seo.

Choimhead Iain e a' fàgail bhon uinneig. Bha an oidhche a bh' aige le Helena a' faireachdainn gu math fad' às a-nis, ged a bha e fhathast a' faireachdainn blàths a cuirp air fhèin. Choimhead e a-mach sgàthan na h-uinneig treis bheag eile, agus an uair sin chaidh e chun a' fridse. Thug e a-mach rud beag hama is uighean agus chuir e ann am pana iad. Bha feum aig duine air rud beag bìdh na stamag ma bha aige ri smaoineachadh.

* * *

Bha an cidhe an ìre mhath sàmhach a-rithist. Thug Dòmhnall sùil gheur air anns an dol seachad. Cha robh math dha aghaidh a shealltainn shìos ann an-dràst co-dhiù. Bhiodh gu leòr dha na locals gu math mì-thoilichte cuideachd. 'S e annas a bh' ann gu robh an dà thaobh, na locals agus na Ruiseanaich, a' faighinn air adhart idir, ach bha iad. Agus bha an dà thaobh air glè mhath a dhèanamh a-mach às. Cha robh Dòmhnall airson gum milleadh iad sin. Chùm e air suas gu taigh John D, pàirt dheth ag iarraidh deagh robhlaigeadh a thoirt dha. Pàirt eile dheth an dòchas nach robh sgeul air.

Ach bha John D aig an taigh. Chunnaic Dòmhnall aghaidh ann an uinneag a' chidsin, e a' crathadh a chinn, halò beag luath. An doras air a chòmhdach le cardboard – bha rudeigin air tachairt. Pioc smalltalk.

— Dè thachair? dh'fhaighnich Dòmhnall.

John D na sheasamh, a' coimhead gu math rough. Aodach air feadh an àite, sùilean dearg.

— Shad cuideigin breige tron uinneig a-raoir.

— Cò?

— Cò an diabhal a tha thu a' smaoineachadh? Sergei, chanainn-s'. Neo aon dha chuid charaidean.

— An e sin an t-adhbhar gun do chuir thu teine ris a' bhàta aige?

John D sàmhach, a' smaoineachadh air an rud a thuirt Dòmhnall.

— Dè?

— Bàta Shergei. Tha fios agad dè thachras a-nis? An diabhal anns an teant agus a h-uile càil. Carson a rinn thu e?

— Chan eil fios agam cò air a tha thu a-mach.

Dh'fhàg e an doras fosgailte agus chaidh e air ais a bhroinn an taighe. Lean Dòmhnall e, a' dùnadh an dorais air a chùlaibh.

— Nach sguir thu dhan bhullshit agad.

Chunnaic Dòmhnall màthair John D na suidhe anns an t-seòmar-suidhe. Modhail a-rithist.

— Latha math, thuirt e.

— Hi, a Dhòmhnaill. Latha math dha-rìribh. Ach 's mathaid gun dèan e uisge a dh'aithghearr.

— Bheil sin ceart? Bha mi dìreach a' toirt càr John D air ais.

— Glè mhath, glè mhath.

Chaidh e dhan chidsin an dèidh John D agus dhùin e an doras.

— Chuir cuideigin bàta Shergei na teine a-raoir.

— 'S math an airidh 's bobhla siùcair.

— An diabhal, John, bheil fhios agad dè thachras a-nis?

— Bu chòir dha bhith air tachairt bho chionn ùine mhòir.

Chaidh John D chun a' fridse agus thug e a-mach dà bhotal beag leann. Dh'fheuch e ri fear a thoirt dha Dòmhnall, ach cha robh e ga iarraidh. Ghabh John deagh shluig à aon dha na botail.

— Tha mi air a bhith a' bruidhinn ri Vitali. Tha sinn a' smaoineachadh gum bu chòir dhut am baile fhàgail airson treiseag.

— Chan fhàg na.

Chan eil seo gu bhith furasta, thuirt Dòmhnall ris fhèin.

— Cha b' e thus' a rinn e, ma-thà? thuirt e.

— Tha sin ceart, fhreagair John D.

Cha robh fios aige dè chreideadh e a-nis. Chan innseadh John D breug dha, 's cinnteach. Ach cò eile a dhèanadh seo?

— Mura h-e thusa bh' ann, cò eile bh' ann?

— Dè 'm fios a th' agams'? Tha gu leòr a dhèanadh a leithid, cuiridh mi geall. 'S esan a bu chòir a bhith fàgail a' bhaile, chan e mise.

Cha robh seo a' dol a dh'obrachadh, smaoinich Dòmhnall ris fhèin.

— Carson nach falbh sinn co-dhiù? Tha sinn airidh air holiday bheag an dèidh na h-obrach a rinn sinn.

Cha robh seo idir a' còrdadh ri John D. Cho dùinte ri faochag.

— Siuthad, John. Fiù 's mura h-e thusa bh' ann, bidh Sergei a' smaoineachadh gur e. Agus aig Dia tha fios dè nì e. Ma dh'fhàgas sinn dìreach airson latha neo dhà, seachdain . . . bidh Vitali air cùisean a chur ceart mun till sinn. Chan eil na Ruiseanaich ag iarraidh gun tòisich cogadh mar seo a bharrachd. Bidh e nas fheàrr dhan a h-uile duine ma . . . dh'fhàgas Sergei.

— Ma dh'fhàgas Sergei?

— Tha gu leòr àiteachan eile ann. Faodaidh e a dhol suas gu Wick neo a dh'àiteigin. Gu leòr àiteachan le bàtaichean Ruiseanach. Siuthad, John. Dh'fhaodadh sinn fiù 's a dhol dhan Spàinn treiseag, sìos gu Morocco. Bha thu airson break beag a ghabhail co-dhiù. Nach eil gu leòr hassle air a bhith againn a chumas a' dol sinn treiseag?

Bha John D a' smaoineachadh mu dheidhinn.

— Chan eil feagal orms' bhon bhalgair ud.

— Tha fios againn air a sin.

Ghabh John D deoch mhòr dhan leann a-rithist, an ìre mhath a' cur crìoch air a' bhotal bheag.

— Agus dè thachras ma dh'fhàgas mise? Chunnaic thu mar a thachair dhan uinneig. Cuideigin a' sadail breige tron uinneig ann am meadhan na h-oidhche. Tha Johan an seo. Mo mhàthair. Dè ma thachras rud fhad 's a tha mi air falbh?

— Chanainn-s' gum biodh iad na bu shàbhailt nam fàgadh tusa airson treiseag.

Chuir John D crìoch air a' bhotal.

— 'S mathaid gu bheil thu ceart . . . Ach . . .

Cha mhòr nach robh Dòmhnall air a' chùis a dhèanamh air. A' dèanamh a dhìchill gus na putannan a dhìtheadh.

— Tha mise airson triop eile a dhèanamh mun crìochnaich an seusan. Faodaidh sinn a dhol a-mach, rud beag spondoolies a dhèanamh mun tig an geamhradh. Nuair a thilleas sinn bidh cùisean air an rèiteach. Innsidh mi dè tha tachairt dha Vitali. Cha bhi Sergei an seo uabhasach fada.

Smaoinich John D air a-rithist.

— Dè an seòrsa staid anns an robh am bàta aige?

— Write-off.

Rinn e gàire beag.

— Tha mi 'n dòchas gun tuit i às a chèile fo chasan.

— Tha 's mi fhìn.

Shad e am botal dhan bhiona. Cha b' e a' chiad fhear an-diugh.

— Dè man a tha Johan? dh'fhaighnich Dòmhnall.

— Ceart gu leòr. Tha i timcheall ma tha thu airson halò a ràdh.

Bha iad sàmhach airson mionaid, agus an dithis aca a' smaoineachadh air an triop.

— Am faca tu am forecast? dh'fhaighnich John D.

— Chan fhaca.

— Abair seòladair.

Sàmhach a-rithist.

— Tha thu cinnteach nach fhaigh Johan agus mo mhàthair hassle?

— Tha.

— All right. Ma tha thu smaoineachadh gum bu chòir dhuinn sin a dhèanamh, 's e sin a nì sinn.

— Morocco neo iasgach?

— Iasgach, amadain a tha thu ann. Ma thèid mi a Mhorocco, chan fhaigh mi dhachaigh a-chaoidh.

Rinn Dòmhnall gàire beag.

— Cuimhn' agad air Dan Beag? Chaidh e a-mach airson seachdain agus cha do thill e.

— Chaidh athair a-mach air a thòir mìos neo dhà air ais. Thill e leis. Trì bliadhna a bha e air falbh.

— Trì bliadhna! Thalla.

— Aidh . . . agus leis cho fortanach 's a tha mise an-dràst, chan eil fhios dè thachradh.

Rinn John D gàire; bha e math a chluinntinn a' gàireachdainn a-rithist.

— Falbhaidh sinn a-nochd, ma-thà. Fuirichidh sinn gus am bi e dorch; nì sinn air ar socair e. Cuiridh mi fòn gu Iain a dh'innse dha dè tha tachairt. Aig a' chidhe timcheall air aon uair deug, ma-thà? Tha e a' tòiseachadh a' tràghadh aig meadhan-oidhche.

— All right.

— Agus na gabh an còrr, thuirt e, a' togail aon dha na botail leann.

— Tha thu coltach ri mo mhàthair.

Sheas Dòmhnall. Cha robh e airson gun atharraicheadh John D inntinn.

— Can halò ri Johan bhuam.

— Nì mi sin.

Tìoraidh luath dha màthair John D agus a-mach an doras leis, John D air a chùlaibh.

— 'G iarraidh lioft?

— Tha mi ceart gu leòr, tha mi ag iarraidh coiseachd.

Dòmhnall a-nis aig a' gheata.

— Hoigh, dè thachair dha Iain leis an nighinn Ruiseanaich ud?

— Faodaidh tu faighinn a-mach a-nochd.

— O . . . nì mi sin . . .

Dh'fhalbh Dòmhnall. Chaidh John D air ais a bhroinn an taighe. Cha robh e cinnteach an e seo an rud ceart idir. Chaidh e air ais chun a' fridse. Ghabhadh e dìreach aon eile. Dè 'n diofar a dhèanadh e, agus 's mathaid gun cuidicheadh e ciall a dhèanamh dha na rudan seo a bha a' ruith timcheall a chinn.

Chuir Dòmhnall fòn gu Iain bho bhucas-fòna: bha e airson innse dha dè bha tachairt.

— All right, Iain?

— Hi.

— Tha sinn a' dol a-mach. Shìos aig a' chidhe mu aon uair deug.

Sàmhchair aig taobh eile a' fòn.

— Am faca tu am forecast?

— Chan fhaca.

— Chan eil e uabhasach math.

— Nì sinn a' chùis.

Sàmhchair a-rithist.

— Tha mi dìreach . . . chan eil mi smaoineachadh gum bu chòir dhuinn a dhol a-mach. Bha dùil agam gu robh sinn deiseil airson na bliadhna sa?

— Iain, tha fios agad carson a tha sinn a' dol a-mach: feumaidh sinn John D fhaighinn air falbh airson treis.

— Cha bu chòir dha bhith cur teine ri rudan, ma-thà.

Cha tuirt Dòmhnall càil. Cha robh e airson gum biodh argamaid aca, agus cha robh e airson a dhol a-mach le dìreach dithis. Bha fios aige nan atharraicheadh an aimsir gum biodh feum aige air paidhir làmhan eile.

— Bidh an t-airgead math. Chan eil uimhir a bhàtaichean a' dol a-mach an-dràst. Bidh sinn set up airson a' gheamhraidh.

— Dè cho fad 's a tha thu ag iarraidh a dhol a-mach?

— Chan eil fios agam. Seachdain. Deich latha.

— Chan urrainn dhomh.

— Carson an diabhal nach urrainn?

— Tha mi a' coinneachadh ri Helena an ath sheachdain.

— Helena?

— An girlfriend agam.

— An Ruiseanach? Girlfriend a th' innte a-nis?

— 'S e. Agus tha a h-uile càil air dòigh. Agus chan urrainn dhomh fios fhaighinn thuice airson rudan atharrachadh.

Shaoil Dòmhnall gur mathaid gum bu chòir dha a bhith air a dhol timcheall chun an taighe an àite seo a dhèanamh air a' fòn.

— Iain . . . tha John D ann an trioblaid mhòr. Bha e a' sabaid leis an fhear ud ceart gu leòr, ach chan eil fhios agam an e esan a chuir teine ris a' bhàta. Agus chuir cuideigin breige tron uinneig aige a-raoir. So, feumaidh sinn fhaighinn air falbh bhon bhaile airson treiseag, mun tachair rudeigin dona. Tha fios agam gur e hassle a th' ann dhut. Ach feumaidh mi cuideachadh . . . Iain, tha mi ag iarraidh cuideachadh.

Bha Iain sàmhach airson treis mhath. Cha robh mòran cothruim aige càil eile a dhèanamh.

— All right. Chì mi aig a' chidhe thu aig aon uair deug. Cheers.

Agus chuir e sìos am fòn. Taing do Dhia, smaoinich Dòmhnall. Chan fhada gus am biodh iad air falbh bhon a h-uile càil. 'S mathaid gu robh cùisean a' dol leis mu dheireadh thall.

* * *

Agus mar sin fhuair iad iad fhèin nan seasamh: bagaichean, robach, air an lìonadh a-rithist. Cha robh fhios dè cho tric 's a bha iad air seo a dhèanamh, an aon rud a-rithist 's a-rithist, ach seo iad aig an àm cheart, bha e sàmhach ceart gu leòr, agus bha iad sòbarr, ag obair.

An cidhe air Latha na Sàbaid sàmhach, gun duine beò timcheall. Na bàtaichean air acair sa bhàgh man satellites mheirgeach a' dol timcheall nan càballan aca. Na sèinichean ceangailte ri na acairean tattoo fada shìos air a' ghrunnd.

Chan eil duine a' còmhradh. Chan eil fios aca dè cho fad' 's a bhios iad a-muigh. Barrachd air seachdain co-dhiù. Iain a' coimhead solais bàta Helena anns an dorchadas: 's mathaid gum bu chòir dhaibh a dhol seachad oirr', airson a bhith cinnteach, èigh bheag. Nas fheàrr na fios fhàgail le cuideigin anns nach robh earbsa sam bith aige. Litir bheag aig Jock dhi. Saoil am faigheadh i i?

Ach chan eil iad a' stad. Tha iad a' dèanamh an cuid slighe a-mach air plangaid na mara, a-nochd ciùin – sin aon rud co-dhiù. A' coimhead air adhart ri tighinn dhachaigh 's an toll làn, rud beag airgid nad phòcaid, nighean a' feitheamh riut, deoch bheag ann am bàr blàth far am faodadh duine seasamh dìreach gun cus robhlaigeadh.

Bha fios aca nach robh math dhaibh a bhith ag argamaid air bàta. Ach fhathast, bha rudan a' cur dragh orra. Cha tuirt iad càil ri càch-a-chèile. Bha iad a-nis còmhla. Le chèile.

Chunnaic an triùir aca an tìr a' dol a-mach à sealladh. Bha iad a' dol a-mach treis dhan mhuir. A-mach fada air falbh bho tìr. Bha am bàta aca math gu leòr, dheigheadh i a dh'àite sam bith. Agus 's mathaid gun dèanadh iad barrachd airgid. Co-dhiù, cha b' e sin an t-adhbhar. Bha iad a' falbh. Bha iad dìreach ag iarraidh air falbh.

Siud am baile. Siud an tìr. Siud na beanntan.

Cha b' fhada gus an do dh'fhàg iad a h-uile càil air an cùlaibh. Dhìochuimhnich am baile iad beagan. Ceithir latha, còig latha, na lathaichean a' falbh. Dh'obraich iad cho cruaidh 's a b' urrainn dhaibh.

Cha robh sgeul orra.

16

Latha neo dhà an dèidh dhaibh fàgail, bha Jock e fhèin a' plobhdraigeadh timcheall ann am bàta beag. Joba eile. Cha robh e a' stad. An turas seo a' toirt Bhìoball a-mach gu na bàtaichean. Èildear air choreigin ag iarraidh Dia a thoirt gu na pàganaich air na bàtaichean mòra. Uill, ma bha e airson an Fhìrinn a thoirt gu daoine, chosgadh e.

'S e oidhche Haoine a bh' ann, agus bha còir aig Jock an litir a thug Iain dha a thoirt gu Helena gu ruige seo, ach cha robh e air sin a dhèanamh. Bha e daonnan a' dìochuimhneachadh, an-còmhnaidh a' faighinn lorg oirre aig an àm cheàrr na phòcaid, aig a' bhàr, air a shlighe a cheannach pàipear-naidheachd. Cha bhiodh tìde aige a-nochd a bharrachd. Bha aige ri bhith ann an àite eile.

Cha robh tìde aige na Bìobaill gu lèir a thoirt timcheall nam bàtaichean.

Cha robh e air a bhith ann am fonn math airson seachdain

a-nis. Cha d' fhuair e pàigheadh math bho Hector airson an joba mu dheireadh a rinn e. Dh'fhaighnich e dha tric gu leòr, agus nach robh esan air an obair a dhèanamh. Bha e air a bhith ann an cunnart a bheatha a chall agus cha d' fhuair e fiù 's leth na bha còir aige fhaighinn. Cha robh sin ceart.

Ach cha robh e airson a bhith ag argamaid le Hector. Bha Jock an ìre mhath cinnteach cò chuir teine ri bàta Shergei. Bha Hector ag iarraidh a' bhèile aige air ais. Agus cha robh thu ag iarraidh gu sàraicheadh tu duine mar sin. Bha an t-Arm air a chur droill. Às a chiall.

Bha a' mhuir ciùin a-nochd. Bha an rud mu dheireadh air a dhol math. Cho furast' 's a ghabhadh. 'S beag an t-iongnadh gu robh daoine a' taghadh beatha mar seo. Ma bha e cho furasta airgead a dhèanamh mar seo, bha e na iongnadh dha carson nach robh a h-uile duine ga dhèanamh. Agus mar sin, dh'aontaich e ri joba eile. Bha fios aig Hector dè bha e a' dèanamh, smaoinich Jock. Thug Hector dha am fiosrachadh a bha a dhìth air. Bàta eadar-dhealaichte an turas seo. Galicians an turas seo. Bha iad math air smugladh, na Galicians.

Ach fhathast, smaoinich e, gheibheadh e air cadal na b' fheàrr nam biodh e a' dèanamh rudeigin laghail. Agus phàigheadh duine tòrr airgid airson sin. Oidhche mhath cadail.

Cha robh an t-èildear dòigheil nach robh iad a' cumail a' dol. Ach cha robh càil ann a b' urrainn dha a dhèanamh. Thuirt Jock ris gun toireadh e leis na Bìobaill an ath latha air na rounds aige. Dhèanadh e cinnteach às a sin. Sin a thubhairt e co-dhiù. 'S mathaid gun gabhadh an Salvation Army ann an Glaschu iad. Shàbhaileadh sin ùine.

Cha robh e ro dhèidheil air na daoine a choinnich ris ann an

Glaschu an turas mu dheireadh. Cha robh e ag iarraidh fuireach airson mionaid a bharrachd air na dh'fheumadh e. Dh'fheumadh e dìreach a nèarbh a ghleidheadh.

Chuimhnich e air an litir an dèidh dha am bàta a cheangal aig a' chidhe. — An diabhal, thuirt e. Bha Iain air innse dha iomadach uair cho cudromach 's a bha i. Agus thuirt Jock ris iomadach uair gun dèanadh e e gun dàil. Dhèanadh e a dh'aithghearr e – 's mathaid a-màireach an dèidh dha tilleadh à Glaschu. Bha e ag iarraidh a dhol sìos agus air ais suas gu math luath, fiù 's ged a bha e a' ciallachadh nach fhaigheadh e mòran cadail. Dh'fhaodadh e dràibheadh sìos a-nochd agus cadal air a' bhus suas an ath latha. Bhiodh e anns a' phub airson a dhiathad. Gu leòr tìde air fhàgail airson an litir a thoirt a-mach gu Helena.

Bha am baga aige deiseil, bha e a' dràibheadh suas an rathad gu far an robh a' bhan a bha e a' cleachdadh. Cha robh e ag iarraidh gum biodh ceangal sam bith eadar e fhèin agus a' bhan, agus cha robh Hector ag iarraidh air a' bhan a thoirt tron bhaile mar a rinn e an turas mu dheireadh. Ach an dèidh sin! Cha robh e ach air tòiseachadh anns a' ghèam seo. Ged as e seo an joba mu dheireadh aige. Sin aon rud a bha cinnteach.

Leum e dhan càr aige fhèin, not neo dhà a fhuair e bhon èildear na phòcaid. Bu bheag sin an taca ri na gheibheadh e a-nochd. Na mìltean.

Cha do mhothaich e gu robh cuideigin ga choimhead fhad 's a rinn e a shlighe air an rathad a-mach às a' bhaile. Bha paidhir shùilean tro phrosbaig làidir air a bhith ga choimhead a' mhòr-chuid dhan latha. Bha airson seachdain.

Agus bha ùidh mhòr aig Frank London ann an Jock a-nochd.

* * *

Bha London an dòchas gun deigheadh a h-uile càil ceart gu leòr. Bha e air tòrr obrach a dhèanamh air a shon.

Cha robh fios aig duine anns a' bhaile, ach 's e Senior Investigation Officer a bh'ann an Frank London le Customs & Excise. Ex-MI5. Ex-Marines. Bha e air a bhith a' fuireach anns a' bhaile airson treis mhath a-nis, ach bha e duilich dha daoine dha leithid fhèin fuireach ann an àite gu sàmhach. Co-dhiù, an dèidh treis bha daoine a' smaoineachadh gur e local eile a bh' ann. Rudeigin slaodach, 's mathaid, ach snog gu leòr. Bha e air obraichean beaga a dhèanamh, ag obair air bàtaichean, mar welder, ann am bùth, dìreach airson eòlas fhaighinn air daoine. Bha fiù 's bràmair aige.

Agus bha gu leòr a' tachairt airson a chumail trang. Bha an costa timcheall air a' bhaile gu math iomallach. Cha b' urrainn dhaibh sùil a chumail air a h-uile pioc dheth. Agus bha drogaichean a' tighinn a-steach dhan dùthaich tro na bàghan agus na geodhaichean seo. Dheigheadh bàtaichean fada a-mach gu muir, uaireannan cho fada ri costa Ameireagaidh a Deas – an fheadhainn mhòra aca co-dhiù – agus choinnicheadh plèana riutha, a' fàgail cargu aca. Cha robh e airson smaoineachadh air a' mharijuana agus cocaine a thàinig tron route seo. An route aigesan.

Bha turas neònach air a bhith aige gus an t-àite seo a ruighinn. Bha e an toiseach air obrachadh anns na puirt mhòra an ceann a deas Shasainn. Dòbhair. Siud agad rud. Bha sin an dèidh dhan chiad phòsadh aige briseadh an-àirde. Bha e air gluasad à Lunnainn airson tòiseachadh às ùr. 'S ann an sin a choinnich e ri Madeleine. Bha e dèidheil air an ainm aice, oir bha e keen air na cèicichean beaga leis an aon ainm.

Bha Madeleine air fhaighinn dhan leabaidh le bhith a' dèanamh phoitean mòra de bhrot agus a leithid. Stiubhaichean. Mions – bha e dèidheil air mions. Bha e garbh dèidheil air Irish Stew. Agus 's e cur-seachad a bh' innte an dèidh an sgaraidh aige leis an tèile. Cha robh i cho brèagha sin, smaoinich e, ach bha cìochan snog oirre. Dheigheadh e a-mach le boireannach nam biodh feature math aice mar sin. Companach. Leabaidh. Chòrd e ris.

Cha b' fhada gu robh iad còmhla ceart. Chuir iad an taigh anns an dà ainm. 'S e an taigh aigesan a bh' ann ach . . . bha aon chunntas banca aca. Toiseach tòiseachaidh ùr a bh' ann. Ach aon latha ghnog cuideigin air an doras. Removals a bh' ann. Chaidh e às a chiall ach cha b' urrainn dha càil a dhèanamh. Thug i leatha a' mhòr-chuid dhan àirneis. Ruith e sìos am baile dhan bhanca. Bha leth dhan airgead air falbh. An t-airgead aigesan. Bha e air obrachadh cruaidh airson an airgid sin. Oidhcheannan fada. Ag obair le daoine air nach robh e dèidheil. Cruaidh.

Agus mar sin, nuair a bha an cothrom ann transfer fhaighinn gu ceàrn iomallach de Bhreatainn, ghabh e e. Bha e ag iarraidh air falbh bhon a h-uile càil. Agus nam fuiricheadh e, bha teans math ann gum marbhadh e i.

'S e obair mhath a fhuair e. Bha pecking order ann an Customs cuideachd agus 's e an Drugs Unit a bh' aig a' cheann. Agus bha Frank gu math àrd ann. Bhiodh obair gu leòr aige ri dhèanamh cuideachd, is drogaichean a' sruthadh a-steach dhan dùthaich bhon tuath. Bàtaichean-iasgaich gan toirt a-steach. Dhèanadh iad an slighe gu Lunnainn. Air na sràidean ann an latha neo dhà.

Bha e treis mhath a' fàs cleachdte ris a' bhaile. Agus cha robh daoine cinnteach às an toiseach a bharrachd. Ach mu dheireadh thall, dh'fhàs daoine cleachdte ris. Agus seo am pay-day aige.

Bha iad air a bhith an dèidh Hector airson treis mhath a-nis. Bha fios aca gu robh e an sàs ann an shipments a bheireadh fiosrachadh dhaibh air tòrr dhaoine a bha an sàs ann an obair dhrogaichean. Chaill iad an shipment mu dheireadh: cha robh iad deiseil air a shon. A-nis bha iad deiseil. Ro dheiseil. Bha iad air a bhith ag obair cho cruaidh 's gu robh a h-uile duine aca cho sgìth ris a' chù. Ach an dèidh sin. Bha iad deiseil.

Bha iad air a bhith cumail sùil air daoine airson seachdain a-nis. Bha cutter Chustoms & Excise a' patròiligeadh. Bha plèana anns an adhar aca bhon RAF. Cha robh e airson gun cuireadh iad stad air an drop. Bha e an dèidh nan iasg mòra. Bha e ag iarraidh faighinn a-mach dè an oidhche a b' fheàrr airson iasgach.

Bha fear a bha ag obair còmhla ris air an robh Fionnlagh. Chunnaic an dithis aca Jock a' fàgail. Bha sgiobannan air feadh na dùthcha air an rathad sìos gu Glaschu: cha bhiodh fios aig a' mhark gu robh càr air a chùlaibh, oir bhiodh e eadar-dhealaichte a h-uile leth-cheud mìle. Cha robh càil aca ri dhèanamh ach feitheamh.

Chunnaic iad Jock a' dol a-mach anns an RIB bheag aige, bàgh eile an turas seo, a cheart cho duilich faighinn thuige. Thog e an lod agus thill e, a' mhuir fhathast ciùin, ged a bha coltas stoirm air fàire.

Chuir Jock na bèilichean dhan bhan, tarpaulin air am muin, agus dh'fhalbh e sìos an rathad. Bha àireamh-fòn na companaidh a thug dhaibh a' bhan air a cliathaich. Mhothaich Jock dhan sin agus smaoinich e airson mionaid an robh Hector cho cliobhar 's a bha e a' smaoineachadh, neo an e dìreach muscle a bh' ann, a' gabhail brath air daoine eile airson an obair shalach a dhèanamh. Smaoinich Jock gur mathaid gum bu chòir dhàsan a bhith faighinn rud beag a bharrachd airgid na bha e a' faighinn. Chuir e air teip a rinn e fhèin, ceòl airson e fhèin a chumail na dhùisg air an t-slighe sìos.

Bha e mu fhichead mìle deas air a' bhaile nuair a chuir London roimhe rudeigin a dhèanamh. A' chiad phlan a bh' aige, 's e leigeil dha faighinn sìos an rathad: 's mathaid gu faigheadh iad a-mach cò na daoine a bh' aca ann an Glaschu. Ach bha an sgioba aige gus tuiteam le sgìths. Cha robh a' mhòr-chuid dhiubh air cadal an oidhche roimhe, agus cha robh duine a' coimhead air adhart ri dràibheadh airson sia uairean a thìde agus an uair sin barrachd surveillance aig an taobh eile. 'S mathaid gun deigheadh rudeigin ceàrr mura biodh iad nan dùisg ceart.

'S mar sin, chuir London stad air Jock. Bha gu leòr chàraichean agus dhaoine aige. Agus air pìos an ìre mhath sàmhach dhan rathad fhuair Jock e fhèin air a chuairteachadh le poilis. Cha mhòr nach do chac e. Cha robh seo math. Cha robh seo math idir.

* * *

Thug iad Jock gu stèisean-poilis anns' a bhaile mhòr a b' fhaisge orra. Rinn iad cinnteach gu robh deagh fheagal air mun àm a ràinig e.

Rinn London cinnteach nach fhaca duine e; bha e airson tuilleadh obrach a dhèanamh anns a' bhaile. Bha na ceannardan aige a' smaoineachadh gu robh feum ann, agus mar sin 's e an deputy aige, Fionnlagh, a bhruidhinn ri Jock. Cha bhiodh e ro dhuilich. Bhruidhneadh Jock gun cus trioblaid.

Shuidh Jock anns an rùm. Cha robh càil air na ballachan. Teip-reacòrdair. Sèithrichean plastaig agus sgàthan aig aon taobh dhan rùm. Dìreach man an telebhisean, smaoinich e. Thàinig Fionnlagh a-steach agus thòisich e a' bruidhinn: ainm, latha a bhreith, rudan mar sin. Agus an uair sin thòisich e ceart.

— Tha thu ann an staing, Jock. Bheil fhios agad dè bh' agad?

— Chan eil.

— Cocaine. Nam b' e marijuana a bh' agad, cha bhiodh e air a bhith cho dona dhut. Tha seo a' ciallachadh . . . fichead, còig bliadhna fichead sa phrìosan.

Thòisich ballachan sglèat-liath an rùm a' dol mun cuairt.

— Fichead bliadhna? thuirt Jock.

Le na fhuair iad anns a' bhan aige, cha bhiodh e buileach cho dona ri sin, ach cha robh cron ann rud beag feagail a chur air.

— 'S urrainn dhuinne do chuideachadh. Ma leigeas tu dhuinn.

Smaoinich Jock air Hector. Bha a cheart uiread feagail aig Jock bho Hector 's a bh' aige bho na poilis.

— Cha robh fhios agams' air càil mu dheidhinn.

— Tha fios deamhnaidh math agad. Chan e turchartas a bh' ann. Ma chanas tusa 'Not guilty', nì sinn cinnteach gu faigh thu cho fad' 's a ghabhas anns a' phrìosan. Nì sinn example dhìot. Tha iad airson gun cuir sinn stad air daoine bho bhith a' toirt dhrogaichean a-steach dhan dùthaich air an route seo. Chan eil sinn a' breith air na tha sin. 'S e poster boy a bhios annad. Mura cuidich thu sinn.

Bha làmhan Jock a' critheadaich rud beag, e a' feuchainn rim falach. A' gabhail balgam dhan chofaidh airson e fhèin a dhùsgadh. An diabhal, smaoinich e. Litir Iain. Bha i fhathast aige. Chuir e a-mach às inntinn i. Hector a-rithist. Nan canadh e càil mu dheidhinn, cha robh fhios dè dhèanadh e. Agus nam bruidhneadh e anns a' Chùirt . . . dh'fheumadh e gluasad a Bhrasail no a dh'àiteigin mar sin. Bogotá. Tangiers.

— Innis dhomh mu dheidhinn Hector, thuirt Fionnlagh.

O, dhuine bhochd, smaoinich Jock. Cha ghabhadh seo a chreidsinn. Thàinig e thuige dìreach cho dona 's a bha an staing anns an robh e. Chan e seo a bhith a' toirt a-mach stuth gu na Ruiseanaich, a' ruith na cloinn-nighean timcheall. Bha iad a' bruidhinn air prìosan. A bheatha.

— Dè chanas do mhàthair nuair a gheibh i a-mach?

B' e sin an iuchair. Thòisich Jock a' rànail, a' feuchainn ri stad a chur air fhèin, air a nàrachadh. Ach cha b' urrainn dha stad. A mhàthair. A mhàthair bhochd. Cha chreideadh i e. Bhiodh cus an seo dhi. Agus cha b' urrainn dha a dhol a dh'Ameireagaidh le clann-nighean a pheathar. Gu Disney World. Na rudan nach b' urrainn dha a dhèanamh. A smaointean air feadh an àite.

— Tha mise ag iarraidh fear-lagha, thuirt Jock.

— Gheibh thu fear. A bheil thu dol gar cuideachadh, Jock?

Na deòirean tiugh, saillte a' ruith sìos a ghruaidhean.

— A bheil thu dol gar cuideachadh?

Cha robh e ag iarraidh a dhol dhan phrìosan. A bhith glaiste ann am bucas beag airson bhliadhnaichean. Bha e airson a bhith beò. Dhèanadh e rud sam bith.

— Tha. Cuidichidh mi sibh.

Shuidh London air ais na shèithear. Bha e air a' chùis fhaicinn tron ghlainne. Bha e gu math dòigheil leis fhèin.

Rinn iad deal le Jock. Ghabh e ris a h-uile càil a bha iad ag iarraidh. Bha e air chall, mar gu robh e fada muigh aig muir, am bàta beag aige a' lìonadh le uisge, a chasan fliuch. Fios aige a-nis air dè rinn e. Am bàta a' tionndadh. Dh'fheumadh e grèim fhaighinn air rudeigin. Sin an aon dòigh a shàbhaileadh e e fhèin.

Bha iad ag iarraidh air cumail air sìos an rathad leis a' bhan. Thòisicheadh e tràth anns a' mhadainn, oir bha sgioba London cho sgìth. Chuireadh e fòn gu Hector ag ràdh gun do thachair rudeigin, taidhr air spreaghadh neo rudeigin, agus gu robh e dol a stad a chadal, ann an àiteigin sàmhach ri taobh an rathaid. Nach robh sin na b' fheàrr na a dhol bhon rathad?

Bhiodh bug air. Agus bha iad ag iarraidh air bruidhinn ri Hector airson treis mhath. Gus an robh gu leòr stuth aca air. Sùilean air taobh a-muigh taigh Hector.

Cha robh feagal aige bho Hector a-nis. Bha cus feirg air. Carson a rinn e seo air fhèin? Cha robh e riamh airson seo a dhèanamh. Bheireadh e Hector dhaibh agus bhiodh iad dòigheil le sin. Thuirt iad ris gum biodh Hector fo ghlais airson deagh ùine, agus cha chuireadh duine dragh air Jock. Ach smaoinich e, Dè mu dheidhinn ann am fichead bliadhna eile? Deich bliadhna fichead. Bha a h-uile càil ga chur droil. Bha e cho troimh-a-chèile 's gum biodh e air innse dhaibh gur e a mhàthair a bha os cionn a h-uile càil, dìreach airson rud beag fois fhaighinn. Airson norrag.

Bha London fhèin feumach air norrag. Ach an toiseach bha e a' dol a ghabhail dram bheag. Bha e air tòrr obrach a dhèanamh airson seo. Bha a' chùis a-nis a' còrdadh ris. Bha i air a dhol gu math. Choimhead e Jock beag ga thoirt air falbh airson oidhche anns na cells. Bochd? Bha e a' coimhead bochd. A' cadal ann an cell fhuar chloiche. Bhiodh oidhcheannan gu leòr aige airson fàs cleachdte ris.

O, uill. Bha a h-uile càil air a dhol gu math. Cho math 's a ghabhadh, smaoinich Frank London.

17

Bha cùisean na b' fheàrr air a' bhàta. Rud beag. Bha John D man cat ann an cèidse, a' coiseachd timcheall, ag òl rud beag cus do dhuine a bha air bàta. Cha robh sin cho math. Ach bha iad air stad a shabaid – sin aon rud co-dhiù. Ach fhathast, cha robh John dòigheil a bhith air falbh bhon taigh. Bha e a' smaoineachadh gum bu chòir dha bhith còmhla ri Johan agus a mhàthair, gun fhios nach tachradh càil. Cha robh Iain toilichte, is esan ag iarraidh a bhith còmhla ri Helena: cha robh e air a bhith ag iarraidh a dhol a-mach anns a' chiad àite. Agus cha robh Dòmhnall ag iarraidh a bhith ann, oir bha an dithis eile cho mì-chàilear nuair nach robh iad dòigheil.

Ach bha cùisean sàmhach aig an taigh. Bha iad ann an touch le na caraidean aca air na bàtaichean eile. Bhruidhneadh iad Gàidhlig air an rèidio VHF airson nach tuigeadh na Ruiseanaich dè bha iad ag ràdh.

Cha mhòr gun deach iad seachad air duine air an t-slighe

a-mach. Bha iad a' dol fada a-mach co-dhiù, seachad air far am b' àbhaist dhaibh a bhith ag iasgach, a-mach dhan Chuan Siar. A-mach a Rockall, 's mathaid. Gheibheadh iad rud beag adaig.

Bha an aimsir caochlaideach. Uaireannan gheibheadh iad deagh bhlast, ach bha iad uile eòlach gu leòr air a sin. John D gu sunndach aig an stiùir, a' roiligeadh siogarait agus am bàta a' robhlaigeadh.

Dh'fhalbh na lathaichean. Chuir iad seachad an cuid tìde ag obair. Agus bha iad ro sgìth airson argamaid co-dhiù. Oidhche Haoine a bh' ann, seachdain an dèidh dhaibh a bhith ann an Sgùrr Mòr airson na bainnse.

— Saoil a bheil i fhathast pòst'? Tha e cacanach boireannach brèagha mar sin a' pòsadh amadan duine mar siud.

Bha John D dhan bheachd gu robh a h-uile boireannach air thalamh ag iarraidh a bhith còmhla ris fhèin. Bha e ag òl cana leann. Bha e a' fàs anmoch, a' ghrian dìreach air a dhol fodha air fàire. Cha mhòr nach robh an toll làn: bha turas math air a bhith aca. Chan fhada gus am feumadh iad smaoineachadh air a dhol dhachaigh.

Chuir John D a làmh a-mach gu aon taobh agus dhòirt e na bh' air fhàgail anns a' chana aige dhan mhuir.

— Beannachd do Sheonaidh. Beannachd do Dhia an abachaidh.

Shad e an cana dhan mhuir. Ghabh e grèim air aon dha na hawsers agus chrom e fhèin a-mach air cliathaich a' bhàta gus a mhùn a dhèanamh. Thionndaidh Iain a dh'fhaicinn dè bha e a' dèanamh.

— Tha fhios agad, a' mhòr-chuid de dh'iasgairean a tha bàthadh, gu bheil an spèar aca fosgailte. Tha a' mhòr-chuid dhiubh a' tuiteam bhon bhàta a' dèanamh an cuid mùin. An dèidh tè neo dhà.

— Fhios agad air a seo, Iain, bu chòir dhut social work neo rudeigin a dhèanamh.

Bha iad sàmhach airson treis. Bha Dòmhnall shìos an staidhre a' gabhail norrag mun deigheadh e air a' chiad watch an oidhche sin. Thàinig John D air ais a-steach dhan chèabain; shuidh e ri taobh Iain.

— Seo a-nis. Safe and sound.

Sheall Iain air.

— Mar a thuirt am barman ris an each, why the long face? thuirt John D.

— Chan eil càil.

Cha robh John D cho cinnteach.

— Tha rudeigin a' cur dragh ort.

— 'S e dìreach . . . bha còir agam coinneachadh ri Helena a-màireach. Dh'fhàg mi litir aig Jock ag ràdh rithe nach robh mi gu bhith ann.

— Jock.

— Aidh.

— Na phàigh thu e?

— Phàigh.

— O, uill, bhiodh e air a toirt dhi, ma-thà. Tha e keen air an sgillinn, am fear ud.

Ach fhathast cha robh Iain a' faighinn faochadh. 'S cinnteach gun tuigeadh i. Dh'innseadh e a h-uile càil dhi an dèidh dha tilleadh.

— Tha i snog? An Ruiseanach seo?

— Tha.

— Tha iad math airson rud beag cur-seachad ceart gu leòr.

— Aidh . . . ach tha seo . . . tha mi nas dèidheile na sin oirre. Chan eil mi dìreach messing about.

Rinn John D fuaim neònach le theanga.

— Chan eil e ciallach an acair a shlugadh cho luath. Agus cuimhnich, na bi snog riutha, neo smaoinichidh iad gun dèan thu rud sam bith dhaibh.

— Ach dhèanainn rud sam bith dhi.

— À! Dè thuirt mi riut? Chan eil sin cho math, Iain. Feumaidh tusa na ground-rules a chur sìos anns a' bhad. Saoil carson a tha feadhainn ann a gheibh an cuid teatha nan uchd agus iad a' coimhead footie air an teilidh? Chan eil iad a' dèanamh func anns a' chidsin. 'S iadsan a rinn na ground-rules.

— Sin an t-adhbhar a tha iad cho dèidheil ortsa, ma-thà.

Cha tuirt John D càil.

— Aidh . . . uill . . . uaireannan bidh fallow period aig duine.

— Chan fhaca mi thu le tè airson treis mhath.

— Chan fhaca. Fhuair mi mo leòr leis an tè mu dheireadh.

Chaidh John D a-mach airson am fag aige a shadail dhan mhuir. Thàinig e air ais a-staigh: bha an coltas air nach robh e airson bruidhinn mu dheidhinn.

— Nighean shnog a th' ann an Johan, nach e? thuirt Iain.

Sheall John D ris.

— Na teirg thusa faisg oirre.

Chan eil mi . . . bha mi dìreach ag ràdh . . .

— Cùm thusa ri na Ruiseanaich.

— Tha mi an làn-dhùil sin a dhèanamh.

Thòisich John D a' gàireachdainn. Chòrdadh e ris a bhith a' tarraing à Iain mar seo.

— Chan eil mi ach a' tarraing asad, Iain.

— O.

Cha robh Iain cho cinnteach.

— Ach tha rud beag iomagain orm mu dheidhinn do bhràthar, ge-tà.

— Tha fios agam.

Thòisich John D a' roiligeadh siogarait eile.

— 'S e am boireannach ud a shàbhail e. Aig Dia tha fios dè bha e a' dèanamh a' bidsigeadh timcheall mar a bha e.

— Bu chòir dhut a bhith air sin a ràdh ris.

— Bu chòir 's dhut fhèin.

Fuaim a' bhàta a' dol tron bhùrn. Na suailichean a' gluasad.

— Bha i brèagha, ge-tà, an tè ud: Anna, thuirt John D. — Dè 's urrainn dha duine a dhèanamh.

— Chan eil thu ceàrr.

'S e seo a' chiad turas a bha iad air còmhradh ceart a dhèanamh bho thàinig iad air bòrd. John D a' gluasad leis an t-suaile. Iain a' stiùireadh air a shocair.

— Dè thachras nuair a gheibh sinn air ais, saoil, dh'fhaighnich Iain. — Am bi cùisean rèidh?

— Tha mi 'n dòchas gum bi.

— Tha 's mise. Tha mi 'n dòchas gun dh'fhalbh am bastar ud, Sergei . . .

— Na can fiù 's ainm rium.

— Duilich.

Bha e lugh air John D. Lugh air. B' fheàrr dha Sergei a bhith air falbh. 'S e baile John D a bh' ann. Dh'fheumadh an Ruiseanach sin cuimhneachadh air a sin. Bhruidhinn e air rudeigin eile.

— Chan eil thu dol air ais dhan Oilthigh, ma-thà.

— Chan eil mi cinnteach.

— An diabhal, Iain, tha sin rud beag gòrach. Nam b' urrainn dhòmhs' rudeigin eile a dhèanamh, cha bhithinn an seo.

— Airgead math san iasgach.

— Aidh, ach . . . an dèidh sin, Iain . . . tha cothrom agad rudeigin eile a dhèanamh le do bheatha.

Bha Iain air tòrr tìde a chur seachad a' smaoineachadh air. Gu h-àraidh an dèidh bruidhinn ri Helena mu dheidhinn. 'S mathaid gum biodh e gòrach ceart gu leòr . . .

— Uill . . . tha mi air a bhith smaoineachadh . . . chan urrainn dhomh a dhol air ais am-bliadhna . . . ach 's mathaid an-ath-bhliadhna. An ath October. Chì sinn.

Ghabh John D treis air a' chuibhle.

— Deagh idea.

Agus bha Iain a' smaoineachadh gur mathaid gur e deagh idea a bh' ann cuideachd. Dh'obraicheadh e cruaidh airson bliadhna, gheibheadh e rud beag airgid na phòcaid. 'S mathaid gum b' urrainn dha a dhol a-null a dh'fhaicinn Helena fiù 's. Nan gabhadh sin a dhèanamh. 'S cinnteach gun gabhadh. Bha e air coinneachadh ri buidheann actairean aon oidhche anns an taigh-òsta a bh' air a bhith ann. 'S cinnteach gu faigheadh esan ann, doctair. Neo dh'fhaodadh Helena tighinn air ais a-nall. Bhiodh iad còmhla ann an dòigh air choreigin. Nuair a chanadh daoine ris nach tachradh e, dhèanadh sin na bu dàine e. Smaoinich e oirre a-rithist, na seasamh aig a' chidhe a-màireach a' feitheamh air a shon. 'S cinnteach gun d' fhuair Jock an litir thuice.

Thòisich John D a' seinn. 'Back in the USSR': 'don't know how lucky you are, boy.'

Rinn Iain gàire.

Chùm iad orra a' stiomaigeadh dhan dorchadas. Bha an triùir aca an-àirde a-nis. Bha John D dìreach a' dol dhan leabaidh nuair a chual' iad breab bheag air an rèidio.

— *Dawn Rose, Dawn Rose, Dawn Rose*, come in. This is *Mayflower, Mayflower* . . . *Mayflower*. Over.

Thog John D a' handset agus thuirt e riutha a dhol gu channel eile. Rinn iad sin.

— All right, a bhalachaibh. Tha sibh an-àirde anmoch.

Bha John D gu math eòlach orra.

— Na ghlac thu air càil fhathast? dh'fhaighnich am fear eile.

— Dìreach do phiuthar, thuirt John D.

— Cha deigheadh ise faisg ort: tha fios aig clann-nighean a' bhaile gu lèir nach eil agad ach fear beag. Tiddler.

Rinn John D gàire.

— Dè tha dol?

— An cuala tu?

— Dè?

— Chan eil sgeul air Sergei. Tha na poilis às a dhèidh.

— Carson? dh'fhaighnich John D.

— Chaidh breith air Jock a-raoir; bha e a' dèanamh run dha Hector sìos a Ghlaschu. Bha tiùrr cocaine aige ann an cùl na bhana. Tha iad às dèidh Hector cuideachd. Beul gun phutan, an duine beag ud.

— Bloody dancer, thuirt John D.

— Bha dùil agam gun còrdadh an naidheachd riut. Oidhche mhath, ma-thà, a bhalachaibh.

— Tapadh leibh, eh. Over.

Chuir John D an ciùb beag dubh air ais na àite.

— An dèan sinn last orders dheth, smaoinich?

Thòisich iad a' leumadaich agus ag èigheachd anns a' chèabain. Man sgadain ann am peile.

* * *

Sheas Helena air a' chidhe. Tràth madainn Disathairn. Cha robh sgeul air an teine bhon t-seachdain a chaidh. Bha a h-uile càil nadarrach a-rithist: trang, man port mòr anns a' Phacific: luchd-obrach, ceannaichean, daoine beairteach, daoine bochd.

Bha i air feitheamh airson uair a thìde a-nis, agus bha i air co-dhùnadh nach robh Iain a' dol a thighinn. Bha i an dòchas gu robh a h-uile càil ceart gu leòr. Bha adhbhar air choreigin nach robh e ann.

Smaoinich i air a dhol suas chun an taighe aige. Bha fhios gu faigheadh i sgeul air nam faighnicheadh i dha duine neo dithis. Neo dh'fhaodadh i dìreach a dhol air ais dhan bhàta. Ach bha i ag iarraidh bruidhinn ris. Cho mòr.

Ach carson nach robh e ann? Cha robh i a' tuigsinn. Chaidh i suas gu fear air a' chidhe – fear às a' bhaile, shaoil i – agus dh'fhaighnich i an robh fios aige càit an robh an taigh. Bheireadh e treiseag a' coiseachd ann, ach bha tìde aice. Agus dh'fheumadh i faighinn a-mach dè a bha tachairt.

Chuala Peigi gnog beag aig an doras. Dh'fhosgail i e: Helena na seasamh air a beulaibh.

— Halò, thuirt Peigi. Cha robh i air Helena fhaicinn roimhe seo, ach bha fios aice cò a bh' innte.

— Halò. Is mise Helena. Caraid dha Iain.

Beurla mhath aice ceart gu leòr, smaoinich Peigi. Agus brèagha cuideachd. 'S beag an t-iongnadh gu robh buaidh air a bhith aice air Iain.

Smaoinich i airson mionaid; cha robh fios aice dè dhèanadh i. Cha robh i dèidheil air an rud a bha a' tachairt. Chitheadh i dè thachradh. Gum biodh pian ann, agus gu robh i air fad a beatha a chur seachad a' toirt fasgadh dha na balaich aice bhon seo. Ach fhathast, cha ghabhadh sin a dhèanamh. Fhuair a' bheatha thuca ann an dòigh air choreigin.

Bha Helena rud beag iomagaineach. Bha fios aice gur e seo màthair Iain, agus bha fios aice dè bha i a' smaoineachadh. An aon rud ri a màthair fhèin . . .

— Trobhad a-steach, thuirt Peigi. Tha coltas ort gu bheil feum agad air cupan teatha.

Helena taingeil. Agus bha na Ruiseanaich gu math dèidheil air teatha cuideachd.

Shuidh iad anns a' chidsin. Lìon Peigi an coire a-rithist agus bhruidhinn iad air ais 's air adhart: mun aimsir, an latha, rudan beaga.

— Agus tha thu ag obair air aon dha na cannery boats, a bheil? dh'fhaighnich Peigi.

— An-dràst, tha. Ach tha mi ag iarraidh a dhol dhan Oilthigh.

— Tha Iain air tòrr innse dhuinn mu do dheidhinn.

An t-Oilthigh. Rinn Helena fiamh-ghàire beag. Tha seo nas miosa na an KGB, smaoinich i. Dh'èirich Peigi.

— Bainne? Siùcar?

— Tòrr bainne, tapadh leibh.

Thug i an cupan teatha dhi agus shuidh i. Bha e a' faireachdainn rud beag awkward. Na ceann bha i air bruidhinn ris an nighinn seo iomadach uair. Ach a-nis agus i air a beulaibh, cha robh i a' faireachdainn fearg neo pian neo mì-chinnt. Bha i a' còrdadh rithe. 'S e nighean shocair a bh' innte. Agus cho brèagha. Daingit, cha b' e seo am plana.

Bha Helena airson faighinn a-mach carson nach robh Iain air a' chidhe.

— Bha còir agam a bhith air coinneachadh ri Iain an-diugh, ach cha robh sgeul air. Bha rud beag iomagain orm gun do thachair rudeigin.

— Cha do thachair. Chaidh iad a-mach airson aon turas eile air a' bhàta, sin uireas. Bha iad ag iarraidh rud beag airgid a dhèanamh mun tigeadh an geamhradh.

Cha robh Helena toilichte nach do dh'innis e dhi, ged a bha i toilichte nach robh càil ceàrr.

— Dh'fhàg iad ann an cabhaig. 'S mathaid nach robh tìde aige innse dhut. Cha robh fios aige ach air a' mhadainn mun deach iad a-mach.

Chrath Helena a ceann. Bha i a' faireachdainn rud beag na b' fheàrr. Cha robh tìde aige. Sin uireas.

— Am bi iad fada?

Bha Peigi air truinnsear beag chèicichean a thoirt a-mach dhi. Icing air a' mhullach. Feadhainn bheag sheòclaid. Chùm i a-mach an truinnsear.

— Bha iad an dùil a bhith a-muigh airson treis. Chan eil mi cinnteach cuin a bhios iad air ais. Seachdain eile, 's mathaid.

Thog Helena aon dha na cèicichean, a' toirt taing. Bha i a' coimhead rud beag brònach, ged a dh'fheuch i ri sin fhalach. Airson mhìosan bha i air cumail a' dol air a' bhàta ud, an aon rud latha an dèidh latha. Agus a-nis, le rud math mar seo a bhith na beatha, bha e a' fàs na bu duilghe fuireach air a' bhàta.

Chitheadh Peigi na bha Helena a' smaoineachadh air a h-aghaidh.

— 'S caomh leat e, nach caomh? Aghaidh Helena a' fàs dearg furasta.

— 'S caomh.

— Bidh e doirbh nuair a thilleas tu dhachaigh, nach bi?

Chrath Helena a ceann.

— Tha sinn air bruidhinn air rud beag. Chan eil mi airson gun tèid ar goirteachadh. Agus tha Iain ag ràdh gu bheil e dìreach airson faicinn dè thachras. Agus . . . uill . . . tha sinn air rud beag tìde a chur seachad còmhla. Chan eil an t-uabhas. Rud beag.

— Tha fios agad air an trioblaid a tha dol an-dràst? Am bàta a chaidh na teine?

— Tha.

— Tha mi smaoineachadh gur dòch' gu robh iad airson am baile fhàgail airson treis. Chan eil Iain an sàs ann ann an dòigh sam bith, tha fios agad. Ach bha balach eile a tha air a' bhàta, agus bha am balach eile agamsa ag iarraidh fhaighinn air falbh bhon bhaile treiseag.

— Tha mi tuigsinn.

— Dè tha iad ag ràdh air na bàtaichean?

— Chan eil e a' còrdadh riuthasan a bharrachd. Tha feadhainn dhiubh feargach gun deach bàta a mhilleadh. Ach tha barrachd dhaoine feargach ris an duine a dh'adhbhraich an trioblaid. Chan eil fhios agam dè cho fad 's a bhios e an seo. Chan e duine snog a th' ann. Sergei.

— Tha iad dìreach ag iarraidh fois. Airson airgead a dhèanamh gun cus dragh a chur orra.

— Sin e dìreach, thuirt Helena.

Shìn Peigi an truinnsear a-null turas eile. Ghabh Helena cèic bheag eile.

— Agus dè tha a thu ag iarraidh a dhèanamh anns an Oilthigh?

— Beurla agus Poilitigs. 'S mathaid Eaconamachd.

— Dè do bheachd air na tha a' tachairt an-dràst?

Smaoinich Helena airson mionaid. Cha robh dùil aice gu faighnicheadh am boireannach seo ceist mar sin.

— Tha e cho inntinneach. Tha a h-uile càil ag atharrachadh. Anns a' Ghearmailt. Anns an Ungair, iad a' leigeil dha muinntir na Gearmailt an Ear siubhal dhan Iar. Agus a-nis Seacaslobhagia. Tha Gorbachev ag atharrachadh tòrr rudan . . . tha e dìreach iongantach an rud a thachair nuair a fhuair e cuidhteas am Brezhnev Doctrine.

— Am Brezhnev Doctrine?

— Nuair a leig e dha na dùthchannan an Ear tionndadh deamocrataigeach a dhèanamh ma bha iad ag iarraidh. Tha e coltach ri . . . wildfire a' sgaoileadh. An e sin a chanas sibh?

— Wildfire . . . tha sin ceart.

— 'S e an Sinatra Doctrine a thug Gorbachev air. Tha sin gu math èibhinn.

— Tha. Tha e.

— Co-dhiù, chan urrainn dha deamocrasaidh a thoirt dhan a h-uile dùthaich eile agus smaoineachadh nach bi na Ruiseanaich ag iarraidh an aon rud. Ach tha mòran ann nach bi toilichte le sin.

— Tha mi cinnteach.

— Tha mòran ann a tha a' dèanamh glè mhath às a' One Party State.

— Everyone is equal, thuirt Peigi, but some are more equal than others.

Rinn Helena gàire beag.

— Dìreach! Tha sin math!

Lìon Peigi cupan Helena a-rithist. Bha i a' fàs dèidheil air an nighinn seo.

— Tha fhios gu bheil sin rudeigin boring dhut, thuirt Helena.

— Chan eil idir.

— Tha na cèicichean math dha-rìribh.

— Tapadh leat.

Rinn Helena gàire beag rithe fhèin. A' toirt urram dhan bhèicearachd. Sin an dòigh a b' fheàrr.

— Tha theory agam, thuirt Helena. Gur e manadh a th' anns a' bhirthmark air ceann Ghorbachev. Tha e a' coimhead coltach ri map dhan Ruis, nach eil? A tha a' briseadh an-àirde. Tha a cheann . . . tha e a' sealltainn na tha romhainn.

An turas seo 's e Peigi a rinn gàire.

— Tha mi 'n dòchas gur e sin an t-aon bhirthmark a th' air, ma-thà! thuirt Peigi.

Thòisich an dithis aca a' gàireachdainn.

— Chì sinn dè thachras, thuirt Helena, chì sinn.

Chùm iad orra a' còmhradh airson treis mhath. Cha robh Peigi a-riamh air a bhith cinnteach mu na Ruiseanaich. An t-aodach neònach aca. Cho eadar-dhealaichte. Ach a-nis, an dèidh dhi suidhe agus còmhradh ri tè cheart . . . 'S e dìreach daoine coltach rinn fhìn a bh' annta. Ag iarraidh nan aon rudan. Cha robh fhios aice idir a-nis dè smaoinicheadh i mu Iain agus an nighean ud. 'S mathaid nach e rud cho dona a bhiodh ann.

Sheas Helena agus thog i a còta.

— Mòran taing airson a h-uile càil . . .

— O, cha robh càil ann. Thig suas uair sam bith a tha thu ag iarraidh.

— Agus an innis sibh dha Iain gu robh mi an seo . . . nuair a thilleas e dhachaigh?

— Innisidh. Tha mi cinnteach gum bi e ann an touch cho luath 's a thilleas e.

Sheall iad air a chèile airson mionaid. Bha Peigi ag iarraidh hug bheag a thoirt dhi, a dh'innse dhi gum biodh a h-uile càil ceart gu leòr, ach cha do rinn i e. Dh'fhosgail i an doras dhi.

— Uill, man a thubhairt mi, thig suas uair sam bith a tha thu ag iarraidh. Fiù 's thig suas còmhla ri Iain airson biadh uaireigin.

— Bhiodh sin uabhasach snog. Tapadh leibh a-rithist . . .

— 'S e do bheatha.

Agus le sin, choisich Helena sìos an staran. Thionndaidh i agus rinn i gàire beag mun deach i a-mach à sealladh. Abair nighean àlainn, thuirt Peigi rithe fhèin. Nighean àlainn. Daingit.

* * *

An oidhche sin, cha b' urrainn dha Helena cadal. Bha i a' smaoineachadh air nuair a thilleadh Iain. Smaoinich i air anns a' mhadainn, a' chiad rud an dèidh dhi dùsgadh. Agus cuideachd air an oidhche mum faigheadh i a chadal. Aon latha, agus a dhà, agus an uair sin lathaichean gun chunntadh, a' dol seachad. Cha robh e a' còrdadh rithe a bhith a' faireachdainn mar seo ann an dòigh. Chùm i oirre a' dol le cuid beatha, ach bha tòrr dha na smaointean aice mu fheitheamh, mu fheitheamh. Bha aice ri bruidhinn ri Iain mu dheidhinn rudeigin agus bha am feitheamh seo ga cur às a ciall. Bha aice ri bruidhinn ris cho luath 's a ghabhadh.

Agus an uair sin thachair rudeigin.

Oidhche Dhiardaoin. Dusan latha an dèidh dha Iain fàgail. Fuaim biorach an rèidio. Rudan a' tachairt. Helena a' tuiteam na cadal ag èisteachd ris a' BhBC World Service. An ath mhionaid bha i na dùisg.

Fuaim nan daoine agus iad a' sreap a' bhalla dhathte. Tuill bheag anns an ochd mìle thar fhichead a dh'fhaid aige. Agus an duine neo dithis a-nis a' tionndadh gu tuil agus daoine a-nis a' gabhail dha le ùird agus a h-uile càil air am faigheadh iad grèim, ag iarraidh a bhriseadh ann am pìosan beaga bìodach.

An oidhche sin thuirt fear-labhairt airson Pàrtaidh Chomannach na Gearmailt an Ear gu faodaidh Gearmailtich às an Ear siubhal dìreach dhan Iar. Bha sin airson stad a chur air an loidhne fhada de dhaoine a bha a' tighinn dhan Iar tron Ungair agus an uair sin tro Sheacoslobhagia. Chuireadh sin stad orra, smaoinich iad. Cha do dh'obraich e dìreach mar a bha dùil aca.

Ìomhaighean air an telebhisean. Berlin. Na pìosan air an cladhach bhon bhalla. Fear-naidheachd a' BhBC a' bruidhinn ris a' chamara tràth sa mhadainn agus na daoine air a chùlaibh a' danns timcheall air digear. Na daoine nan suidhe air muin a' bhalla, na sentries eadar-dhealaichte a-nis.

Bha Helena na laighe, na dùisg, ag èisteachd ris an rèidio. Cha chreideadh i na bha i a' cluinntinn. Bhiodh daoine ag èisteachd air na bàtaichean. Bha an Ruis ag atharrachadh. Bhiodh rudan gu math eadar-dhealaichte an ath turas a dheigheadh iad dhachaigh. An tigeadh an latha far am faodadh iadsan a dhol far an togradh iad? Am faodadh i fuireach ann an àite sam bith a thogradh i? An e revolution socrach a bhiodh na dùthaich-se, neo am biodh an eachdraidh fhuilteach aca ga h-ath-chluich ann an dòigh air choreigin? Sgòth air na làithean ri thighinn?

Bha rudan ag atharrachadh mu dheireadh thall, smaoinich i. Cha do chaidil i airson ùine mhòir an oidhche sin, ag èisteachd ri na naidheachdan, ag òl a h-uile càil a-steach. Ag èisteachd ri atharrachadh, ag èisteachd ri daoine, ag èisteachd ris a' bhalla ga bhriseadh. Ag èisteachd ris a' bhalla a' tuiteam.

18

Bha Iain agus Dòmhnall cuideachd ag èisteachd ris an rèidio an oidhche sin. Cha chreideadh iad na bha tachairt. Bhruidhinn iad air ais 's air adhart mu dheidhinn, a' dol thairis air na thuirt an luchd-naidheachd. A' feuchainn ri dealbh a chur ri chèile.

'S e oidhche shalach a bh' ann. Bha na suailichean gam bualadh gu cruaidh agus cha robh sgeul idir air a' ghealaich. A' ghaoth a' cur gaoir tron rigging agus na càballan. Na h-aerials gan reubadh. Agus bha iad treis mhath air falbh bhon tìr, a' ruith cho luath 's a b' urrainn dhaibh airson cala.

Dhùisg iad John D airson gu faodadh e èisteachd ris an rèidio cuideachd. Bha e a' faighinn norrag mun deigheadh e air an dàrna sioft. Shuidh iad, sàmhach, ceò nan siogaraits agus fuaim a' bhàta agus na gaoith a-muigh agus na suailichean gan togail. Dòmhnall aig a' chuibhle.

Bha iad a' tòiseachadh air an t-slighe air ais bho chionn latha gu leth. Chluinneadh iad an-dràst 's a-rithist dè bha tachairt anns a' bhaile air an rèidio VHF. Cha robh duine buileach cinnteach, ach bha na poilis a' toirt an uabhais dhaoine a-steach. Bha iad a' ceasnachadh Hector, agus cha robh sgeul air Sergei.

Ghabh iad drama neo dhà, dòigheil. Bha an coltas ann gum biodh a h-uile càil rèidh aig an taigh an dèidh dhaibh tilleadh.

Bha iad uile anns a' chèabain. Chanadh John D "Berlin Wall" ris fhèin an-dràst 's a-rithist, a' crathadh a chinn. Bhruidhinn iad cuideachd air na bha a' tachairt aig an taigh.

— Fhios agad, bha mi riamh a' smaoineachadh gur e good lad a bh' ann a Hector. Bha e comic. Seo agad Iain a' bruidhinn.

— Chan aithnich thu e ceart, ma-thà, thuirt John D. — Steigeadh e sgian annad ann am priobadh na sùla. Cha chuireadh e dragh sam bith air.

— Sin an trèanadh a fhuair e, 's mathaid.

— Aidh, agus dè an seòrsa duine a tha taghadh an trèanaidh sin? A' marbhadh dhaoine. Plumaireachd. Sin agad ceàrd. Saorsainneachd. Chan e. Maniac a th' ann. Mar as luaithe a tha e ann an rùm na aonar, ag ithe lof agus jam agus a' cac ann am peile, 's ann as fheàrr.

Cha robh fios aig Iain air an sgeulachd gu lèir.

— Cha robh fios agam gu robh e an sàs ann an drogaichean agus rudan mar sin.

Stad Dòmhnall agus John D agus sheall iad air.

— Dhuine bhochd, Iain, am bi thu a' faighinn a-mach às an taigh idir? dh'fhaighnich John D.

— Bidh sinn a' feuchainn gun a leigeil a-mach cus, thuirt Dòmhnall.

Chùm Iain sàmhach mun canadh e rudeigin eile.

— Prìosan an t-àite as miosa dha daoine dha leithid. Tha iad a' tighinn a-mach, tha iad air a bhith ag ith ceart. Ag eacarsaich. A' coinneachadh ri daoine. Sòbarr, cho fiot ri fidheall . . . agus às an ciall buileach . . . deich tursan nas miosa.

— Cha bhi esan a-muigh airson treis mhath, cha chreid mi.

— Tha an coltas air.

— Agus Jock bochd.

— Aidh. Cha robh fios agam gu robh e an sàs ann a leithid a rud, ach . . . tha fios gu robh e sgìth a' ruith timcheall dha na Ruiseanaich. Smaoinich, ge-tà. Am Berlin Wall, eh?

— Cha ghabh e a chreidsinn.

— Smaoinich air a' phàrtaidh a tha thall an sin an-dràst, thuirt John D. Bha e dèidheil air a bhith smaoineachadh mu phàrtaidhean.

— 'S mathaid gum bu chòir dhuinn a dhol ann an-dràst! Chan eil ann ach latha neo dhà a' stiomaigeadh, thuirt e.

Rinn iad uile gàire.

— A-màireach, Berlin. An-dràst, mo leabaidh. Gabhaidh mise an ath shioft. Iain às dèidh sin, thuirt Dòmhnall.

Bha iad ag obair ann an sioftaichean trì uairean a thìde. Gheibheadh Iain sia uairean a thìde de chadal. Bha e feumach air.

— Dè thachras dha na Ruiseanaich, saoil? Bha John D ag iarraidh tuilleadh còmhraidh mu phoilitigs.

— Aig Dia tha fios.

Ghabh John D a' chuibhle bho Dhòmhnall.

— Oidhche shalach, eh. Dè tha an shipping forecast ag ràdh?

— Chan eil e cho math. Tha mi 'n dòchas nach buail e sinn, ge-tà; bhiodh e math a bhith air ais mum fàs e nas miosa.

— Dè tha iad ag ràdh?

— Gale Force, a' dol gu Storm Force a dh'aithghearr. Force Ten, 's mathaid Eleven airson Malin, Hebrides. Tha sinn air na haidsichean a ghlasadh, agus a h-uile càil a cheangal sìos.

— Ma tha Iain gu bhith tinn an turas seo, b' fheàrr leam nach biodh e tinn ormsa.

— Aon turas a bha mi tinn! thuirt Iain.

— Thalla dha do leabaidh, ma-thà.

Rinn Iain sin. Cha robh e a' dol a chaitheamh barrachd tìde a' còmhradh.

Cha robh cus iomagain orra mu dheidhinn. Bha fios aca gu robh bàta math aca, agus bha iad air a bhith muigh ann an droch mhuir roimhe seo gu leòr thursan. Ach fhathast, bha Dòmhnall an dòchas nach fhàsadh e na bu mhiosa mus fhaigheadh iad gu ceann an locha.

Bha e cho dorch ri smùr a-muigh, ach fhathast chitheadh tu rudan, cìreanan geal nan suailichean. Chitheadh e taigh-solais a' priobadaich air fàire. Cha robh càil coltach ri taigh-solais fhaicinn nuair a bha thu aig muir.

Smaoinich Dòmhnall air dè a dhèanadh e nuair a ruigeadh e dhachaigh. Bha e gu math toilichte gu robh a h-uile càil a-nis rèidh aig an taigh, gu robh Sergei air falbh. Jock agus Hector, eh. Cha robh iad glic. Gu h-àraidh nuair a gheibheadh tu fortan le bhith ag iasgach rionnaich an àite dhrogaichean.

Smaoinich e air Leanne. A chridhe faisg air briseadh na trì seachdainean mu dheireadh is i air falbh. Bha e cho gòrach. Nach e ise a chuidich e tron a h-uile càil. Dheigheadh e air a dhà ghlùin. Dh'fheumadh iad a bhith còmhla. Bha fios aige gu robh gaol aice air fhathast.

Bha tòrr còmhraidh ann mu dheidhinn dhaoine a' faighinn cuidhteachadh an dèidh na thachair air an rig. Bhiodh e dòigheil rudeigin fhaighinn. Ach bha e cuideachd ag iarradh gu faigheadh e a bheatha a' dol a-rithist. Bha feadhainn dhiubh a' sabaid. Ach bha esan airson a h-uile càil fhàgail air a chùlaibh. Bha e ga fhaireachdainn goirid. Tìm.

'S mathaid gun deigheadh e air ais gu na rigichean. Dhèanadh e airgead math thairis air a' gheamhradh.

Agus cho luath 's a smaoinich e air seo, rinn e gàire beag. Mu dheireadh thall. Bha e faireachdainn nàdarrach.

* * *

'S ann an ath mhadainn a bhuail an gèile iad ceart. Bha John D a' stiùireadh, Iain a' feuchainn ri cadal. Cha robh seo a' còrdadh ri John D idir. Bha a' mhuir air a bhith a' fàs na bu mhiosa 's na bu mhiosa. Bha a' ghaoth làidir a-nis agus gealach na mara làn craters, agus na suailichean mòr agus cas. Bha na suailichean mòr a-nis, a' togail a' bhàta uaireannan agus ga draghadh air feadh an àite.

Bha e a' tighinn faisg air deireadh na watch aige, faisg air sia uairean sa mhadainn. A' chamhanaich an-còmhnaidh a' toirt dòchas dha duine, dhan duine a-muigh air a' mhuir na aonar. Ann an stoirm bhiodh e na b' fheàrr a bhith a-muigh treis mhath bhon chladach. Fad' air falbh bho sgeirean neo creagan. Ach bha fichead uair a thìde eile dhan seo cus dha, smaoinich e. Cha robh am bàta uabhasach dòigheil, shaoil e, na suailichean ga bualadh cruaidh.

Chitheadh e cumadh na tìre treiseag bhuaithe a-nis. Bha e math sin fhaicinn, ged nach fhaiceadh tu ceart fhathast i. Dìreach striop dhorch. Mu dheireadh thall, dh'èigh e air Dòmhnall.

— Dhòmhnaill! Siuthad, èirich.

Dh'èigh e turas neo dhà, gus an cual' e fuaim bho na buncaichean.

— Dhòmhnaill! Siuthad, greas ort!

Dhùisg Iain cuideachd. Ach chunnaic e nach robh a thìde aige èirigh fhathast agus dh'fhuirich e anns a' bhunc aige. Bha e a' faireachdainn tinn cuideachd.

Bha Dòmhnall na sheasamh le John D aig an stiùir. Cha robh seo a' còrdadh ris-san a bharrachd. A' mhuir reubte.

— Tha e air fàs dona, thuirt Dòmhnall.

— Tha fios agam. Tha e duilich a cumail air cùrsa.

Am bàta a' feuchainn ri a cliathaich a shealltainn dha na suailichean. Sin a bha John D a' feuchainn ri stad.

— Siuthad, thoir sùil air an GPS feuch càit a bheil sinn.

Rinn Dòmhnall sin. Chuir e air solas an chart table agus sheall e. Bha na solais gu lèir dheth air a' bhàta: 's ann a b' fheàrr e airson an cuid fradhairc. Bha iad uair a thìde, neo timcheall air a sin, air falbh bho bheul an locha.

— Uair a thìde eile, thuirt John D. Duilich do dhùsgadh.

— Na gabh dragh. 'S mathaid gum bu chòir dhomh èigheachd air Iain.

— Aidh: ann am mionaid.

Fuaim eile iarainn ga ghoirteachadh agus uisge bainne blàth a' bàthadh a' bhàta. Cha robh e a' faireachdainn buileach dona a-nis is an solas a' srucadh anns an adhar. An latha a' tighinn.

Agus an uair sin thachair rudeigin, Dh'fhairich an dithis aca gaoir a' ruith tromhpa.

— Dè an diabhal a bha siud? dh'fhaighnich John D.

Fuaim an einnsein a' casadaich 's a' stad.

— An diabhal orms'.

Dh'fhairich iad am bàta a' stad. Bhrùth John D am putan, cruaidh.

— Chan eil seo math, a Dhòmhnaill.

Ruith Dòmhnall a-null chun a' chompanionway airson èigheachd ri Iain.

— Iain! Siuthad, èirich! Iain!

John D air an rèidio.

— Pan-pan. Pan-pan. This is fishing boat *Dawn Rose. Dawn Rose. Dawn Rose.* Stornoway Coastguard, come in.

Interference glas air an rèidio, John D a' bruidhinn, a' feuchainn ri smaoineachadh. Shit, shit, shit. Carson a thachair seo an-dràst?

— Dè th' ann? thuirt John D ri Dòmhnall.

— Chan eil fios agam. Air-block. Chan eil fios agam.

— Dè nì sinn?

— Feuch an cùm thu dìreach i. Na suailichean air do chùlaibh.

Bha aca ri èigheachd tarsainn air fuaim na gaoithe a-nis, an t-iarann a' dìosgail agus peant agus fiodh agus dealan a' bhàta fon casan. Nochd Iain anns a' hatchway.

— Dè tha ceàrr?

Dòmhnall a' feuchainn ri cumail rèidh.

— Siuthad, èirich. Thalla 's cuir ort an survival suit agad. Agus an lifejacket. Sad suas an fheadhainn againne.

Bha fios aig Iain gu robh aige ri dhèanamh luath. Bha rudeigin ceàrr, bha rudeigin a dhìth. Sin a bh' ann: bha fuaim domhainn a' bhàta air stad, cridhe a' bhàta. Shad e rudan air feadh an àite, na rudan a bha na rathad, fhuair e grèim air na lifejackets. Na survival suits a bh' aig Dòmhnall bhon uair a bha e air na rigichean. Bha Dòmhnall air a bhith an dòchas nach biodh aige ri tè a chur air a-rithist.

— Bha dùil agam gu robh thu air seo a chur ceart, thuirt John D ri Dòmhnall.

— Chuir mi.

John D a' sabaid leis a' chuibhle. Rinn e fhèin agus Dòmhnall suaip. Iain a' sadail lifejackets a-mach thuca, na survival suits. Chuir iad orra iad ann an cabhaig.

— Siuthad, faigh an grab-bag.

— A bheil thu tarraing asam?

Bha an grab-bag làn rudan air am biodh feum nam biodh aca ri leum dhan lifeboat bheag. Sgian, uisge, biadh, flares.

— Cha sheas am bailiùn beag orains ud mionaid a-muigh an sin.

Cha robh Dòmhnall ann am fonn airson deasbad. Bha am bàta man isean le sgiath bhriste. Lìon John D baga eile le biadh agus uisge. Bha Iain a' buiceil timcheall shìos an staidhre, a' feuchainn ris an survival suit a chur air.

— Feuch an Coastguard a-rithist, John.

— An diabhal . . . cha robh e agam air an t-seanail cheart a' chiad triop.

Thionndaidh e an cnap beag dubh timcheall, clicks gheur agus static a' seinn.

— Pan-pan, pan-pan. This is fishing boat *Dawn Rose, Dawn Rose, Dawn Rose*. Come in, Stornoway Coastguard. Come in, Stornoway Coastguard.

— *Dawn Rose, Dawn Rose, Dawn Rose*. This is Stornoway

Coastguard, Stornoway Coastguard, Stornoway Coastguard. Over.

Taing do Dhia, smaoinich John D. Ged a bha an duine fad' air falbh, air ceann eile rèidio, bha fios aig cuideigin gu robh iad ann.

— We are having difficulties. Heavy seas and our engine has cut out. Repeat, we have lost power.

— *Dawn Rose*, this is Stornoway Coastguard. Can you give me your position?

Chaidh John D a-null chun an GPS, a làmhan a' critheadaich. Cha robh e comhartail a' leughadh nan àireamhan beaga anns an robhladh seo. Leugh e a-mach iad mu dheireadh thall.

— Roger. The Sea Rescue Helicopter is on its way. It'll keep an eye on you.

— Thanks. Over.

— All other shipping, please keep this channel free. I repeat: please keep Channel Sixteen free unless an emergency. Hang tight, *Dawn Rose*. Over and out.

— Taing do Dhia airson a' Choastguard, thuirt John D air a shocair.

Bha iad rud beag na bu dòigheile a-nis, ach cha do chuidich sin an suidheachadh aca. Chuala iad fuaim bho shìos: trom, fiodh.

— Dè bha siud?

Cha robh fios aig Dòmhnall. Bha cus a' dol.

— Iain, a bheil thu all right?

Cha robh dùrd bho Iain.

— 'S fheàrr dhomh a dhol sìos a dh'fhaicinn a bheil e all right. Gabh thusa a' chuibhle a-rithist, John. Tha mi dol a thoirt sùil air an einnsean.

— All right.

Bha iad a' feuchainn ri fhalach, ach bha feagal orra. Bha iad air a bhith ann an gèilichean roimhe seo, ach bha seo eadar-dhealaichte. Bha iad ann an trioblaid. Dòmhnall a' guidheachdainn ris fhèin. Carson a thug e orra a dhol a-mach cho anmoch sa bhliadhna? Agus cha do dh'èist e ris a' forecast! Amadain! Nam faigheadh iad a-mach às a seo, cha dèanadh e a leithid a-rithist.

Dh'fhairich e suaile bhrùideil a' togail a' bhàta; cha mhòr nach do sheall iad an cliathaich dha na suailichean.

— Cùm do shùil oirre!

— Tha mi!

Ag èigheachd ri chèile. Feagal. Luairean. Cà' il Iain? Cà' il Iain? Ruith e sìos an staidhre bheag gu far an robh na berths. Bha Iain na laighe air an làr, an lifejacket letheach air. Bha e na dhùisg, ach ann am pian. A' suathadh a chinn, a shùilean dùinte ann am pian.

— Dè thachair? Bheil thu all right?

— Bhuail mi mo cheann. Thuit mi . . .

Chuidich Dòmhnall e gus suidhe. Bha e coltach ri bhith ann an cana coke a bha cuideigin a' crathadh. Sheall Dòmhnall na shùilean: bha e a' coimhead rudeigin fad' às, ach bha e fhathast còmhla riutha – sin aon rud. Chuir e a ghàirdean tron lifejacket fhad 's a bha e a' bruidhinn.

— Iain, feumaidh tu èisteachd rium. Tha an t-einnsean air stad. Tha sinn ann an trioblaid, all right? 'S mathaid gum bi againn ri bale-out a dhèanamh.

Iain a' dùsgadh a-nis.

— Chan eil . . .

— Tha mi ag iarraidh ort a dhol suas le John D. Dèan na chanas e. All right? Feumaidh mise sùil a thoirt air an einnsean.

— All right.

Iain gu slaodach ag èirigh.

Ruith Dòmhnall a-null chun a' phanail, an t-einnsean air a chùlaibh. Dh'fhosgail e e. Tha fios gur e rud sìmplidh a bh' ann. Chuireadh e ceart e gun cus trioblaid. Dh'fheumadh e, dh'fheumadh e, dh'fheumadh e.

Chan eil thu a-chaoidh a' smaoineachadh gu bheil rudeigin dona a' dol a thachairt. Faodaidh tu thu fhèin ullachadh air a shon ceart gu leòr, ach an rud a chumas a' dol thu, 's e nach eil thu creids gun tachair a leithid. Chan eil fhios agad cò ris a bhios e coltach. 'S mathad fiu 's gun dèan thu joke neo dhà. Bruidhnidh duine gu nàdarrach. Agus cha chreid thu e nuair a thachras e. Bheir e cho fada a' tachairt, nad bheachd-sa. Ach 's e an rud nach eil fiù 's diog agad airson smaoineachadh. Chan urrainn dhut ach a bhith air do ghiùlain man pìos de dh'fhiodh air bhog. Ag ùrnaigh.

Bha John D air a bhith sabaid airson ùine mhòir a-nis, ach às aonais einnsein bha e duilich. Agus an uair sin thàinig seata mhòr de shuailichean a-staigh. Aon tè, dà shuaile air muin a chèile ga bhualadh, man togalach àrd a' tighinn thugad.

Chuir seo air a cliathaich i, na suidhe man isean mì-chùramach ann an rathad nan làraidhean mòra bha tighinn. Na rudan seo a bha air tòiseachadh an àiteigin a-muigh anns a' Chuan Siar. Sheall e a-mach air an uinneig agus chunnaic e i a' tighinn thuca. Dh'èigh e ri Dòmhnall a thighinn suas.

Bha Iain a-nis anns a' chèabain cuideachd; cha chreideadh e cho mòr 's a bha a' mhuir. An t-uisge a' dòrtadh sìos orra. An tìr cho faisg. Chitheadh tu solas ann an taigh fiù 's. Taigh beag thall an siud. Cuideigin ag èirigh airson a chuid bracaist. A' leughadh pàipear-naidheachd. Cuideigin a' faighinn pòg bho bhean.

Bha iad air an cliathaich nuair a bhuail an t-suaile iad. Thog i iad agus lùb i aig an àm cheàrr. Man surfer nach fhaigh gu chasan. Rinn am bàta car a' mhuiltein, am bonn ga shealltainn fhèin dhan adhar. An saoghal aca bun-os-cionn, agus thairis orra an uair sin, air am muin, chaidh am balla uisge ud gun fhios dha.

Bha an *Dawn Rose* air a call.

19

Dorchadas. Sàmhchair neònach dha Dòmhnall airson diog. Bha e air car a' mhuiltein a dhèanamh agus bha e air a dhol tron fhaireachdainn ud a-rithist, spaceship car a' mhuiltein, an gravity air falbh. An rig. Am bradan a' snàmh a-rithist. Na caraidean aige a' leum, a' coiseachd air na ballachan.

Am bàta. Na tools aige a' sgèith suas dhan adhar. A chorp ga bhragail timcheall man dèideag mhòr. Bùrn a' tighinn a-staigh. Bha e ann an air-lock. Cho dorch, cho fuar. Àird a' bhùirn a-nis ag èirigh air a shocair. An dòchas gun cuireadh an cuideam a bh' ann an druim a' bhàta air ais dìreach iad, ach cha do chuir. Dh'fheumadh e faighinn a-mach.

Cha robh an lifejacket aige air automatic ann. Sin mar a bha e ga h-iarraidh. Cha deigheadh i dheth gus am faigheadh e a-mach. Chuimhnich e air an trèanadh aige. Cha robh seo càil na bu mhiosa na an t-àm a bh' aige ri faighinn a-mach às a' heileacoptair ud anns an amar-snàimh. Chan b' e amar-snàimh a bha seo, ge-tà. Bha an t-uisge man deigh.

Cà 'n robh càch? Dhia, leig dhaibh faighinn a-mach.

Tharraing e anail dhomhainn. Duilich càil a dhèanamh nam biodh anail duine air feadh an àite. Dh'fheuch e ri grèim a chumail air fhèin. Èadhar fhaighinn dha na sgamhanan aige. Fhuair e air an staidhre a lorg. Bha fios aige air an t-slighe a-mach. Ghabh e aon shluig eile agus chaidh e fon uisge.

Nuair a ràinig e am mullach, bha pàirt dheth a' miannachadh gu robh e fhathast shìos ann an colainn a' bhàta. Chùm e grèim air a' bhàta shleamhainn cho math 's a b' urrainn dha, ach bha e duilich. Bha na suailichean a' coimhead brùideil bho far an robh e na laighe san uisge. Dh'èigh e ris an dithis eile, ach cha deach a ghuth fada.

Càit an robh iad? A' feuchainn ri grèim a chumail air a' bhàta, dh'fheuch e ri tionndadh. A dhruim ri na suailichean. Fizz luath fuaim ann an canastair làn èadhair a' dol dheth anns an lifejacket aige. Agus an uair sin chunnaic e orains an liferaft bhig fhathast ceangailte ris a' bhàta. John D a' feuchainn ri sreap na bhòtannan. Dh'èigh e a-rithist. Shnàmh e. Dh'èigh e: snàmh air do dhruim. Gabh air do shocair. Breab le do chasan. Na cleachd do làmhan neo fàsaidh tu sgìth. Breab. Breab. Siuthad. An diabhal. Feumaidh mi. Beul làn uisge. Siuthad.

Mu dheireadh thall ràinig e a' liferaft. An hexagon beag rubair, hood orains. Eilean beag Robinson Crusoe.

Bha John D na bhroinn. Ghabh e grèim air mullach lifejacket Dhòmhnaill agus air dòigh air choreigin fhuair e a-steach e. Cho luath 's a bha e a-staigh, leum John D a-null gu taobh eile an liferaft far an robh poca beag làn rudan air am biodh feum aca.

— Sgian. Sgian. Sgian. Sgian. Càit a bheil . . . Seo i . . .

Dòmhnall a' tighinn thuige, a' tòiseachadh a' gluasad a-rithist air an làr.

— Cà' il Iain? Bha a ghuth rud beag hysterical.

— Chan eil fhios agam. Chaill mi e.

— Càit an diabhal a bheil e?

— Chan eil fios agam, a Dhòmhnaill.

— Feumaidh mi a dhol air ais a-mach.

Chuir John D stad air.

— Na teirg dhan uisge. Bidh tu done.

Dh'èigh Dòmhnall. Gus an robh na sgamhanan aige a' losgadh. Ag èigheachd ainm a bhràthar. 'S cinnteach gu faiceadh e e: thigeadh e timcheall cùl a' bhàta, bha fhios.

— Feumaidh mi an ròp a ghearradh.

— Na dèan sin!

— Feumaidh mi! Tha i a' dol sìos!

Fhuair e seachad air Dòmhnall. An umbilical aca. An ròp sa a bha gan ceangal ri saoghal na bu daingne. Dh'fheumadh e a ghearradh. Air iomrall anns a' bhouncy castle bheag seo. Sheall e a-mach. Uisge a' tuiteam sìos orra. Fhuair e air an siop a dhùnadh ann an tìde. Rinn iad car a' mhuiltein. John D a' cumail na sgeine faisg air a chorp airson nach reubadh i cliathaich an uighe aca. Gheàrr e e fhèin. Thionndaidh an raft an taobh ceart gu math luath a-rithist. Dh'fhosgail e am flap a-rithist, a' coimhead airson Iain. Èigheachd. Trèigte.

John D a' smaoineachadh. Dh'fheumadh e a ghearradh. Dh'fheumadh iad bouyancy nam biodh iad ag iarraidh èirigh ri na suailichean. Ceangailte ris an iarann seo, dheigheadh iad sìos.

Dòmhnall a' feuchainn ri faighinn a-mach a-rithist. Bha Iain fhathast a-muigh an sin. Unconcious, 's mathaid. Cha b' urrainn dha dìreach fhàgail. Ach an uair sin thòisich am bàta, putan mòr èadhair a' tighinn bhon chliathaich, a' dol sìos. Dh'fhairich iad cuideam làidir air an ròpa ag iarraidh an toirt sìos cuideachd. Cha mhòr gu robh pioc dhan bhàta air an uachdar a-nis, John D a' sàbhadh man amadan airson an ròpa a ghearradh. Dìreach fhuair e air a dhèanamh. Leum an ròp dhan adhar an dèidh dha a dhèanamh. Agus leagh an *Dawn Rose* sìos, sìos gu 'n ghrunnd.

Agus bha iad nan aonar air a' phlangaid mhòr ud. Às aonais dòchais. Dòmhnall bho fheum, cha b'urrainn dha gluasad. Chùm John D air a' coimhead airson Iain, ach cha robh sgeul air. Bhiodh iad air rudeigin fhaicinn. Bhiodh an lifejacket aige air a dhol dheth. 'S cinnteach gu robh e muigh an siud an àiteigin. A' heileacoptair. Gheibheadh a' heileacoptair e.

Agus an uair sin, e a' tighinn thuige nach d' fhuair Iain a-mach. Gu robh e air a dhol sìos leis a' bhàta. Bha seo a' cur gaoir tro Dhòmhnall, tro chorp, tro eanchainn. John D a' coimhead às a dhèidh. Uisge. A' toirt seòclaid dha. Chuir e air an EPIRB, put beag a dh'innseadh dhan coastguard càit an robh iad. Smaoinich e air an grab-bag a dhìochuimhnich iad agus thòisich e a' guidheachdainn. 'S e a bhiodh feumail an-dràst. Shluig iad uisge, airson faighinn cuidhteas blas an t-sàil nam beul. Iad a' buiceil timcheall anns an t-saoghal bheag aca. Laigh Dòmhnall air làr an raft agus cha do ghluais e.

Cha robh fhios dè cho fada an dèidh sin 's a chuala John D thwack trom os an cionn. Dh'fhosgail e an siop agus sheall e a-mach. Os an cionn bha a' heileacoptair. An Sea Rescue.

Thuirt e ris fhèin: Dhia, leig dhomh faighinn tron seo.

Bha e duilich an togail. Bha na suailichean cho àrd. Fhuair John D air Dòmhnall fhaighinn dhan doras bheag: ann an diog chaidh an crangaid a chur air agus chaidh a thogail dhan adhar. Doileag. A' bheatha air a dhol às.

Agus zip-zip, an duine a' tighinn sìos a-rithist agus crochte man albatross os a chionn. Aig àrd na suaile ghabh e grèim air John D agus reverse bungee agus mu dheireadh thall, taing do Dhia, bha e anns a' heileacoptair. Còmhdaichte ann am foil airgid.

— Duin' eile?

— Aonan, fhuair John D air a ràdh. Cha robh e còmhla rinn. 'S mathaid gu bheil e fhathast sa mhuir.

Chuir a' heileacoptair distress calls eile a-mach gu bàtaichean mòr sam bith a bha faisg, feuch an cuidicheadh iad. Chùm a' heileacoptair orra a' coimhead gus an robh an tanc aca ìosal. Agus an uair sin chaidh iad dhachaigh.

John D a' faighinn cuideachadh. Cha robh Dòmhnall a' gluasad. A chorp a' cuimhneachadh an turais ud air a' heileacoptair agus e a' dol a dh'Obar-Dheathain. Ach cha b' e latha cho dorch ri seo a bha siud dha. B' e seo an latha bu duirche.

* * *

Bha am baile fo phlangaid dhorch airson iomadach latha an dèidh sin. B' e gainmheach na machrach an t-àite ceart airson seòladairean a thiodhlacadh, chan e feamainn agus sàl dorch na mara. Bha e uabhasach nach robh sgeul air a' chorp. Cha b' urrainn dha daoine caoidh ceart. Cha b' urrainn dha duine coiseachd aon dha na loidhnichean air cùlaibh na ciste, air an t-slighe mu dheireadh aige chun na machrach, chun a' chlaidh, airson a thiodhlaiceadh le dùirn de ghainmhich. Tìm gun abhsadh. Cha b' urrainn dha daoine caoidh. Cha b' urrainn dhan teaghlach gluasad. Faireachdainnean uabhasach, trom. Faireachdainnean uabhasach.

Chaidh a' heileacoptair a-mach a-rithist an dèidh dha Dòmhnall agus John D a dhol dhan ospadal, a' coimhead treis eile. Bha bàtaichean eile a' coimhead cuideachd, ach cha d' fhuair iad càil.

Bha bàta neo dhà eile ann an trioblaid an oidhche ud. Seòladair a' dol timcheall Bhreatainn gun stad: cha chuireadh càil stad air. Fhuair iad e, grèim bàis aige air aon dha na hulls a bha bun-os-cionn. Bàta eile. Spàinnteach. Chaidh còignear a thoirt bhon tè sin. Bàta beag eile air a call. Dithis innte. 'S e oidhche uabhasach a bh' ann.

Cha b' urrainn dha Helena an naidheachd a chreidsinn. Cha robh e ceart. Dh'fhalbh a casan, an lùths air falbh, Natasha a' gabhail grèim oirre, ga leigeil air a socair gu làr agus daoine ga toirt chun an rùm aice agus Natasha a' slìobadh a h-aghaidh agus a' feuchainn ri toirt oirr' rudeigin teth òl. Cha d' fhuair i air bruidhinn ris. Carson? Carson a thachair seo?

Dh'fhàg dòchas iad mu dheireadh thall. Aon rud a bh' air fhàgail dhaibh: feitheamh airson a' chuirp, am balach a thighinn air tìr an àiteigin. Iain bochd. Carson a chaidh esan a thaghadh? Dh'fhairich Dòmhnall an cuideam os a chionn, ciont, man clach liath gun tròcair. Thuirt daoine ris nach b' e a choire-san a bh' ann. Ach smaoinich e, nach eil fhios gur e. Mise a thug air a dhol a-mach. M' àite-sa a ghabh e. An dàrna turas a mheall e e. Daoine eile na àite.

Bha an dà choimhearsnachd còmhla a' caoidh. Ach fhathast,

bha muinntir a' bhaile a' cur pàirt dhan choire air na Ruiseanaich. Mura b' e an Ruiseanach ud, cha bhiodh na balaich air a dhol a-mach, gu h-àraidh le droch forecast. Bha e fortanach dha Sergei gu robh e air fàgail. Cha robh fios aig duine càit an robh e. Ach fhathast, cha chuirte fàilte air na Ruiseanaich. Cha d' fhuair iad seirbheis anns na bàraichean anns a' bhaile. Choisicheadh daoine seachad orra air an t-sràid, daoine a dh'aithnicheadh iad.

Dòmhnall a' ruith troimhe a-rithist na cheann. Cho beag 's a bha e a' faireachdainn. Carson nach do rinn e barrachd? Bha e aig ceann thall tunail nach b' urrainn dha duine eile a shiubhal. John D cuideachd. Sàmhach. Briste.

Màthair Iain cuideachd, Peigi, a' faireachdainn gu robh a com air a reubadh. Cha bu chòir dha pàrantan a bhith beò na b' fhaide na an clann. An dèidh na thachair dhan duine aice, Tormod, cuideam trom. Cionnas air thalamh a dhèanadh i a' chùis?

Ach 's e sin a rinn i.

Bha i a-riamh gu math practaigeach. Bha i daonnan sona dòigheil nuair a bha rudan dona a' tachairt. Daoine a dheigheadh thuice airson comhartachd a thoirt dhi, 's ann a dh'fhàgadh iad agus ise air comhartachd a thoirt dhaibhsan. Cha b' e nach robh am pian mar ghath na cliathaich. Ach dh'fheumadh i cumail a' dol.

Chaidh Peigi agus màthair John D, Cairstìona, chun a' Bhuill-Pàrlamaid aca. Chaidh màthraichean eile còmhla riutha. Bha gu leòr dhiubh air daoine a chall. Mic, bràithrean, athraichean. Shruc e anns a h-uile duine aca.

Bha iad ag iarraidh gun deigheadh am bàta a thogail.

Bha feum aca air tiodhlaiceadh. Bha feum aca air am bàta

a thogail bhon àite eagalach ud. 'S cinnteach gun cuidicheadh an Riaghaltas iad. Nach robh am baile air an t-uabhas airgid a thoirt dhaibh. Nach iad a chùm an t-iasgach a' dol anns an dùthaich fiù 's. Phàigheadh sin airson seo iomadach uair. A' mhuir, na daoine aca, an cuid dhachaighean – 's iadsan a phàigh airson an abachaidh seo. Bha gnìomhachas an èisg air glè mhath a dhèanamh às. 'S e rud beag a bh' ann. Cha bhiodh e duilich dhaibh a dhèanamh. Cha chosgadh e tòrr dhaibh.

Thuirt an Riaghaltas nach b' urrainn dhaibh cuideachadh sam bith a thoirt dhaibh.

Dh'fheuch iad a h-uile càil, ach 's e an aon fhreagairt a fhuair iad. Thog iad airgead iad fhèin, ach bha e a' dol a chosg fada a bharrachd a dh'airgead na thogadh iad. Bha iad feumach air cuideachadh. Daoine nach do dh'iarr cuideachadh a-riamh. Cha d' fhuair iad e.

Chuir seo am baile fo sgàil eile. Bha daoine a' falbh airson a' gheamhraidh. Feadhainn eile a' fuireach, a' feuchainn ri iasgach a dhèanamh. Na bàtaichean mòra aig a' chidhe. Na lathaichean a' fàs goirid.

Agus an uair sin aon latha fhuair Peigi teachdaireachd. Bha Vitali ag iarraidh coinneachadh rithe.

* * *

Aon uair eile, fhuair Dòmhnall agus John D iad fhèin a' seasamh air a' bhreakwater. Bha iad air an t-slighe a-mach gu bàta Vitali. Turas goirid eadar na ballachan mòra iarainn. Cha robh duine aca cinnteach carson a bha iad a' dol ann. Ach dh'fheumadh Vitali a bhith faiceallach. Cha robh John D ann am fonn airson carry-on sam bith.

Fhuair Dòmhnall gu math neònach e a bhith na shuidhe anns an rùm ud a-rithist. Sheall e air an t-samobhar airgid anns an oisean. Bha iad a' faighinn rud beag bìdh, dìreach rudeigin sìmplidh, blasta. Feòil agus buntàt'. 'S e fear-aoigheachd math a bh' ann a Vitali. Agus bha an coltas air gu robh e uabhasach duilich mu dheidhinn na thachair. Beag air bheag shocraich am buidheann, ged nach robh iad buileach cinnteach carson a bha iad ann. 'S mathaid gum bu chòir dha na Ruiseanaich a bhith air fhàgail airson treiseag.

Dh'ith Helena còmhla riutha. Dh'fheuch i ri i fhèin a stad bho rànail, ach cha b' urrainn dhi stad a chur oirre fhèin nuair a chunnaic i Peigi agus Dòmhnall. Chaidh Peigi a-null thuice, is shuidh i còmhla rithe airson treis gus an robh i a' faireachdainn na bu shocraiche.

Sheas Vitali.

— Aon turas eile, bu mhath leam a ràdh cho duilich 's a tha sinn uile.

— Tapadh leibh, thuirt Peigi.

— 'S e duine math a bh' ann. Iain. Duine snog, thuirt Vitali.

Sàmhchair.

— Agus chan eil an Riaghaltas a' dol gur cuideachadh?

Bha Peigi a' bruidhinn airson a' bhuidhinn.

— Chan eil.

— Dè an leisgeul a th' aca?

— Tha iad ag ràdh gun cosg e cus. Uill . . . tha iad ceart gun cosg e tòrr. Ach . . .

— Chuidicheadh e gu mòr.

— Chuidicheadh.

Sheall Vitali ris a' ghlainne aige. Bha rud beag fìon innte, an solas ga bhualadh òr-phinc.

— Tha e duilich cuideigin a chall aig muir. Tha fios agam.

— Tha.

Bha Vitali a' smaoineachadh air rudeigin, follaiseach gu robh e dol a ràdh rudeigin.

— Bu chaomh leinn cuideachadh. 'S e nàbaidhean a th' annainn. Agus tha sinn gu mòr nur comain airson na fàilte a tha a' choimhearsnachd agaibh air a chur oirnn. 'S e caraidean a th' annainn. Tha mi air còmhradh ri sgiobairean nam bàtaichean eile agus tha sinn uile ag aontachadh.

Stad e airson mionaid, dòchasach.

— Bu mhath leinn na cosgaisean a phàigheadh. Airson am bàta a thogail. Pàighidh sinn na cosgaisean. Bu mhath leinn tiodhlaiceadh ceart a thoirt dha Iain.

Cha b' urrainn dha Peigi stad a chur oirre fhèin: thàinig na deòir na sùilean agus thòisich i a' rànail. Ghabh i grèim air gàirdean Vitali. Cha mhòr gum b' urrainn dhi bruidhinn.

— Tapadh leat.

20

Chuir Vitali a h-uile càil air dòigh, an-còmhnaidh a' faighneachd dhan teaghlach an robh iad toilichte leis na bha e a' dèanamh.

Chaidh an naidheachd timcheall gu math luath dè bha dol, agus dh'fhalbh fuachd sam bith a bha eadar muinntir an àite agus na Ruiseanaich. Bha duine neo dithis fhathast ann nach robh ag iarraidh cuideachadh sam bith bho na Ruiseanaich. Duine neo dithis ag ràdh nach robh iad ach dìreach a' feuchainn ri faighinn air taobh ceart na coimhearsnachd a-rithist. Ach bha gu leòr eile aig an robh fios dè dha-rìribh a bha a' tachairt, agus thug iad taing dhaibh airson a' chuideachaidh a bha iad a' toirt dhaibh. Bha Peigi gu h-àraidh a' faireachdainn gu robh an cuideam air gluasad rud beag.

Bha e daor seo a dhèanamh. Garbh daor. Dh'fheumadh iad diveboat leis a' khit gu lèir agus lathaichean. Dh'fheumadh trì dàibhearan a bhith air bòrd, agus divebell. Decompression chamber. Cranaichean. Recycler.

Mura biodh recycler aca airson a' mheasgachaidh Heliox a bhiodh na dàibhearan a' cleachdadh, dh'fheumadh iad pàigheadh airson tancaichean dheth, còig notaichean gach triop a ghabhadh dàibhear anail. Gach dàibhear. Bha fios aig Dòmhnall bho caraid dha a bha air obair air an *MSV Stadive*, a chuir a-mach an teine air Piper Alpha, gu robh sin a' cosg £350,000 gach latha. Cha robh iad airson smaoineachadh air dè a chosgadh e. Gu h-àraidh nan deigheadh càil ceàrr.

Ach cha ghabhadh Vitali sgillinn bho muinntir an àite.

Bha companaidh neo dhà a dhèanadh obair salvage leithid seo. Duitsich a bh' anns a' mhòr-chuid dhiubh, leithid Smit Tak agus Smit Lloyd. Thagh Vitali companaidh ris an cante Jensens, a bha eòlach air an obair seo.

Chosgadh e cus am bàta a thogail: dh'fheumadh iad floatbags airson sin. Agus mar sin dh'aontaich iad gu feuchadh iad ris an corp a thogail. An dèidh dhaibh an t-airgead fhaighinn bho na sgiobairean Ruiseanach gu lèir, a thachair ann an uair a thìde neo dhà, thachair a h-uile càil gu math luath. Bha bàtaichean aig Jensen air stand-by air feadh an t-saoghail, air an ullachadh airson a dhol a-mach sa bhad. Nochd daoine air heileacoptair a dh'fhaighinn a-mach dìreach dè bha dol a thachairt. Bha a' mhuir ciùin, neònach, an dèidh na stoirme mòire. Cha b' fhada gu robh am bàta salvage ann, deiseil gus an obair a dhèanamh cho luath 's a ghabhadh.

Agus mar sin bha Dòmhnall agus John D a' stiomaigeadh a-mach a-rithist, a-mach dhan bhàgh. Bha e duilich, ach dh'fheumadh iad a dhèanamh. 'S e *Jensen 1* an t-ainm a bh' air a' bhàta. Bha fios aca an ìre mhath far an robh an *Dawn Rose*, agus bha an kit aca airson sgeul fhaighinn oirre luath. A h-uile càil state of the art.

Nuair a fhuair iad i mu dheireadh thall, cha b' urrainn dha Dòmhnall a chreids cho faisg 's a bha iad air fasgadh. Mì-chiatach. Cha mhòr nach robh thu cho faisg 's gum b' urrainn dhut srucadh ann. Cho faisg 's a ghabhadh.

Dh'fhuirich cuideigin còmhla ri Dòmhnall agus John D a' mìneachadh dhaibh a h-uile càil a bha tachairt. Bha am bàta na laighe ann an ceithir cheud meatair de dhoimhneachd. 'S mar sin dh'fheumadh iad bell run a dhèanamh.

Rinn iad deiseil an diving bell: dà dhàibhear agus fear eile air stand-by. Bha doras beag ann am bonn a' bhell. An dèidh dhaibh an doimhneachd a ruighinn, lìonadh iad an airlock le gas measgaichte, gheibheadh iad am pressure ceart, agus dh'fhaodadh iad mar sin an trapdoor beag fhosgladh. Dheigheadh dà dhàibhear a-mach airson an obair a dhèanamh.

An dèidh na h-obrach dheigheadh na dàibhearan air ais dhan diving bell. Bhiodh am bell an uair sin air a thoirt suas agus a' greimeachadh air airlock eile a bha ceangailte ri decompression chamber. Dh'fhuiricheadh iad an sin gus am biodh an fhuil aca glan a-rithist, airson nach fhaigheadh iad na bends. Bha an fhuil aca coltach ri cana coke, làn gas. Dh'fheumadh iad faighinn cuidhteas a h-uile builgean beag nitrogen a bh' anns an fhuil aca, neo gheibheadh iad na bends. Obair chunnartach.

Chaidh am bell sìos, sìos, a-mach à sealladh, builgeanan mòra a' tighinn chun a' mhullaich. Chitheadh tu na solais aige a' gluasad.

Shìos air a' ghrunnd dh'fhosgail na dàibhearan an trapdoor

agus chaidh iad a-mach. Siud an *Dawn Rose*, is i na laighe air a cliathaich. Cha robh cinnt sam bith ann gu faigheadh iad an corp na broinn. Bha iomadach rud eile ann a dh'fhaodadh a bhith air tachairt. Shnàmh na dàibhearan a-steach dhan chèabain.

Siud e.

Thumbs up bho na dàibhearan. An naidheachd a' tighinn chun a' mhullaich. Suaile de dh'fhaochadh a' dol tro Dhòmhnall agus John D. Taing do Dhia. Taing.

An crana a-nis a' cur sìos rud ris an cante an skip, creathall stàilinn le mogall air na cliathaichean. Choimhead iad na litrichean 'Kennedy Crating' a' dol fon uisge. Sgàile nam pìoban stàilinn air aghaidh an uisge.

Chaidh an tìde seachad gu slaodach dha Dòmhnall, ged a bha fios aige cho eòlach agus cho math 's a bha na daoine mun cuairt air air an cuid obrach. Ag ùrnaigh. An dòchas nach deigheadh càil ceàrr.

Dorchadas a' ghrunnd. Solais làidir aig an t-sub bheag a' soilleireachadh a h-uile càil. Na dàibhearan ga chur air an socair dhan chreathaill. Facal eile air an intercom, agus thòisich an t-inneal a' gluasad, air a shocair.

Thòisich a' chreathall a' gluasad suas gu ruige an solas.

* * *

Latha neo dhà an deidh sin, air a' chiad latha dhan Dùbhlachd, 1989, shoidhnig Gorbachev agus President Bush pìos pàipeir ag aontachadh gu robh an Cogadh Fuar seachad. Cha b' urrainn dha daoine a chreids cho luath 's a thachair e, thairis air beagan mhìosan.

Bha buaidh aige air na Klondykers sa bhad. Bha tòrr dha na

bàtaichean a' faighinn airgid bhon Riaghaltas Ruiseanach airson a bhith ann. Leis an airgead sin a-nis a bhith air stad, dh'fhàg feadhainn dha na bàtaichean. Shiubhail iad dhachaigh. Bha bàta Helena a' dol dhachaigh cuideachd. Thug Vitali an criutha aige còmhla, a dh'innse dhaibh dè bha tachairt, ag ràdh gu robh e duilich. Dh'fhairich iad gu math neònach mu dheidhinn; bha a' mhòr-chuid dhiubh toilichte a bhith dol dhachaigh, ach gu leòr dhiubh iomagaineach mu dheidhinn dè an seòrsa dùthcha a bha gu bhith romhpa.

Dh'fhuirich Vitali gu às dèidh tiodhlaiceadh Iain.

Sheas an taigh-fhaire trì latha. Chuidich na nàbaidhean, a' dèanamh biadh airson a h-uile duine, an teaghlach agus an luchd-tadhail. A' cuideachadh anns a h-uile dòigh. Bha an taigh-fhaire gu math mòr san dualchas, mar a bhiodh an tiodhlaiceadh.

An ath latha bha am baile sàmhach. Aig dà uair thòisich daoine a' cruinneachadh bho air feadh a' bhaile, loidhnichean de chàraichean a' fàs fada faisg air an taigh. An rathad làn de dhaoine ann an aodach dubh a' còmhradh air an socair. Chruinnich iad gu sàmhach, uaireannan gàire socair eadar daoine, neo còmhradh blàth, daoine nach fhaca a chèile airson ùine mhòir.

Sheas iad air taobh a-muigh an taighe, treud dhubh. A' feitheamh gus am biodh iad deiseil a ghabhail nan leabhraichean, an t-seinn seachad. Caraidean Iain, muinntir a' bhaile, balaich bho na bàtaichean, na Ruiseanaich.

An dèidh dhan t-seirbheis ghoirid a bhith seachad, thàinig iad a-mach às an taigh. Bha na boireannaich còmhla ann an snaidhm beag aig an doras, daoine a' dol suas gu Peigi, ag ràdh cho duilich 's a bha iad. Leanne agus a' chlann. Dòmhnall a' bruidhinn ri fear an adhlacaidh. Loidhne fhada an eileatroim na laighe sàmhach air an rathad. Thog iad a' chiste a-mach agus chuir iad air muin an eileatroim i.

Thug Dòmhnall pìos beag pàipeir robach às a phòcaid agus dh'èigh e ainmean nan càirdean a b' fhaisge air, an t-ochdnar a ghabhadh a' chiad lioft. Nochd iad agus sheas iad ri taobh na ciste. Na càirdean an uair sin a' gabhail an àite cheart. Sheas Dòmhnall an uair sin gu aon taobh, a' leigeil dha fear an adhlacaidh obair fhèin a dhèanamh. Bha loidhnichean domhainn ann an aghaidh Dhòmhnaill. Ghabh e àite aig a' cheann agus thog e an tie bheag mhìn na làimh. Fear eile bhon teaghlach aig na casan, air beulaibh a h-uile duine.

— Take the lift, thuirt fear an adhlacaidh, agus thog iad uile an t-eileatrom aig an aon àm. Thòisich iad a' coiseachd, deich ceumannan an duine, gus an do sheas gach duine a-mach agus an do ghabh dithis, aon bho gach loidhne air an cùlaibh, grèim air an eileatrom nan àite. Anns an dòigh sin, fhuair a h-uile duine fon chiste. Mar a b' àbhaist, 's e na fir a bhiodh a' giùlain na ciste, na boireannaich a' dol suas dhan chladh an dèidh dhan tiodhlaiceadh a bhith seachad.

An dèidh dhaibh coiseachd tron bhaile, chuir iad a' chiste dhan charbad, agus thòisich loidhne fhada shlaodach chàraichean air an t-slighe suas chun a' chlaidh, far an do ghabh iad an cuid àiteachan a-rithist. A' choiseachd ghoirid ud gu làrach an teaghlaich.

A' coimhead uaigh fosgailte agus cuideigin a dh'aithnicheas tu a' dol innte, 's e rud uabhasach tha sin. Bha Dòmhnall a' dèanamh a dhìchill, ach cha mhòr nach robh cus ann dha. Ghabh e grèim teann air John D, a bha ri thaobh a-nis.

Bhruidhinn am ministear rud beag. 'S e latha fuar a bh' ann. Ach ge bith dè an seòrsa latha a bh' ann, bha thu sgìth an dèidh tiodhlaicidh. Agus an-diugh bha a' ghaoth a' bìdeadh. Facail a' mhinisteir a' sgèith air a' ghaoith.

Agus thàinig an t-àm uabhasach sin, làn dùirn neo dhà de thalamh ga shadail air muin na ciste. Agus an uair sin a' ghainmheach ga taomadh a-steach air a muin, fuaim siuis na spaide anns an ùir. Agus a' ghlasach ga tionndadh an taobh ceart a-rithist. Taing do Dhia gu robh e a' tachairt cho luath, na daoine eil gad ghiùlain, neo cha b' urrainn dhut seasamh ris.

Dòmhnall a' breith air làimh air fear an adhlacaidh, daoine a' tighinn suas thuige agus ag ràdh cho duilich 's a bha iad. Na daoine a' falbh a-nis, càraichean a' tòiseachadh a' gluasad. John D a' feitheamh ann an càr ri Dòmhnall. Dheigheadh iad air ais dhan Talla. Far am biodh teatha agus biadh agus blàths agus drama uisge-beatha.

Dòmhnall na aonar aig an uaigh. Mu dheireadh thall, dh'fhaodadh e rànail.

* * *

Bha Helena air fuireach aig an taigh còmhla ri na boireannaich eile. Bha Natasha ga cuideachadh. Bha i a' faireachdainn rud beag ciontach gu robh i a' faireachdainn cho dona; smaoinich i air màthair Iain, Peigi. Agus bha rudeigin eile a bha a' cur dragh oirr', agus cha robh tìde air a bhith aice bruidhinn ri Iain mu dheidhinn.

Lìon i glainnichean beag òir dha na daoine a bha a' tilleadh bhon chladh. Bha seacaidean fhathast air feadhainn dhiubh a-staigh, leis cho fuar 's a bha iad. Beag air bheag chuidich an teatha agus am brot agus am biadh. Bha e neònach mar a bha cùisean a' fàs nàdarrach a-rithist, caran nàdarrach co-dhiù, an dèidh dhan tiodhlaiceadh a bhith seachad. Daoine a' còmhradh ann an dòigh na b' fhosgailte a-rithist.

Chaidh feadhainn dhiubh suas chun a' chlaidh an dèidh dhan a h-uile duine an taigh fhàgail, is dh'fhuirich daoine a' nighe nan soithichean, a' cruinneachadh shèithrichean. Thug Dòmhnall Peigi agus Helena suas.

Cha mhòr gun creideadh tu gu robh càil air tachairt aig a' chladh. Cho sàmhach, na figearan cloiche nan seasamh, an t-aon fhuaim fad' às, a' mhuir. Sheas iad gu sàmhach aig oir an talaimh bhàin, a' ghlasach air a togail rud beag. Bhruidhinn iad rud beag air a' chloich a bhiodh ann. Bha Peigi taingeil gu robh Helena ann.

Bha Helena a' feuchainn ri smaoineachadh air mar a chanadh i rudeigin ri Peigi.

— Tha rudeigin ann a bha mi ag iarraidh innse dha Iain, ach cha d' fhuair mi an cothrom. Cha robh mi cinnteach am bu chòir dhomh innse dhut . . . ach . . . uill, 's mathaid gum bu chòir dhomh innse dhut . . . chan eil . . . chan eil fios agam . . .

Thionndaidh Peigi a choimhead oirr'. A' ghaoth a' gluasad a fuilt rud beag.

— Nach eil fhios agad gu faod thu rud sam bith innse dhomh. Rud sam bith.

Bha Helena sàmhach airson mionaid.

— Tha mi trom.

Cha robh fios aig Peigi dè chanadh i.

— Cha robh tìde agam innse dha Iain. Chan eil fios agam dè nì mi.

Sheall Peigi air an nighinn, làidir ach brisg aig an aon àm.

— Faodaidh tu fuireach an seo còmhla rinn. Ma thogras tu.

Dh'fhairich Helena suaile de thaing.

— Tapadh leat . . . Tha sin . . . cho coibhneil . . .

— Cuidichidh sinn thu ann an dòigh sam bith.

Bha Helena sàmhach airson mionaid.

— Ach tha mi smaointinn . . . 's mathaid . . . 's mathaid gun till mi dhachaigh. Bhiodh e na b' fheàrr a bhith còmhla ri mo mhàthair. Agus chan eil fhios agam an leigeadh iad dhomh fuireach co-dhiù. Tha teagamh agam.

Sheall iad air a chèile.

— Uill, 's e pàirt dhan teaghlach a th' annad a-nis.

— Chan eil fearg ort?

Cha b' urrainn dha Peigi stad a chur oirr' fhèin. Rinn i gàire beag.

— Carson a bhiodh fearg orm? Tha mi . . . tha mi toilichte.

Rinn an dithis aca gàire beag. Ghabh Peigi gàirdean Helena agus sheas iad airson mionaid, an dithis aca còmhla. Agus an uair sin choisich iad air ais gu slaodach chun a' chàir, far an robh Dòmhnall a' feitheamh, a' smocadh siogarait.

* * *

Bha Helena a' coimhead a' bhaile mar pioctair ann an suaile a' bhàta. Bha iad air an t-acair meirgeach a thogail: bha e air a bhith steigt' san fheamainn agus sa ghainmhich airson ùine mhòir, mhòir. Dh'fhairich i blas an t-sàil air a bilean, chual' i na h-einnseanan mòra gan toirt a-mach seachad air na beanntan, suas seachad air an rubha, a-mach gu muir, far an deigheadh iad timcheall a' chosta, dhachaigh. Mosgo.

Bha i air smaoineachadh air a seo iomadach uair. Ach cha do dh'fhairich i càil coltach ri seo anns na smaointean aice. Dh'fhairich i gu robh a corp a' fàs eadar-dhealaichte mu thràth. An robh aithreachas oirr' a thaobh mar a thachair? Cha b' urrainn dhi a ràdh gu robh. Bha i dìreach an dòchas gu falbhadh am pian aon latha.

Chuimhnich i air na làithean ud còmhla. Bha e math smaoineachadh air na làithean ud.

Sheall i ris a' bhainne bhlàth, am proipeilear a' dol mun cuairt. An t-uisge dubh. Loidhne fhad' às an fhearainn. Dhragh i a seacaid timcheall oirre, faisg, blàth. Thuirt i tìoraidh air a socair rithe fhèin. Agus chaidh i a-steach.

2005

Epilogue

Bha am bàgh sglèat-ghorm na laighe foidhpe fhad 's a rinn i a slighe suas an staran. Cho eadar-dhealaichte ris an là ud, an là air an robh i a' cuimhneachadh agus an t-adhbhar a bha i a' gabhail na cuairt seo. Am baile, sàmhach a-nis, le lainnir tana buidhe eòrna na grèine. Na beanntan socair len cliathaichean cotain, a' ghlasach glas, buidhe, uaine, map nam ballachan cloiche a' sgapadh timcheall oirre mar as fhaide a dh'fhàgas i am baile air a cùlaibh. 'S e slighe a th' ann air a bheil i eòlach. Ro eòlach. A' chuairt dheireannach seo.

Tha an cladh aig sìth an-diugh. Starain neòinean cumhang. Tha còinneach air feadhainn dha na clachan a thòisicheas i a' toirt dhiubh, rud dhith a' dol fo h-ìne. Tha i a' dèanamh rud beag sgeadachaidh, obair chùramach. Tha i a' fàgail nan dìtheanan ann am bucas beag plastaig a bu chòir an cumail sàbhailte bhon ghaoith. Uaireannan 's caomh leatha suidhe ann treiseag, ma tha an tìde mhath ann. Bidh i a' tighinn an seo gu math tric.

Dh'fhairich i cuideigin air a cùlaibh. Cuideigin eile a' coimhead airson uaigh cuideigin a bha faisg orra, 's mathaid. Ach chan e, tha ge bith cò a th' ann airson gun tionndaidh i. Nì i sin agus chì i am balach. Tha e timcheall air sia deug, le falt bàn coirce samhraidh agus sùilean dorch. Chì i cuideigin eile air falbh bhuaipe, boireannach le falt ruadh dorch. Tha i tana. Tha còta fada oirre.

Tha am balach a' dèanamh gàire. Tha ise a' feuchainn ri sin a dhèanamh, ach chan urrainn dhi tuigse. Dè tha e a' dèanamh an seo, agus co-dhiù, chan urrainn dha a bhith. Chan eil am balach aice an seo a-nis. Chan eil am balach aice an seo a-nis. Chan urrainn gu bheil e na sheasamh air a beulaibh a-nis. Tha am balach ag ràdh gun tuirt a mhàthair ris a thighinn a-nall a bhruidhinn rithe. Tha fhios nach eil sin fìor. Cha tuirt ise càil ri duine. Tha sìthean dearg aige na làimh. Tha i a' cumail grèim air a' ghlasach thana le a làimh, an talamh seasmhach ga cuideachadh. Mus bi cus ann dhi.

— Bheil fhios agad cò th' unnam? tha i ag ràdh. Am balach a' coimhead oirre agus a' dèanamh gàire eile. Tha cuimhne aice air a' ghàire sin bho chionn ùine: an sgàile aige, cha mhòr nach eil cus ann dhi, cus dhan chridhe aice. Chì i am boireannach, a' ghrian air a cùlaibh, a' dèanamh a slighe gu slaodach suas an staran eadar na clachan. Tha cuimhne aice oirre bho àiteigin air choireigin. Tha i a' tighinn thuca. Tha i a' smaoineachadh nach eil i airson gun tig seo gu crìoch.

— Bheil fios agad cò th' unnam? tha Peigi ag ràdh a-rithist. Tha i a' coimhead ris a' bhalach aon turas eile. Chan eil i buileach ga aithneachadh. Tha am balach a' coimhead oirre agus a' dèanamh gàire. Tha cuimhne aice air a' ghàire sin, fada, fad' às.

Tha am boireannach a' tighinn thuca. Tha Peigi ga h-aithneachadh a-nis, ged a tha tìm air a h-atharrachadh: tha i fhathast brèagha. Tha seacaid shnog oirre, tha Peigi a' smaoineachadh. Tha i a' gàireachdainn.

— Halò, a Pheigi.

— Helena?

— Thuirt iad rium gu faighinn an seo thu.

Tha i a' cur làmh timcheall air a' bhalach.

— Iain, seo do sheanmhair. Peigi.

Tha e rud beag diùid.

— Hallo, Iain.

— Uill, thoir dhi cudail, ma-thà.

Tha e a' leum a-null agus a' sadail a ghàirdeanan timcheall oirre. Tha Peigi ga chumail faisg oirre teann. Tha i a' feuchainn ri còmhradh, ga socrachadh fhèin.

— Dè cho aost 's a tha e a-nis?

— Sia-deug.

— Cha robh fios agam gu robh thu a' tighinn . . . bu chòir dhut a bhith air a ràdh . . .

— Chuir mi romhann tighinn, dìreach . . . bho chionn latha neo dhà. An co-là-breith aige a th' ann.

Tha Iain a' dol air ais ri taobh a mhàthar.

— Seo far a bheil d' athair air a thiodhlaiceadh, a ghràidh.

— An ann? thuirt e.

Choimhead Iain ris a' chloich. Tha e a' cur a làimh air a' chloich bhlàth.

— Tha thu gu math? tha Peigi a' faighneachd.

— Tha, tapadh leibh. Tha mi gu math.

— Uill, a bheil sibh airson a dhol chun an taighe, airson cupan teatha no rudeigin? Tha uiread rudan a tha mi airson fhaighneachd!

— Bhiodh sin uabhasach math.

Ghabh i gàirdean Peigi agus thòisich iad sìos an staran, an staran leathainn a-nis air a chòmhdach le dìtheanan samhraidh, a' ghrian teth air an cuid aghaidhean.